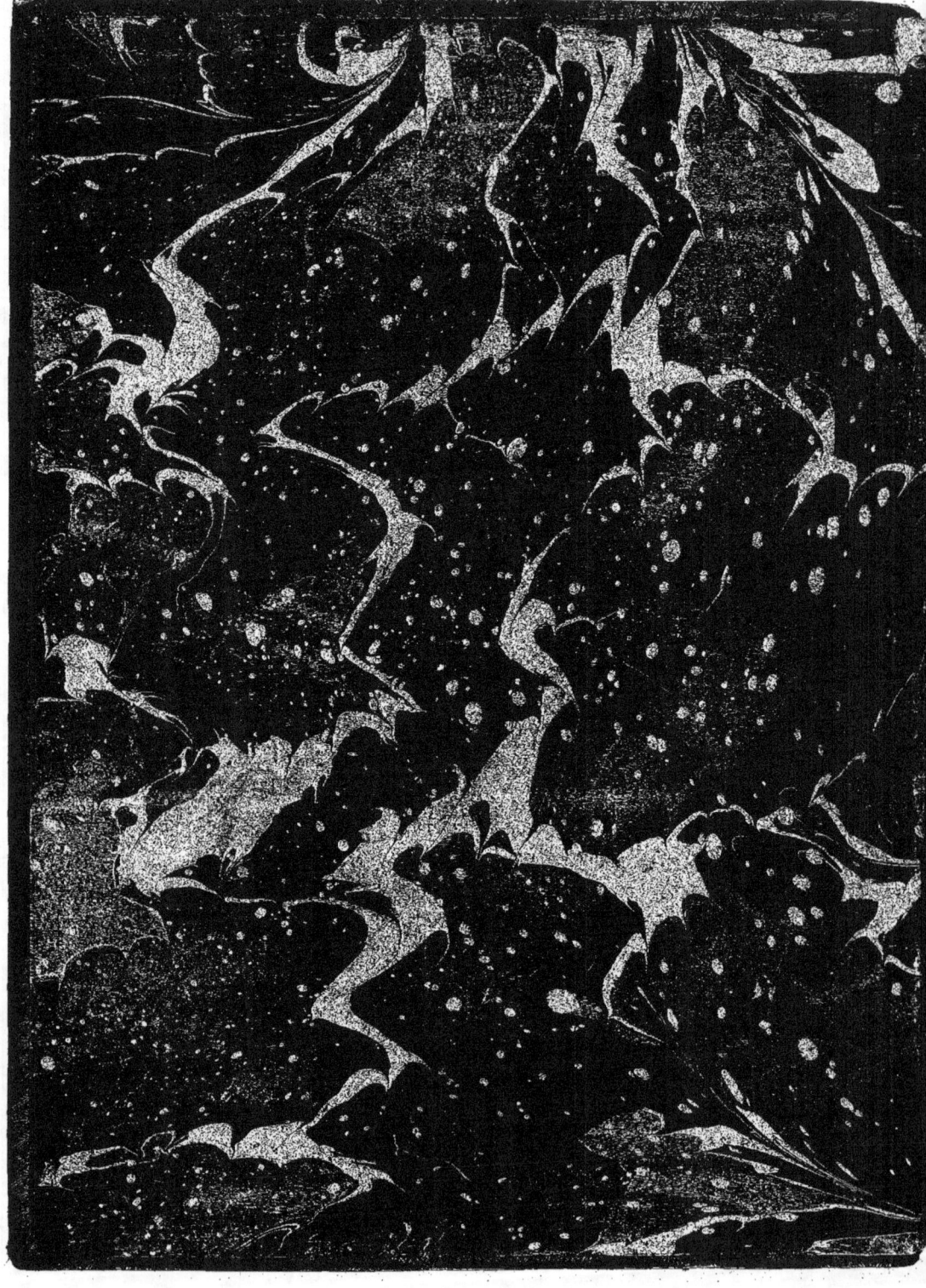

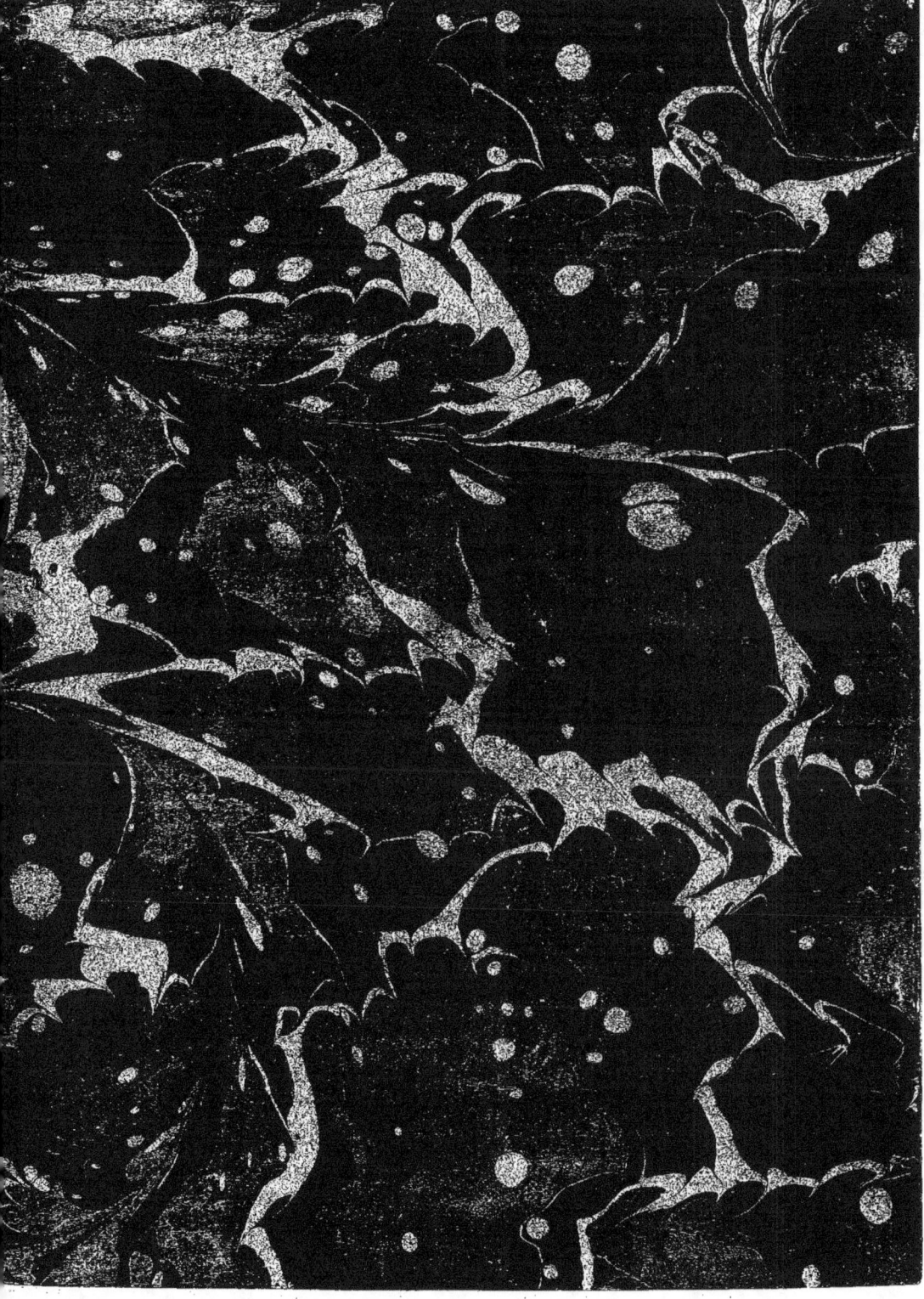

Amour, Honneur et Vaillantise
Étoit le cri des vieux tournois,
Il les a servis tous les trois,
Et ses vers chantent sa devise.

Coriolis d'Espinouse.

Portrait du marquis d'Estampes, qui
était devenu propriétaire de l'édition des
cet exemplaire de Molière possédé auparavant
par mad. Geoffrin.

ŒUVRES

DE

MOLIERE.

TOME PREMIER.

MOLIERE

Né à Paris en 1620, Mort à Paris le Vendredy 17 Fevrier 1673.

Ch. Coypel p.

Lépicié Sculpsit.

ŒUVRES
DE
MOLIERE.

NOUVELLE ÉDITION.

TOME PREMIER.

A PARIS.

M. DCC. XXXIV.

AVEC PRIVILEGE DU ROY.

PIECES CONTENUËS
dans ce premier tome.

AVERTISSEMENT.

C'EST une espéce d'hommage qu'on rend aux hommes illustres dans la république des lettres, que d'imprimer leurs ouvrages avec magnificence. Entre les auteurs que la France a produits dans le dernier siécle, il en est peu qui méritent cette distinction à plus juste titre que Moliere. Aussi les libraires de Paris n'ont-ils rien épargné pour embellir cette édition de tous les ornemens dont elle a pû être susceptible. *

Indépendamment du choix des caractéres & du papier, chaque comédie est précédée d'une estampe qui en représente l'action principale, ou du moins une de celles qui y ont le plus de rapport. Les prologues de la *princesse d'Elide*, d'*Amphitrion*, & de *Psiché* en ont aussi une particuliére. Chaque commencement d'acte est orné d'une vignette, & d'une lettre grise. On a mis des culs de lampe à chaque fin d'acte, quand la place l'a permis, ainsi qu'à la fin des préfaces, & en d'autres endroits. Il seroit peut-être à désirer que chacune des vignettes, lettres grises, &c. eût pû avoir un rapport

---

* *Les sieurs Oppenor, Boucher, & Blondel ont donné les desseins, & les sieurs Cars & Joullain les ont gravés.*

Tome I.   a plus immédiat aux endroits où elles font placées ; mais cette exactitude eſt impraticable dans un recueil de comédies. Quoi qu'elles foient toutes différentes les unes des autres par leurs fituations, & par leur but particulier, elles ont pourtant entre elles un caractére d'uniformité par leur objet principal qui eſt de corriger les hommes. Les vices & les ridicules font, à la vérité, un fonds inépuifable de critique ; mais c'eſt moins par leur nombre, que par les différentes faces fous lefquelles on peut les préſenter. La jaloufie de Sganarelle *cocu imaginaire*, ne produit pas les mêmes effets que celle de Sganarelle tuteur d'Iſabelle dans *l'école des maris*, cependant l'une & l'autre tombent dans le caractére général du jaloux. Il a donc fallu ſe contenter de choifir des ornemens convenables au genre comique, ou du moins qui n'y fûſſent point étrangers.

Ce n'étoit pas aſſez pour la gloire de Moliere, qu'on fongeât à orner l'édition de ſes ouvrages, il falloit encore la rendre exacte. L'édition de 1730, en huit volumes *in-12*, eſt annoncée dans l'avertiſſement qui la précéde comme la plus parfaite de celles qui avoient paru jufqu'alors, on s'en eſt ſervi ; mais avec les précautions néceſſaires pour ne point laiſſer les fautes qui auroient pû s'y gliſſer.

Un feul exemple fuffira pour prouver qu'elle n'eſt pas auſſi exacte qu'on veut le perfuader dans l'a-

vertiſſement. La princeſſe d'Elide ouvre le ſecond
acte de la comédie qui porte ce tître ; elle eſt
dans une forêt, & dit à ſes deux parentes qui ſont
avec elle,

> Oui, j'aime à demeurer dans ces aimables lieux,
> On n'y découvre rien qui n'enchante les yeux ;
> Et de tous nos plaiſirs la ſçavante ſtructure
> Céde aux ſimples beautés qu'y forme la nature.

Il eſt aiſé de ſentir qu'il faut lire *palais*, au lieu
de *plaiſirs*. Une faute ſi groſſiére ne ſe trouve que
dans l'édition de 1730.

Il s'y en trouve beaucoup d'autres qui lui ſont
communes avec l'édition de 1682, ſur laquelle elle
a été faite.

Pour rendre celle-ci plus exacte, on a conſulté
les comédies imprimées du vivant de l'auteur. De
pareilles éditions doivent, en quelque ſorte, tenir
lieu des manuſcrits qui manquent. Auſſi les a-t-on
comparées ſoigneuſement avec celles de 1682, &
de 1730 ; & cette attention a donné lieu de ré-
former pluſieurs altérations qui s'étoient gliſſées
dans le texte, & dont nous ne ferons qu'indiquer
un petit nombre. *

* *L'éditeur, pour ſa juſtification ſur la différence qu'on pourra trouver, tant
dans les vers que dans la proſe de Moliere, entre cette édition, & celles qui
l'ont précédée, a remis à la bibliothéque du Roi ſept volumes in-12, contenant les vingt-trois comédies qui ont été imprimées du vivant de l'auteur.*

Dans le troifiéme acte de *l'avare*, par exemple, Harpagon demande ce qu'il faudra pour un fouper qu'il veut donner à fa maîtreffe ; voici ce qu'on fait répondre à maître Jacques.

M. JACQUES.

Hé bien, il faudra quatre grands potages *bien garnis*, & cinq affiettes *d'entrées*. Potages, *bifque*, *potage de perdrix aux choux verds*, *potage de fanté*, *potage de canards aux navets*. Entrées, *fricaffée de poulets*, *tourte de pigeonnaux*, *ris de veau*, *boudin blanc*, *& morilles.*

HARPAGON.

Que diable ! Voilà pour traiter toute une ville.

M. JACQUES.

Rôt, *dans un grandiffime baffin en pyramide. Une grande longe de veau de riviere*, *trois faifans*, *trois poulardes graffes*, *douze pigeons de voliere*, *douze poulets de grain*, *fix lapereaux de garenne*, *douze perdreaux*, *deux douzaines de cailles*, *trois douzaines d'ortolans.* *

HARPAGON.

Ah ! Traître, tu manges tout mon bien.

Peut-on croire qu'Harpagon entende tranquillement le détail de tout ce que maître Jacques veut fervir ? Moliere fait parler & agir l'avare d'une ma-

---

* *Tout ce qui eft en caractére italique, a été ajoûté, & n'eft point dans la premiére édition de* 1669, *à laquelle on s'eft conformé.*

niére plus conforme à fon caractére. Harpagon interrompt maître Jacques dès qu'il parle d'*entrées*, & au feul mot de *rôt*, il veut plûtôt l'étrangler que l'écouter. *ceraifonnement nevaut rien.*

Des perfonnes d'efprit & de goût ont paru fâchées de ce retranchement, fur le prétexte que ce détail aura pû être ajoûté par Moliere depuis la premiere impreffion de fon ouvrage, pour donner plus de jeu à fes acteurs, & pour rendre la fcéne plus vive & plus comique. Cette conjecture, qui n'eft nullement prouvée, ne nous a pas permis de nous écarter de l'obligation où eft tout éditeur de rétablir le texte d'un auteur, tel qu'il a été donné au public par lui-même. Peut-être pourrions-nous ajoûter qu'Harpagon, qui ne peut être qu'impatienté par le difcours de maître Jacques, doit naturellement impofer filence à fon valet ; &, fi quelquefois les auteurs ont fait céder la vrayfemblance d'un caractére à la tentation de faire rire les fpectateurs par un jeu fouvent outré, avouons que, dans les piéces férieufes, Moliere avoit, moins qu'un autre, befoin de ce fecours.

Dans la quatriéme fcéne du cinquiéme acte de *Tartuffe*, Damis doit dire

Cette audace eft étrange,
J'ai peine à me tenir, & la main me démange.

au lieu de ces vers qu'on y avoit fubftitués mal-à-propos.

> Cette audace eft trop forte,
> J'ai peine à me tenir, il vaut mieux que je forte.

Ala les peut ôte un variant & Moliere

Les comédiens avoient fait ce changement, parce que fouvent ils étoient dans la néceffité de faire jouer deux perfonnages à un même acteur, & qu'en faifant ainfi fortir Damis du théatre, il pouvoit, en changeant d'habit, faire le rôle de l'exemt qui vient avec Tartuffe à la fin de l'acte. Cette raifon de convenance pour les comédiens, peut-elle autorifer à changer le texte d'un auteur ? L'éditeur, du moins, ne devoit pas mettre au nombre des acteurs dans l'avant derniére fcéne le même Damis qui eft cenfé forti du théatre, ni lui faire dire, en parlant de Tartuffe, ce vers que les comédiens font dire par Dorine,

> Comme du Ciel l'infame impudemment fe jouë !

On a auffi rétabli une bonne partie de la fixiéme fcéne du premier acte des *fourberies de Scapin*, qui avoit été fupprimée.

L'addition dans *l'avare*, le changement dans *Tartuffe*, & l'omiffion dans *Scapin*, fe trouvent dans l'édition de 1682, & dans toutes celles qui

ont été faites depuis. Si on défigure ainsi un auteur
qui n'étoit mort que depuis neuf ans, que devons-
nous penser de la fidélité avec laquelle les ouvrages des grecs & des latins nous ont été transmis.

Il est vrai que nous n'avons pas eu la ressource
des premieres éditions, pour toutes les piéces qui
composent ce recueil. Moliere n'en a fait imprimer
que vingt-trois ; les autres, sçavoir, *Dom Garcie
de Navarre, l'impromptu de Versailles, le festin
de Pierre, Mélicerte, les amans magnifiques, la
comtesse d'Escarbagnas, & le malade imaginaire,*
ne parurent qu'en 1682. Denis Thierry en obtint le
privilége le 26 aoust de cette année, sous le nom
d'œuvres posthumes. On trouve pourtant dans le
regître de la chambre syndicale des libraires de
Paris, la datte de deux priviléges accordés à Moliere, l'un du 31 may 1660 pour l'impression de
Dom Garcie, & l'autre du 11 mars 1665 pour
celle du *festin de Pierre.* Ni l'un ni l'autre de ces
priviléges n'ont eu lieu ; du moins on n'a pû découvrir que ces comédies eussent été imprimées
avant 1682.

Il faut encore convenir que si les premieres
éditions ont servi à rétablir le vray texte de l'auteur, on ne s'est pas tellement assujetti à ces éditions, qu'on n'ait pris quelquefois la liberté de
changer, d'augmenter, & de diminuer, sans croire

mériter aucuns reproches, puisque ç'a été sans toucher au texte, & seulement dans les choses qui ne sont que relatives aux comédies, comme on va le faire voir.

Les piéces qui sont avec des ballets, ou des intermédes, ont paru devoir être mises dans un meilleur ordre qu'elles n'étoient. * On a ajoûté aux noms des acteurs de la comédie, ceux des autres personnages, au lieu de les laisser au commencement de chaque divertissement ; &, par là, tous les personnages de chaque piéce sont rassemblés sous un même point de vûë. On a aussi distribué en scénes tous les prologues, & tous les intermédes, suivant les régles établies par rapport à tout ouvrage dramatique ; & on a débrouillé, par ce moyen, ce qui ne pouvoit être que très-confus sans ce nouvel arrangement. Enfin on a changé, & même retranché plusieurs explications diffuses & inutiles, dont quelques-unes ne faisoient que rendre en prose ce qui étoit exprimé par les vers qui suivoient. Quelques-unes de ces comédies étoient composées pour servir de liaison à des spectacles, & à des fêtes magnifiques que Louis XIV encore jeune donnoit à sa cour ; on en imprimoit les ballets & les intermédes séparément, avec les noms de ceux

_____

* *Consultez sur tout, à ce sujet, l'avertissement qui précéde la* princesse d'Elide.

qui

qui y étoient employés pour le chant, & pour la danfe. On y joignoit quelquefois un argument de la comédie, acte par acte, ou fcéne par fcéne, pour donner une idée de l'action, & pour montrer la liaifon qu'il pouvoit y avoir entre cette action, & les intermédes qui y étoient joints. Ces explications & ces argumens font devenus totalement inutiles quand on a imprimé ces piéces en leur entier; & les éditeurs y ont inféré mal-à-propos ce qui ne fervoit qu'à fuppléer au texte qui manquoit alors.

Il falloit encore porter fon attention plus loin; & ceci regarde en général toutes les comédies contenuës dans ce recueil.

L'objet principal, dans l'impreffion des piéces de théatre, doit être de mettre fous les yeux du lecteur tout ce fe paffe dans la repréfentation. Un regard, un gefte d'un acteur, rend quelquefois fenfible, ce que l'auteur n'a peut-être qu'imparfaitement exprimé dans fon dialogue. On a donc crû devoir diftinguer jufqu'aux moindres mouvemens, & développer avec foin tout ce qui pouvoit contribuer à rendre plus parfaite l'imitation que la comédie fe propofe; car comment reconnoître cette imitation, fi toutes les actions ne font pas fidélement indiquées, puifqu'elle dépend du concours de toutes ces actions. On a fuivi, dans cette

Tome I   b

vûë , les repréfentations des piéces de Moliere qui fe jouent actuellement fur notre théatre ; on a encore confulté les comédiens fur ce qui auroit pû échaper.

Si ce travail eft inutile pour ceux qui fréquentent les fpectacles , il ne l'eft pas pour les étrangers , ni pour ceux qui fe contentent de lire ces fortes d'ouvrages ; il pourra même être utile pour les fiécles à venir. Il feroit à fouhaiter que les comédies de Plaute , & de Térence nous euffent été tranfmifes avec le même foin : il y auroit , fans doute , moins d'obfcurité en beaucoup d'endroits ; & nous y découvririons des beautés que nous ne connoiffons pas. *

Par le même principe , on a marqué avec précaution & exactitude , l'inftant où les acteurs entrent fur le théatre , & celui où ils en fortent : le nombre des fcénes a été confidérablement augmenté dans plufieurs comédies ; difons mieux , on n'en a point augmenté le nombre , on n'a fait que diftinguer celles qui y étoient.

Peut-être dira-t-on qu'il y a de la témérité à vouloir , en cela , mieux faire que Moliere lui-même n'a fait. On pourroit , par la même raifon , défapprouver auffi les indications qui ont été ajoûtées , puifque l'auteur les avoit omifes dans les édi-

---

* *Ces réfléxions font autorifées par celles du grand Corneille dans fon troifiéme difcours fur la tragédie.*

tions qui ont été faites, pour ainfi dire, fous fes yeux. Il ne feroit pas difficile de prouver, par ces éditions même, que Moliere ne fe donnoit pas le foin de les revoir ; mais ce détail méneroit trop loin ; contentons-nous de dire que le tems que demandoit la compofition de fes piéces, le foin de former, & de foûtenir une troupe dont il étoit l'ame & le chef, la néceffité où il étoit de jouer la comédie, les fréquens voyages à Verfailles, à faint Germain, & en d'autres endroits où fa troupe avoit l'honneur de contribuer aux divertiffemens de la cour, mille autres occupations inféparables de fon état, ne pouvoient guéres lui laiffer le loifir de veiller à l'impreffion de fes ouvrages. On a donc fait ce qu'il auroit fait probablement lui-même, s'il en eût donné une édition revûë & corrigée. Il femble l'annoncer dans la préface de *l'école des femmes*, il devoit y joindre des examens, à l'exemple du grand Corneille ; une mort prématurée nous en a privés. Quelle fource de regrets pour nous ! Quelle poëtique, en effet, peut être plus inftructive, que celle qui joint l'exemple aux préceptes ; & qui, en établiffant la régle qu'il faut fuivre, en fait en même tems l'application ! Il n'a point affez vécu pour notre plaifir, & pour notre inftruction ; il avoit affez vécu pour fa gloire.

Si l'on ne trouve pas dans cette édition la vie de

b ij

Moliere * qui parut en 1705, non plus que la critique qui en fut faite dans le tems, & la réponse à cette critique, on y a suppléé par des *mémoires sur sa vie & sur ses ouvrages.* L'auteur de ces mémoires, sans rien omettre des faits les plus constans concernant la vie privée de Moliere, n'a point adopté ceux qui lui ont paru peu sûrs, peu importans, ou même étrangers au sujet. Il ne s'est pas borné seulement à nous peindre le comédien, & le chef de troupe; il a crû que son ouvrage seroit encore plus intéressant, si quelques courtes réfléxions, tant historiques que critiques, mettoient les lecteurs en état de connoître, dans chacune des comédies de Moliere, le mérite particulier qui les distingue, & dans celui qui les a composées, le restaurateur de la comédie françoise.

On a aussi supprimé la *lettre écrite à une personne de qualité, sur le sujet du Misantrope,* par le sieur de Visé; le *jugement sur l'Amphitrion, extrait du dictionnaire historique & critique de m. Bayle;* l'*ombre de Moliere, comédie en un acte en prose,* par le sieur Brécourt; les *extraits de divers auteurs, contenant plusieurs particularités de la vie de m. ** de Moliere, & des jugemens sur quel-*

* *Composée par Jean-Leonor le Gallois, sieur de Grimarest, & imprimée in-12, à Paris, par Jacques le Fébvre en 1705.*

** *C'est mal-à-propos qu'on a écrit de Moliere, puisque lui-même dans* l'imprompru de Versailles, *appelle sa femme* mademoiselle Moliere.

ques-unes de fes piéces, non plus que le *recueil des épigrammes, épitaphes, ou autres piéces en vers, tant latines que françoifes, faites par divers auteurs fur m. de Moliere, & fur fa mort.* Qui voudroit recueillir toutes les critiques ou apologies, tant en vers qu'en profe, & même en forme de comédie, faites pour & contre lui, & y joindre tout ce qui a été dit à fon fujet par différens écrivains, auroit de quoi remplir plus d'un volume *in-4°.* Mais ce font les œuvres de Moliere qu'on donne au public, & non des œuvres diverfes concernant Moliere.

Ce feroit ici le lieu de rendre compte des additions qui caractérifent cette édition ; mais, pour ne point répéter les mêmes chofes, on prie les lecteurs de confulter les avertiffemens imprimés à la fuite du *mariage forcé,* de *Mélicerte,* de *George Dandin,* & de *la comteffe d'Efcarbagnas.* Prefque toutes ces additions font partie des œuvres de Moliere, & d'ailleurs elles font d'un genre qu'il a en quelque forte créé, puifqu'il a imaginé le premier de lier le chant & la danfe à un fujet, & de ne *faire qu'une feule chòfe du ballet, & de la comédie. C'eft,* dit-il dans la préface des fâcheux, *un mélange qui eft nouveau pour nos théatres, dont on pourroit chercher quelques autorités dans l'antiquité ; & comme tout le monde l'a trouvé agréable, il peut fervir d'idée à d'autres chofes qui pourroient être méditées avec plus de loifir.* Il faut convenir que les ballets inférés dans les piéces de Moliere, fe reffentent quelquefois de la précipitation avec laquelle il étoit obligé de les compofer, pour obéir aux ordres du Roi ; mais on ne peut du moins lui difputer la gloire d'avoir enrichi le théatre françois d'un genre de comédie, qui depuis y a été fouvent employé avec fuccès.

Quelques perfonnes fouhaitoient qu'on fuivît l'ortographe qui étoit en ufage du tems de Moliere ; comme elle a varié, même de fon vivant, on n'a pû s'y affujettir entiérement : on n'a point auffi adopté la nouvelle. A l'égard de l'uniformité dans la ma-niére d'écrire les mêmes mots, on la crûë indifpen-fable.

Les comédies font à préfent rangées fuivant le tems qu'elles ont été repréfentées pour la premiere fois fur les théatres du petit Bourbon, & du palais royal, relativement à la table générale qui eft à la fuite des *mémoires* ; il y en a plufieurs, à la fin defquelles on trouvera les noms des comédiens qui y récitoient, & même des perfonnes qui y ont chan-té & danfé ; mais on n'a mis que ceux dont on a pû être fûr. De fimples traditions, en pareil cas, font trop incertaines, & l'on ne doit pas s'y fier. La feule comédie de *la princeffe d'Elide*, avoit cet avantage dans les éditions précédentes ; on a

eu recours, pour les autres, aux imprimés *in-*4°,
qui fe diftribuoient à la cour dans le tems des premieres repréfentations. Comme Louis XIV, lui-
même, ne dédaignoit pas d'y danfer, & que les
princes, les princeffes, & les feigneurs de fa cour,
à fon exemple, s'en faifoient un amufement, on a
crû que, du moins par ce côté, ce détail pourroit
exciter la curiofité du public, & lui paroître intéreffant.

MEMOIRES

MEMOIRES

SUR

LA VIE

ET LES OUVRAGES

DE MOLIERE.

MEMOIRES

SUR

LA VIE ET LES OUVRAGES

DE MOLIERE.

EAN-BAPTISTE POCQUELIN, ſi célébre ſous le nom de MOLIERE, naquit à Paris en 1620. Il étoit fils & petit-fils de valets de chambre-tapiſſiers du Roi ; ſa mere, fille auſſi de tapiſſiers, (*a*) s'appelloit N… Boutet.

Il paſſa quatorze années dans la maiſon (*b*) paternelle, où l'on ne ſongea qu'à lui donner une éducation conforme à ſon état. Sa famille qui le deſtinoit à la charge de ſon pere, en obtint pour lui la ſurvivance ; mais la complaiſance qu'avoit euë ſon grand-pere, de le mener ſouvent à l'hôtel de Bourgogne, ayant déjà commencé à développer en lui

(*a*) Ces deux familles étoient établies ſous les piliers des halles.

(*b*) On prétend que la maiſon où naquit Moliere, eſt la troiſiéme en entrant par la ruë ſaint Honoré.

le goût naturel qu'il avoit pour les spectacles, il conçut un dessein fort opposé aux vûës de ses parens ; il demanda instamment, & on lui accorda avec peine, la permission d'aller faire ses études au collége de Clermont.

Il remplit cette carriére dans l'espace de cinq ans ; pendant lesquels il contracta une étroite liaison avec Chapelle, Bernier, & Cyrano. Chapelle, aux études de qui l'on avoit associé Bernier, avoit pour précepteur le célébre Gassendi, qui voulut bien admettre Pocquelin à ses leçons, comme dans la suite il y admit Cyrano.

Les belles lettres avoient orné l'esprit du jeune Pocquelin ; les préceptes du philosophe lui apprirent à raisonner. C'est dans ses leçons qu'il puisa ces principes de justesse qui lui ont servi de guides dans la plûpart de ses ouvrages.

Le voyage de Louis XIII à Narbonne en 1641, interrompit des occupations d'autant plus agréables pour lui, qu'elles étoient de son choix. Son pere, devenu infirme, ne pouvant suivre la cour, il y alla remplir les fonctions de sa charge, qu'il a depuis exercées jusqu'à sa mort ; mais, à son retour à Paris, cette passion pour le théatre, qui l'avoit porté à faire ses études, se réveilla plus vivement que jamais. S'il est vrai, comme on l'a dit, qu'il ait étudié en droit, & qu'il ait été reçû (c) avocat, il céda bientôt à son étoile,

_____

(c) Voici ce qu'en dit Grimarest, vie de Moliere, page 312. Paris in-12. 1705. On s'étonnera peut-être que je n'aye point fait M. de Moliere avocat, mais ce fait m'avoit absolument été contesté par des personnes que je devois supposer en sçavoir mieux la vérité que le public . . . . . . Cependant sa famille m'a si fortement assuré du contraire, que je me crois obligé de dire que Moliere fit son droit avec un de ses camarades d'études ; que dans le tems qu'il se fit recevoir avocat, ce camarade se fit comédien ; que l'un & l'autre eurent du succès, chacun dans sa profession ; & qu'enfin, lorsqu'il prit fantaisie à Moliere de quitter le barreau pour monter sur le théatre, son camarade, de comédien, se fit avocat.

qui le deftinoit à être parmi nous le reftaurateur de la comédie.

Le goût pour les fpectacles étoit prefque général en France, depuis que le cardinal de Richelieu avoit accordé une protection diftinguée aux poëtes dramatiques. Plufieurs fociétés particuliéres fe faifoient un divertiffement domefti-que de jouer la comédie. Pocquelin entra dans une de ces fociétés, qui fut connuë fous le nom de *l'illuftre théatre*. (*d*) Ce fut alors qu'il changea de nom pour prendre celui de Moliere. Peut-être crut-il devoir cet égard à fes parens, qui ne pouvoient que défapprouver la profeffion qu'il em-braffoit ; peut-être auffi ne fit-il que fuivre l'exemple des premiers acteurs (*e*) de l'hôtel de Bourgogne, qui avoient au théatre des noms particuliers, tant pour les rôles férieux, que pour les rôles de bas comique.

On le perd ici de vûë pendant quelques années ; cet in-tervalle fut le tems des guerres civiles qui agitérent Paris & tout le royaume, depuis 1648 jufqu'en 1652. Moliere l'employa vrayfemblablement à compofer fes premiers ou-vrages. La Béjart, comédienne de campagne, attendoit ainfi que lui, pour exercer fon talent, un tems plus favo-rable ; il lui rendit des foins, & bientôt, liés par les mêmes

(*d*) Elle parut d'abord fur les foffés de Nefle, & enfuite au quartier faint Paul. Ces nouveaux comédiens, qui jufques-là avoient joué pour leur plaifir, flatés par quelque fuccès, voulurent tirer de l'argent de leurs repréfentations, & s'établirent dans le jeu de paûme de la croix blanche au fauxbourg faint Germain ; mais leur projet ne réuffit pas. *Artaxerxe*, tragédie de *Magnon*, imprimée pour la premiere fois le 20 juillet 1645, fut repréfentée par *l'illuftre théatre*.

(*e*) Hen. le Grand s'appelloit *Belleville* comme comédien, & *Turlupin* comme farceur. Hugues Guéru étoit connu dans les piéces férieufes fous le nom de *Fléchelles*, & dans la farce fous celui de *Gautier Garguille*. C'eft ainfi que Robert Guérin prit le nom de *la Fleur*, & de *Gros Guillaume*.

fentimens, leurs intérêts furent communs. Ils formérent de concert une troupe, & partirent pour Lyon en 1653.

On y repréfenta *l'étourdi*, piéce en cinq actes, qui enleva prefque tous les fpectateurs au théatre d'une autre troupe de comédiens établis dans cette ville. Quelques-uns d'entre eux prirent parti avec Moliere & le fuivirent en Languedoc, où il offrit fes fervices à monfieur le prince de Conti, qui tenoit à Béziers les états de la province. Armand de Bourbon le reçut avec bonté, & fit donner des appointemens à fa troupe. Ce prince avoit connu Moliere au collége, & s'é-toit amufé à Paris des repréfentations de *l'illuftre théatre*, qu'il avoit plufieurs fois mandé chez lui. Non content de confier à Moliere la conduite des fêtes qu'il donnoit, on croit qu'il lui offrit (*f*) une place de fécretaire auprès de fa perfonne : le fort de la fcéne françoife en décida au-trement.

L'étourdi reparut à Béziers avec un nouveau fuccès, *le dépit amoureux* & *les précieufes ridicules* y entraînérent tous les fuffrages ; on donna même des applaudiffemens à quel-ques farces qui, par leur conftitution irréguliére, méri-toient à peine le nom de comédie, telles que *le docteur amoureux*, *les trois docteurs rivaux*, & *le maître d'école*, dont il ne nous refte que les tîtres. On a penfé jufqu'ici que dans ces fortes de piéces chaque acteur de la troupe de Moliere, en fuivant un plan général, tiroit le dialogue de fon propre fonds, (*g*) à la maniére des comédiens italiens ; mais, fi on en juge par deux piéces du même genre, qui font parve-

(*f*) *Voyez* Grimareft page 24. . . . (*g*) Ibidem page 29.

nuës manuscrites jusqu'à nous, (h) elles étoient écrites & dialoguées en entier. L'auteur les a probablement supprimées dans la suite, parce qu'il sentit qu'elles ne pourroient lui acquérir le degré de réputation auquel il aspiroit.

Sur la fin de l'année 1657, Moliere avec sa troupe partit pour Grenoble ; il y resta pendant le carnaval de 1658. Il vint passer l'été à Rouen ; &, dans les frequens voyages qu'il fit à Paris, où il avoit dessein de se fixer, il eut accès auprès de Monsieur, qui le présenta au Roi & à la Reine mere. Dès le 24 octobre de la même année, sa troupe représenta la tragédie de Nicoméde devant toute la cour, sur un théatre élevé dans la sale des gardes du vieux louvre. A la fin de la piéce, Moliere ayant fait au Roi un remerciement, dans lequel il sçut adroitement louer les comédiens de l'hôtel de Bourgogne qui étoient présens, il demanda la permission de donner un de ces divertissemens qu'il avoit joués dans les provinces, il l'obtint ; *le docteur amoureux* fut représenté & applaudi. Le succès de cet essai rétablit l'usage des piéces en un acte qui avoit cessé à l'hôtel de Bourgogne, depuis la mort des premiers farceurs.

La cour avoit tellement goûté le jeu de ces nouveaux acteurs, que le Roi leur permit de s'établir à Paris, sous le titre de troupe (i) de Monsieur, & de jouer alternativement avec

(h) Ces deux piéces se trouvent dans le cabinet de quelques curieux. L'une est intitulée *le médecin volant*, l'autre *la jalousie de Barbouillé*. Il y a quelques phrases & quelques incidens qui ont trouvé leur place dans *le médecin malgré lui* ; & l'on voit dans *la jalousie de Barbouillé* un canevas, quoi qu'informe, du troisiéme acte de *George Dandin*.

(i) *Voyez* muse historique de Loret, lettre 48 du 6 novembre 1659.

Cette troupe de comédiens
Que Monsieur avouë être siens.

Il y a apparence qu'ils obtinrent ce titre dès 1658, avec la permission de s'établir à Paris.

les comédiens italiens fur le théatre (*k*) du petit Bourbon.

L'étourdi y fut repréfenté au commencement du mois de décembre 1658. On ne connoiffoit guéres alors que des piéces chargées d'intrigue ; l'art d'expofer fur la fcéne comique des caractéres & des mœurs, étoit réfervé à Moliere. Quoiqu'il n'ait fait que l'ébaucher dans la comédie de *l'étourdi*, elle n'eft point indigne de fon auteur. Elle eft partie à l'antique, puifque c'eft un valet qui met la fcéne en mouvement, & partie dans le goût efpagnol, par la multiplicité des incidens qui naiffent l'un après l'autre, fans que l'un naiffe de l'autre néceffairement ; on y trouve des perfonnages froids, des fcénes peu liées entre elles, des expreffions peu correctes ; le caractére de Lélie n'eft pas même trop vrayfemblable, & le dénouement n'eft pas heureux ; le nombre des actes n'eft déterminé à cinq, que pour fuivre l'ufage, qui fixe à ce nombre les piéces qui ont le plus d'étenduë ; mais ces défauts font couverts par une variété & par une vivacité qui tiennent le fpectateur en haleine, & l'empêchent de trop réfléchir fur ce qui pourroit le bleffer.

Les incidens du *dépit amoureux* font arrangés avec plus d'art, quoique toujours dans le goût efpagnol. Trop de complication dans le nœud, & peu de vrayfemblance dans le dénouement. Cependant on y reconnoît dans le jeu des perfonnages, une fource de vray comique ; peres ,

(*k*) La fale du petit Bourbon ayant été démolie au mois d'octobre 1660, pour conftruire la façade du louvre qui eft du côté de faint Germain l'Auxérrois , le Roi accorda à Moliere & aux comédiens italiens la fale que le cardinal de Richelieu avoit fait bâtir dans fon palais. Elle fert aujourd'hui au fpectacle de l'opera ; Lulli l'obtint en 1673, après la mort de Moliere.

amans, maîtreſſes, valets, tous ignorent mutuellement les vûës particuliéres qui les font agir, ils ſe jettent tour à tour dans un labyrinthe d'erreurs qu'ils ne peuvent démêler. La converſation de Valere avec Aſcagne déguiſée en homme, celle des deux vieillards qui ſe demandent réciproquement pardon, ſans oſer s'éclaircir du ſujet de leur inquiétude, la ſituation de Lucile accuſée en préſence de ſon pere, & le ſtratagême d'Eraſte pour tirer la vérité de ſon valet, ſont des traits également ingénieux & plaiſanſ. Mais l'éclairciſ-ſement du même Eraſte & de Lucile, qui a donné à la piéce le tître de *dépit amoureux*, leur brouillerie & leur réconciliation, ſont le morceau de cet ouvrage le plus juſ-tement admiré.

Quoique la comédie des *précieuſes ridicules* ne ſoit pas une des meilleures du côté de l'intrigue, quoiqu'elle ne ſoit pas une des plus nobles, elle doit tenir un rang conſidérable parmi les chef-d'œuvres de Moliere. Il oſa, dans cette piéce, abandonner la route connuë des intrigues compliquées, pour nous conduire dans une carriére de comique ignorée juſqu'à lui. Une critique fine & délicate des mœurs & des ridicules qui étoient particuliers à ſon ſiécle, lui parut être l'objet eſſentiel de la bonne çomédie.

LES PRECIEU-SES RIDICULES, comédie en un aĉte en proſe, re-préſentée à Pa-ris ſur le théâtre du petit Bour-bon, le 18 no-vembre 1659.

La paſſion du bel eſprit, ou plûtôt l'abus qu'on en fait, eſpéce de maladie contagieuſe, étoit alors à la mode; le ſtile empoulé & guindé des romans, que les femmes admiroient par les mêmes côtés, qui depuis ont décrédité ces ouvrages, avoit paſſé dans les converſations; enfin le vice d'affeĉtation répandu dans le langage, & même dans les penfées, s'étendoit jufques dans la parure, & dans le commerce de la vie ordinaire. Ce fut dans ces conjonctures que parut la comédie des *précieufes ridicules* ; jamais fuccès ne fut plus marqué. (*l*) Il produifit une réforme générale ; on rit, on fe reconnut, on applaudit en fe corrigeant. Ménage qui affiftoit à la premiere repréfentation, dit à Chapelain, *nous approuvions vous & moi toutes les fottifes qui viennent d'être critiquées fi finement & avec tant de bon fens ; croyez-moi, il nous faudra brûler ce que nous avons adoré, & adorer ce que nous avons brûlé.* Cet aveu n'eft autre chofe que le fentiment réfléchi d'un fçavant détrompé ; mais le mot du vieillard, qui du milieu du parterre s'écria par inftinct, *Courage, Moliere, voilà la bonne comédie*, eft la pure expreffion de la nature, qui montre l'empire de la vérité fur l'efprit humain.

SGANARELLE, ou LE COCU IMAGINAIRE, comédie en trois actes en vers, repréfentée à Paris fur le théatre du petit Bourbon, le 28 mars 1660.

On remarqua dans *le cocu imaginaire*, que l'auteur depuis fon établiffement à Paris, avoit perfectionné fon ftile. Cet ouvrage eft plus correctement écrit que fes deux premieres comédies. Mais fi l'on y retrouve Moliere en quelques endroits, ce n'eft pas le Moliere des *précieufes ridicules*. Le titre de la piéce, le caractére du premier perfonnage, la nature de l'intrigue, & le genre de comique qui y régne, femblent annoncer qu'elle eft moins faite pour amufer des gens délicats, que pour faire rire la multitude ; cependant on ne peut s'empêcher d'y découvrir en même tems un but très-moral ; c'eft de faire fentir combien il eft dangereux

(*l*) L'affluence des fpectateurs obligea les comédiens à faire payer, dès la feconde repréfentation, le double du prix ordinaire. La piéce fe foutint pendant quatre mois de fuite.

de

de juger avec trop de précipitation, fur tout dans les circonftances où la paffion peut groffir ou diminuer les objets. Cette vérité, foutenuë par un fonds de plaifanterie gaye, & d'une forte d'intérêt né du fujet, attira un grand nombre de fpectateurs (*m*) pendant quarante repréfentations, quoique ce fût en été, & que le mariage du Roi retînt la cour hors de Paris. Quelques auteurs voulurent critiquer, mais à peine furent-ils écoutés.

Ils fe déchaînérent avec plus de raifon contre *Dom Garcie de Navarre*. Le choix du fujet, tiré ou imité des efpagnols, dans lequel les incidens appartiennent plus à la comédie qu'au genre héroïque, & dont le fonds même eft vicieux, put contribuer au peu de fuccès de cet ouvrage; Moliere qui jouoit le rôle de Dom Garcie, ne réuffit pas mieux comme acteur. Il n'appella point du jugement du public; il ne fit pas même imprimer fa piéce, quoiqu'il y eût des traits qu'il jugeât dignes d'être inférés depuis dans d'autres comédies, & fur tout dans *le mifantrope*. (*n*)

Dom Garcie de Navarre, ou le prince jaloux, comédie héroïque en cinq actes en vers, repréfentée à Paris fur le théatre du palais royal le 4 février 1661.

L'école des maris effaça l'impreffion défavantageufe que *Dom Garcie* avoit laiffée. Il eft peu de piéces, fur tout en trois actes, auffi fimples, auffi claires, auffi fécondes que celle-ci. Chaque fcéne produit un incident nouveau, & ces incidens développés avec art, aménent infenfiblement un des plus beaux dénouemens qu'on ait vûs fur le théatre françois. *Les Adelphes* de Térence n'ont fourni que l'idée

L'école des maris, comédie en trois actes en vers, repréfentée à Paris fur le théatre du palais royal le 24 juin 1661.

(*m*) *Voyez* l'avis au lecteur qui précéde *la cocuë imaginaire, ou les amours d'Alcippe & de Céphife,* comédie en trois actes en vers, par *Fr. Doneau*, Paris *in*-12, 1660.

(*n*) *Voyez* la fcéne VIII. de l'acte IV. de *Dom Garcie*; & la fcéne III. de l'acte IV. du *mifantrope.*

de *l'école des maris :* dans *les Adelphes*, deux vieillards d'humeurs oppofées, un pere & un oncle, donnent une éducation très-différente, l'un à fon fils, l'autre à fon neveu; dans *l'école des maris*, ce font deux tuteurs chargés d'élever chacun une fille qui leur a été confiée ; l'un févere, l'autre indulgent : le poëte françois a enchéri fur le poëte latin, en donnant à ces deux perfonnages, non feulement l'intérêt de peres, mais encore celui d'amans ; intérêt fi fin, fi vif, qu'il forme une piéce toute nouvelle, fur l'idée fimple de l'ancienne.

LES FACHEUX, comédie-ballet en trois actes en vers, repréfentée à Vaux au mois d'août 1661,& à Paris, fur le théatre du palais royal , le 4 novembre de la même année,

Le théatre retentiffoit encore des juftes applaudiffemens qu'on avoit donnés à *l'école des maris*, lorfque *les fâcheux* furent repréfentés à Vaux chez monfieur Fouquet, furintendant des finances, en préfence du Roi & de la cour; Paul Peliffon, moins célébre par la délicateffe de fon efprit, que par fon attachement inviolable à la perfonne de monfieur Fouquet, jufques dans fes malheurs, en avoit compofé le prologue à la louange du Roi ; la fcéne du chaffeur dont le Roi (o) avoit donné l'idée à Moliere, fut depuis ajoûtée dans la repréfentation de faint Germain. Cette efpéce de comédie eft prefque fans nœud, les fcénes n'ont point entre elles de liaifon néceffaire, on peut en changer l'ordre, en fupprimer quelques-unes, en fubftituer d'autres, fans faire tort à l'ouvrage : mais le point effentiel étoit de foutenir l'attention du fpectateur, par la variété des caractéres, par la vérité des portraits, & par l'élégance continuë du ftile. C'eft l'affemblage de ces beautés exquifes, c'eft cette

(o) *Voyez* épître dédicatoire des *fâcheux*.

image , ou plûtôt la réalité même des embarras & des importuns de la cour , qui firent le fuccès des *fâcheux.* On vit pour la premiére fois *le chant & la danfe unis à un fujet, (p) pour ne faire qu'une feule chofe du ballet & de la comédie.* Quoique les intermédes ne foient pas naturellement liés au fujet, ce mélange plut par fa nouveauté ; on eut peut-être de l'indulgence pour un ouvrage conçû, fait, appris, & repréfenté en quinze jours. (*q*)

Le théatre de Moliere, fi l'on en croit l'auteur de fa vie, (*r*) effuya pendant l'année 1662, un de ces revers que le bon goût éprouve quelquefois de la part des goûts de mode. Il l'attribuë au retour de Scaramouche en France ; mais cet admirable pantomime, parti de Paris (*r*) au mois de juin 1662, n'y revint qu'au (*t*) mois de novembre de la même année, & *l'école des femmes* qui parut au mois de décembre fuivant, attira tout Paris au théatre de Moliere. (*u*) Cette affluence de fpectateurs ne le garantit point des critiques fans nombre qui fe répandirent dans le public contre fon ouvrage, mais elle fervit à l'en confoler. Soit malignité, foit cabale, on infifta fur de légers défauts, on releva juf-qu'aux moindres négligences ; le défaut le plus effentiel ne fut pas remarqué : il eft des images dangereufes, qu'on ne

L'ECOLE DES FEMMES, comédie en cinq actes en vers, repréfentée à Paris fur le théatre du palais royal le 26 décembre 1662.

(*p*) *Voyez* préface des *fâcheux.* (*q*) ibidem.
(*r*) *Voyez* Grimareft, page 125.
(*s*) *Voyez* mufe hiftorique de Loret, lettre 21 du 10 juin 1662. (*t*) ibid. lettre 45 du 18 novembre 1662, (*u*) ibid. lettre 2. du 30 janvier 1663, où il dit, en parlant de *l'école des femmes,*
Piéce qu'en plufieurs lieux on fronde ;
Mais où pourtant va tant de monde,
Que jamais fujet important,
Pour le voir, n'en attira tant.

d ij

doit jamais expofer fur la fcéne. Mais, fi l'on ne confidére
que l'art qui régne dans cette piéce, on fera forcé de convenir que *l'école des femmes* eft une des plus excellentes
productions de l'efprit humain. Les refforts en font cachés,
& la machine en produit un mouvement plus brillant. La
confidence réitérée que fait Horace au jaloux Arnolphe,
toujours la duppe, malgré fes précautions,

„ *D'une jeune innocente, & d'un jeune éventé,*

le caractére inimitable d'Agnès, le jeu des perfonnages
fubalternes, tous formés pour elle, le paffage promt &
naturel de furprife en furprife, font autant de coups de
maître. Ce qui diftingue encore plus particuliérement *l'école*
des femmes, & dont l'antiquité ni les théatres modernes
n'ont donné aucun modéle, c'eft que tout paroît récit &
tout eft en action ; chaque récit, par fa proximité avec
l'incident qui y a donné lieu, le retrace fi vivement, que le
fpectateur croit en être le témoin; & par un avantage fingulier
que le récit a fur l'action dans cette piéce, en apprenant
le fait, on jouit en même tems de l'effet qu'il produit,
parce que la perfonne qui a intérêt d'être inftruite, apprend
tout de celle qui a le plus d'intérêt à le lui cacher. La reffemblance que l'on pourroit trouver entre *l'école des maris*
& *l'école des femmes*, fur ce qu'Arnolphe & Sganarelle
font tous deux trompés par les mefures qu'ils prennent pour
affûrer leur tranquillité, ne peut tourner qu'à la gloire de
Moliere, qui a trouvé le fecret de varier ce qui paroît uni-
forme. Les traits naïfs d'Agnès ingénuë & fpirituelle, qui

ne pêche contre les bienséances, que parce qu'Arnolphe les lui a laissé ignorer, ne font pas les mêmes que ceux d'Isabelle fine & déliée, qui n'ont d'autre principe que la contrainte où la tient son tuteur.

Moliere n'opposa pendant long-tems que les représentations toujours suivies de sa piéce, aux critiques que l'on en faisoit, & ne songea à les détruire, du moins en partie, qu'au mois de juin 1663, qu'il donna au public sa comédie intitulée *la critique de l'école des femmes*. Le fonds en devoit être une dissertation, & n'admettoit par conséquent ni intrigue ni dénouement; mais Moliere ne s'écarte jamais de l'objet que doit avoir un auteur comique, quelque genre qu'il mette sur la scéne. Il sçut, par le tableau de ce qui se passa dans les cercles de Paris, tandis que *l'école des femmes* en faisoit l'entretien, tracer une image fidéle d'une des parties de la vie civile, en copiant le langage & le caractére des conversations ordinaires des personnes du monde. Par le choix des personnages ridicules qu'il introduit, il paroît n'avoir pas eu moins en vûë de faire la satyre de ses censeurs, que l'apologie de sa piéce; séduit peut-être par le panchant de la malignité humaine, qui croit ne pouvoir pas mieux se défendre qu'en attaquant. Boursault ne laissa pas de faire jouer à l'hôtel de Bourgogne *la contre-critique*, ou *le portrait du peintre*; il suivit l'idée & le plan de *la critique*, mais il alla trop loin, en supposant une cléf connuë de *l'école des femmes*, qui indiquoit les originaux copiés d'après nature.

Moliere pénétré des bontés du Roi, dont il venoit d'é-

LA CRITIQUE DE L'ECOLE DES FEMMES, comédie en un acte en profe, représentée sur le théatre du palais royal, le 1 juin 1663.

prouver de nouvelles marques, (x) crut devoir en fa préfence & aux yeux de toute la cour, détruire un foupçon dont les impreffions lui pouvoient être défavantageufes ; & fit paroî-tre *l'impromptu de Verfailles.* Bourfault n'y eft pas épargné, il y eft nommé avec le dernier mépris ; mais ce mépris ne tombe que fur l'efprit & fur les talens : il avoit attaqué Moliere par un endroit plus fenfible.

Ce qui regarde, dans *l'impromptu de Verfailles,* les co-médiens de l'hôtel de Bourgogne, peut avoir été dicté par l'efprit de vengeance ; mais, du moins, le bon goût l'a-t-il réglé, & l'utilité publique en pouvoit être l'objet, puifque dans l'imitation chargée du jeu de ces acteurs, on découvroit le ton faux & outré de leur déclamation chantante.

Si les écrits de Moliere étoient tout-à-fait anciens pour nous, on fe feroit un mérite de rencontrer dans cette piéce la datte de fon mariage avec la fille de la comédienne Béjart. (y)

En 1664, le Roi donna aux Reines une fête auffi fu-perbe que galante. Elle commença le 7 may, & dura plu-fieurs jours. Le détail en eft imprimé à la fuite de la *princeffe d'Elide, comédie - ballet,* qui en faifoit partie. Cette piéce réuffit, & la cour ne traita point avec févérité un ouvrage

L'IMPROMPTU DE VERSAIL-LES, comédie en un acte en profe, repré-fentée à Ver-failles le 14 oc-tobre 1663, & à Paris fur le théatre du pa-lais royal le 4 novembre de la même année.

LA PRINCESSE D'ELIDE, co-médie - ballet, (le premier acte & la première fcéne du fecond en vers, le refte en profe,) re-préfentée à Ver-failles le 8 may 1664, & à Paris fur le théatre du palais royal le 9 novembre de la même année.

(x) Il fut compris dans l'état des gens de lettres qui eurent part aux libéralités du Roi en 1663, par les foins de m. Colbert. On trouve à la fin du tome VI de cette édition le remercie-ment que Moliere fit au Roi à ce fujet.

(y) Impromptu de Verfailles, fcéne I.

MOLIERE.

Taifez-vous, ma femme, vous êtes une bête.

mademoifelle MOLIERE.

Grand merci, monfieur mon mari, voilà ce que c'eft ; le mariage change bien les gens ; & vous ne m'auriez pas dit cela il y a dix-huit mois,

fait à la hâte pour la divertir. Moliere n'avoit eu le tems d'écrire en vers que le premier acte, & la premiére scéne du second. L'applaudissement du prince, récompense aussi juste que flateuse pour Moliere, les allusions vrayes ou fausses qui pouvoient avoir quelque chose de mystérieux, les agrémens de la musique & de la danse; & plus encore l'espéce d'yvresse que produisent le mouvement & l'enchaîment des plaisirs, contribuérent au succès de *la princesse d'Elide*. Paris en jugea moins favorablement; il la vit séparée des ornemens qui l'avoient embellie à la cour; &, comme le spectateur n'étoit ni au même point de vûë, ni dans la situation vive & agréable où s'étoient trouvés ceux pour qui elle étoit destinée, on ne tint compte à l'auteur que de la finesse avec laquelle il développe quelques sentimens du cœur, & de l'art qu'il employe pour peindre l'amour propre & la vanité des femmes.

Le mariage forcé, ballet du Roi, ainsi intitulé parce que le Roi y avoit dansé une entrée dans la représentation qui en fut faite au louvre le 29 janvier 1664, parut sous le même titre le 13 may, septiéme jour de la fête donnée aux Reines. On veut qu'une avanture réelle, qui avoit un rapport éloigné à l'intrigue, ait alors donné à cette piéce un sel qu'elle n'a plus. Elle parut à Paris sous le titre de comédie, avec des changemens. Le plus considérable est l'addition de la scéne de Doriméne & de Lycaste, dont Sganarelle est témoin; elle supplée au magicien chantant, qui détournoit Sganarelle de son mariage.

LE MARIAGE FORCE', comédie-ballet en un acte en prose, représentée au louvre le 29 janvier 1664, & à Paris sur le théatre du palais royal, avec quelques changemens, le 15 novembre de la même année.

Ce ne fut point par son propre choix que Moliere traita

le fujet de *Dom Juan*, ou *le feftin de Pierre*. Les italiens qui l'avoient emprunté des (z) efpagnols, le firent connoître en France fur leur théatre, où il eut un extrême fuccès. Un fcélérat odieux par fes noirceurs & par fon hypocrifie, le prodige infenfé d'une ftatuë qui parle & qui fe meut, le fpectacle extravagant de l'enfer, ne révoltérent point la multitude, toujours avide du merveilleux. Séduite par le jeu des acteurs, frappée d'une nouvelle efpéce de tragi-comique, elle fit grace à un mélange monftrueux de religion & d'im-piété, de morale & de bouffonneries. *Ce fujet fit tant de bruit chez les italiens*, dit Rofimond, (*a*) *que toutes les troupes en voulurent régaler le public.*

En 1660, Villiers comédien de l'hôtel de Bourgogne, le fit repréfenter en vers. Moliere le donna en profe en 1665. Ses camarades qui l'avoient engagé à ce travail, furent punis d'un fi mauvais choix, par la médiocrité du fuccès ; foit que le préjugé qui régnoit alors contre les comédies en cinq actes écrites en profe, fût plus fort que l'efprit de vertige qui avoit attiré le public en foule aux italiens & à l'hôtel de Bourgogne, foit que l'on y fût bleffé de quelques traits hazardés que (*b*) l'auteur fupprima à la feconde repréfentation.

(z) Tirfo de Molina en eft l'auteur. Le titre efpagnol eft *El combidado de piedra*, qui fignifie, *le convié de pierre*, ou *la ftatuë de pierre conviée à un repas*, ce qui a été mal rendu en françois par l'expreffion de *feftin de Pierre*. Dom Pedre, nom du commandeur que la ftatuë repréfente, peut avoir donné lieu à cette méprife.

(a) *Voyez* l'avis au lecteur du *nouveau feftin de Pierre*, ou de *l'athée foudroyé*, comédie en cinq actes en vers, par *Rofimond*, Paris *in*-12, 1670.

(b) Dom Juan dans une fcène avec un pauvre qui lui demandoit l'aumône, ayant appris de lui qu'il paffoit fa vie à prier Dieu, & qu'il n'avoit pas fouvent de quoi manger, ajoutoit.. *Tu paffes ta vie à prier Dieu, il te laiffe mourir de faim, prend cet argent, je te le donne pour l'amour de l'hu-manité.*

En

En 1669, Dorimond, comédien de Mademoiselle, & en 1670, Rofimond, comédien du marais, traitérent en vers le même fujet pour leur théatre. Enfin la troupe formée, en 1673, des débris de celle du marais & de celle du palais royal, repréfenta à l'hôtel de Guénégaud, en 1677, *le feftin de Pierre* de Moliere, que Thomas Corneille avoit écrit en vers. Il attira fous cette forme un concours prodigieux, (c) & c'eft le feul que l'on repréfente aujourd'hui.

L'amour médecin, eft encore un de ces ouvrages précipi-tés, que l'on ne doit point juger avec rigueur. (d) Moliere lui-même ne *confeille de lire cette comédie qu'aux perfonnes qui ont des yeux pour découvrir dans la lecture tout le jeu de théatre.* La brouillerie entre la femme de Moliere, & celle d'un médecin chez qui elle logeoit, quand elle feroit bien avé-rée, paroît un motif trop peu important pour avoir, comme on l'a dit, (e) déterminé Moliere à mettre depuis les méde-cins fi fouvent fur la fcéne. Choqué du maintien grave, des dehors étudiés, & du vain étalage de mots fcientifiques que les médecins de fon tems affectoient, pour en impofer au public, il a crû pouvoir tirer de leur ridicule un fonds de comique plus amufant, à la vérité, qu'inftructif. Auffi les médecins, & les marquis, qu'il a peints plufieurs fois dans des attitudes diverfes, ne font-ils jamais la principale figure du tableau. Lorfqu'il avoit en vûë de corriger un ridicule plus effentiel, ou un vice contraire à la fociété, il réfervoit la premiére

L'AMOUR MEDECIN, co-médie en trois actes en profe, avec un prolo-gue, repréfen-tée à Verfailles le 15 feptembre 1665, & à Pa-ris fur le théatre du palais royal, le 22 du même mois.

(c) *Voyez* mercure galant, janvier 1677, page 33.
(d) Il fut propofé, fait, appris, & repréfenté en cinq jours. *Voyez* avis au lecteur de *l'amour médecin.*
(e) *Voyez* Grimareft, page 76.

Tome I.   e

place pour un de ces caractéres singuliers qui méritent par eux-mêmes de fixer toute l'attention.

LE MISANTRO-PE, comédie en cinq actes en vers, repréfen-tée à Paris fur le théatre du palais royal, le 4 juin 1666.

Tel eſt celui du *miſantrope*, qui ſera toujours regardé chez les nations polies, comme l'ouvrage le plus parfait de la comédie françoiſe. Si l'on en conſidére l'objet, c'eſt la critique univerſelle du genre humain ; ſi l'on examine l'ordonnance, tout ſe rapporte au miſantrope, on ne le perd jamais de vûë, il eſt le centre d'où part le rayon de lumiére qui ſe répand ſur les autres perſonnages, & qui les éclaire. L'indulgent Philinte qui, ſans aimer ni cenſurer les hommes, ſouffre leurs défauts, uniquement par la néceſſité de vivre avec eux, & par l'impoſſibilité de les rendre meilleurs, forme un contraſte heureux avec le ſévére Alceſte, qui, ne voulant point ſe prêter à la foibleſſe de ces mêmes hommes, les hait & les cenſure parce qu'ils ſont vicieux. L'intrigue n'eſt pas vive, mais il ne falloit que réunir avec vrayſemblance quelques perſonnages, qui, par leurs caractéres oppoſés ou comparés à celui d'Alceſte, pûſſent mettre en jeu, d'une façon plus ou moins étenduë, la médiſance, la coquéterie, la vanité, la jalouſie, & preſque tous les ridicules des hommes. Il ſemble que la miſantropie ſoit incompatible avec l'amour ; mais un miſantrope amoureux d'une coquette, fournit à l'auteur des reſſources nouvelles pour développer plus parfaitement ce caractére. Ce ſont là de ces traits où l'art ſeul ne peut rien, ſi l'on n'eſt inſpiré par le génie, & guidé par le bon goût. Le mot du duc de Montauſier, *je voudrois reſſembler au miſantrope de Moliere*, a pû donner lieu au reproche que l'on a fait

à l'auteur, d'avoir voulu préfenter fous une face défavantageufe, un caractére dont tout homme vertueux pourroit fe
faire honneur ; mais ce mot eft plûtôt l'expreffion vive du
cas que l'on doit faire de la vertu, quand même elle feroit
pouffée trop loin, qu'une critique folide de la piéce.
Moliere, en expofant l'humeur bizarre d'Alcefte, n'a point
eu deffein de décréditer ce qui en étoit la fource & le principe ; c'eft fur la rudeffe de la vertu peu fociable & peu
compatiffante aux foibleffes humaines, qu'il fait tomber le
ridicule du défaut dont il a voulu corriger fon fiécle.

Les nuances étoient trop fines pour frapper des fpectateurs accoûtumés à des couleurs plus fortes. On n'étoit pas
dans l'habitude de porter au fpectacle de la comédie, ce
degré d'attention néceffaire pour faifir les détails & les rapports délicats que l'on a depuis admirés dans cette piéce ; le
comique noble qui y régne ne fut point fenti ; enfin, malgré
la pureté & l'élégance du ftile, elle fut reçûë froidement.

On rapporte un fait fingulier qui peut y avoir contri-
bué. A la première repréfentation, après la lecture du
fonnet d'Oronte, le parterre applaudit ; Alcefte démontre
dans la fuite de la fcéne, que les penfées & les vers de ce
fonnet étoient

    „ *De ces colifichets dont le bon fens murmure.*
Le public confus d'avoir pris le change, s'indifpofa contre
la piéce.

Moliere ne fe rebuta point. Il crut devoir rappeller les
fpectateurs par quelque ouvrage moins bon, mais plus amufant, dans l'efpérance que le public fe laifferoit infenfible-

LE MÉDECIN MALGRÉ LUI, comédie en trois actes en profe, repréfentée à Paris fur le théatre du palais royal, le 6 aouft 1666.

ment éclairer fur le bon ; & parviendroit, peut-être, à en connoître tout le prix. Il joignit au mifantrope *le médecin malgré lui*, & Alcefte paffa à la faveur de Sganarelle. Il fupprima la derniére piéce, quand il crut que le mérite de la premiére avoit été reconnu ; fans cette adreffe, *le mifantrope* devenoit la victime de l'injuftice ou de l'ignorance. Le fuccès qu'il eut alors, n'a fait aucun tort au *médecin malgré lui*; on diftingua les genres, & la petite piéce fe voit encore avec plaifir.

MÉLICERTE, paftorale héroïque en vers, repréfentée à faint Germain en Laye au mois de décembre 1666, dans le ballet des mufes.

Moliere fit paroître dans la même année *Mélicerte*, paftorale héroïque en vers, dont il n'avoit compofé que les deux premiers actes ; elle fut repréfentée en cet état à faint Germain. La fcéne du fecond acte entre Mirtil & Mélicerte, eft remarquable par la délicateffe des fentimens, & par la fimplicité de l'expreffion ; en général, tout ce que difent les deux amans eft du même ton. Guérin le fils (*f*) qui, en *1699*, acheva cette piéce, y joignit des intermédes, & changea la verfification des deux premiers actes, qu'il mit en vers libres & irréguliers ; la comparaifon n'eft pas à fon avantage. Il a auffi fubftitué un bouquet de fleurs au préfent du moineau que Mirtil donnoit à fa maîtreffe.

FRAGMENT D'UNE PASTO-RALE comique, repréfentée à faint Germain eu Laye, au mois de décembre 1666, dans le ballet des mufes, à la fuite de Mélicerte.

Le *fragment d'une paftorale comique* du même auteur, qu'on a ajoûté dans cette édition, ne peut donner lieu à aucun détail ; cette paftorale étoit mêlée d'entrées de ballet, de fcénes en mufique, & de fcénes récitées. Le peu qui nous

(*f*) Il étoit né du mariage de la veuve de Moliere avec Euftache-François Détriché, comédien, connu fous le nom de Guérin, & mort le 28 janvier 1718, dans la 92 année de fon âge.

ET LES OUVRAGES DE MOLIERE. xxxvij

en reste, suffit pour nous faire admirer la fécondité & l'é-
tenduë du génie de Moliére, qui sçavoit se plier en tant
de maniéres, & se prêter à tous les genres.

Le sicilien, ou *l'amour peintre*, suivit de près les représentations de ces deux pastorales. C'est une comédie d'intrigue,
dont le dénouement a quelque ressemblance avec celui de
l'école des maris, du moins par rapport au voile qui trompe
Dom Pédre dans *le sicilien*, comme il trompe Sganarelle
dans *l'école des maris*. La finesse du dialogue, & la peinture
vive de l'amour dans un amant italien & dans un amant
françois, font le principal mérite de cette piéce, qui étoit
ornée de musique & de danses.

Les trois premiers actes de *Tartuffe* avoient été représentés
à la suite des *fêtes de Versailles*, (g) le 12 may 1664, en
présence du Roi & des Reines. Le Roi *défendit* (h) *dès lors cette
comédie pour le public, jusqu'à ce qu'elle fût achevée & exami-
née par des gens capables d'en faire un juste discernement, &*
ajoûta, (i) *qu'il ne trouvoit rien à dire à cette comédie*. Les faux
dévots profitérent de cette défense, pour soulever Paris &
la cour contre la piéce & contre l'auteur. Moliere ne fut
pas seulement en butte aux Tartuffes, il avoit encore pour
ennemis beaucoup d'Orgons, gens simples & faciles à sé-
duire ; les vrays dévots étoient même alarmés, quoique
l'ouvrage ne fût guéres connu (k) ni des uns ni des autres.

LE SICILIEN, ou L'AMOUR-PEINTRE, comédie-ballet en un acte en prose, représentée dans le ballet des muses, à saint Germain en Laye, au mois de janvier 1667, & à Paris sur le théatre du palais royal, le 10 juin de la même année.

TARTUFFE, ou L'IMPOSTEUR, comédie en cinq actes en vers, représentée à Paris sur le théatre du palais royal, le 5 aoust 1667, & depuis sans interruption le 5 février 1669.

(g) Fêtes de Versailles en 1664. sixiéme journée. (h) ibidem. (i) Premier placet sur *Tartuffe*.

(k) Les trois premiers actes représentés à Versailles le 12 mai 1664, le furent encore à Villers-
côterèz chez Monsieur en présence du Roi & des Reines le 24 septembre suivant. La piéce entiére fut jouée au Rainci chez m. le Prince le 29 novembre de la même année, & au même lieu,
le 9 novembre 1665.

Un curé de . . . (*l*) dans un livre préfenté au Roi, décida que l'auteur étoit digne du feu, & le *damnoit* de fa propre autorité. Enfin Moliere eut à effuyer tout ce que la vengeance & le zéle peu éclairé ont de plus dangereux. Des prélats, & (*m*) le légat, après avoir entendu la lecture de cet ouvrage, en jugérent plus favorablement ; & le Roi (*n*) permit verbalement à Moliere de faire repréfenter fa piéce. Il y fit *plufieurs adouciffemens*, (*o*) que l'on avoit apparemment exigés. *Il la produifit fous le titre de* l'impofteur, *& déguifa le perfonnage fous l'ajuftement d'un homme du monde, en lui donnant un petit chapeau, de grands cheveux, un grand collet, une épée, & des dentelles fur tout l'habit ;* & crut pouvoir hazarder *Tartuffe* en cet état, le (*p*) 5 aouft 1667. L'ordre qui lui fut envoyé (*q*) le (*r*) lendemain, d'en fufpendre la repréfentation, le rendit moins fenfible aux applaudiffemens qu'il avoit reçûs. Il envoya fur le champ les fieurs la Thorilliere & la Grange, au camp devant Lille, où étoit le Roi, pour lui préfenter le (*s*) mémoire qui eft imprimé à la tête des différentes éditions de *Tartuffe.* Ce ne fut néanmoins qu'en 1669, que le Roi donna une permiffion autentique de remettre cette comédie fur le théatre. Elle reparut à Paris le (*t*) 5 février de cette année. Dès qu'elle eut été connuë, les vrays dévots furent défabufés, les hypocrites confondus, & le poëte juftifié ; on trouva dans le caractére & dans les difcours du vertueux Cléante, des armes pour

---

(*l*) Premier placet fur *Tartuffe.* (*m*) ibid. (*n*) Second placet. (*o*) ibid. Il changea entre autres ce vers,

O Ciel ! Pardonne-lui comme je lui pardonne.

(*p*) *Voyez* Grimareft, page 176. (*q*) par m. le premier préfident du parlement de Paris. (*r*) Second placet. (*s*) Il eft fous le titre de *fecond placet.* (*t*) Troifiéme placet.

combattre les raifonnemens faux & fpécieux de l'hypocrifie. *

Ce n'eft pas feulement par la fingularité & la hardieffe
du fujet, ni par la fageffe avec laquelle il eft traité, que
cette piéce mérite des éloges. La premiére fcéne eft auffi
heureufe que neuve, auffi fimple que vive ; au lieu de ces
confidences que l'on y employe fi ordinairement, une vieille
grand'mere fcandalifée de ce qu'elle a pû voir de peu féant
chez fa belle fille, fort en donnant à ceux qui compofent
cette maifon, des leçons aigres qui les caractérifent tous ;
car on diftingue le vray jufques dans le langage de la prévention. Dès ce moment, tout eft en mouvement, & l'a-
gitation théatrale augmente par degrés jufqu'à la fin. La
raillerie fine de Dorine, dans la fcéne avec fon maître,
nous découvre Orgon tout entier, & nous prépare à reconnoître Tartuffe dans le portrait de l'hypocrite, que
Cléante oppofe à celui du vray dévôt. Tartuffe annoncé
pendant deux actes, paroît au troifiéme. L'intrigue alors,
plus animée, tire également fa vivacité & des nouveaux
refforts qu'on employe contre ce fcélérat, & de l'adreffe
avec laquelle il fçait tourner à fon avantage tout ce qu'on
entreprend contre lui. L'entêtement d'Orgon, qui s'accroît
à mefure qu'on cherche à le détruire, donne lieu à cette
fcéne fi finguliére & fi admirable du quatriéme acte, que
la néceffité de démafquer un vice auffi abominable que
l'hypocrifie, rendoit indifpenfable. L'éloge de Louis XIV,

---

* Les camarades de Moliere voulurent abfolument qu'il eût double part, fa vie durant, toutes
les fois qu'on joueroit *Tartuffe* ; ce qui a toujours été depuis réguliérement exécuté. *Voyez* Grimareft, page 196.

placé à la fin de la piéce, dans la bouche de l'éxemt, ne peut juſtifier, aux yeux des critiques, le vice du dénouement.

AMPHITRION, comédie en trois actes en vers, avec un prologue, repréſentée à Paris ſur le théatre du palais royal, le 13 juin 1668.

Si ce fut ſans fondement qu'on accuſa Moliere d'avoir attaqué la religion dans *Tartuffe*, on eût pû lui reprocher, à plus juſte tître, d'avoir choqué la bienſéance dans *Amphitrion*. Mais, ſoit par reſpect pour l'antiquité, (*u*) ſoit par une ſuite de l'uſage où l'on eſt d'adopter ſans ſcrupule les rêveries les plus indécentes de la mythologie, ſoit que l'on fût déja familiariſé avec ce ſujet, par *les Soſies* de Rotrou, (*x*) on n'y fit pas même attention. On ſe contenta d'admirer également & l'art avec lequel Moliere avoit mis en œuvre ce qu'il avoit emprunté de Plaute, & la juſteſſe de ſon goût dans les changemens, & dans les additions qu'il avoit crû devoir faire. Madame Dacier, qui étale toutes les beautés de la piéce latine, n'auroit pas réuſſi à faire pancher la balance en faveur de Plaute ; le paralléle des deux comédies n'auroit ſervi qu'à montrer la ſupériorité de l'auteur moderne ſur l'ancien. Theſſala dans Plaute, Céphalie dans Rotrou, ne ſont que de ſimples confidentes d'Alcméne ; Moliere a fait de Cléanthis, qui tient leur place, un perſonnage plus intéreſſant par lui-même. La ſcéne de Soſie avec elle, n'eſt point une répétition vicieuſe de celle d'Amphitrion avec Alcméne, quoique le maître & le valet ayent également pour objet de s'éclaircir ſur la fidélité de leurs femmes. Les deux ſcénes ne produiſent pas le même

(*u*) Euripide & Archippus avoient traité pour les grecs ce ſujet, que Plaute a fait connoître aux romains.

(*x*) *Les Soſies*, comédie en cinq actes en vers, par Rotrou, achevée d'imprimer le 25 juin 1638, Paris in·4°.

effet

effet, par la différence que l'auteur a mife entre la conduite de Jupiter avec Alcméne, & celle de Mercure avec Cléanthis. Plaute, qui finit fa comédie par le férieux d'un Dieu en machine, auroit fçû gré à Moliere d'avoir interrompu, par le caprice de Sofie, les complimens importuns des amis d'Amphitrion, fur un fujet auffi délicat.

Mais, enfin, coupons aux difcours,

Et que chacun, chez foi, doucement fe retire ;

Sur telles affaires, toujours,

Le meilleur eft de ne rien dire.

A n'envifager cette réfléxion, qui achève le dénouement, que du côté de la plaifanterie, l'on avouera qu'il étoit difficile de terminer plus finement fur le théatre françois, une intrigue auffi galante. *L'on rit*, dit Horace, (*y*) *& le poëte eft tiré d'affaire.*

Le fuccès des vers libres à rimes croifées, que Moliere a employés dans Amphitrion, a pû faire penfer que ce genre de poëfie étoit le plus propre à la comédie, parce qu'en s'éloignant du ton foutenu des vers alexandrins, il approche davantage du ftile aifé de la converfation ; cependant l'ancien ufage a prévalu fur le théatre. Soit habitude, foit difficulté de réuffir autrement, on continua d'écrire en vers alexandrins.

Moliere avoit été moins heureux, lorfqu'il avoit voulu introduire une autre nouveauté dans le ftile de la fcéne comique. C'étoit alors une fingularité, un défaut même pour une comédie en cinq actes, que d'être écrite en profe.

(*y*) *Solventur rifu tabulæ, tu miffus abibis, Satyra prima, lib. 2. v, 86.*

On étoit moins difficile fur les piéces qui n'avoient qu'un ou trois actes.

L'AVARE, comédie en cinq actes en profe, repréfentée fur le théatre du palais royal, le 9 feptembre 1668.

Le mérite de *l'avare* céda pour quelque tems à la prévention générale ; l'auteur qui avoit été obligé de le retirer (*z*) à la feptiéme repréfentation, le fit reparoître fur la fcéne en 1668. On fut forcé de convenir qu'une profe élégante pouvoit peindre vivement les actions des hommes dans la vie civile ; & que la contrainte de la verfification, qui ajoûte quelquefois aux idées, par les tours heureux qu'elle donne occafion d'employer, pouvoit quelquefois auffi faire perdre une partie de cette chaleur & de cette vie, qui naît de la liberté du ftile ordinaire. Il eft, en effet, des tours uniques, dictés par la nature, que le moindre changement dans les mots altére & affoiblit.

Dès que le préjugé eut ceffé, on rendit juftice à l'auteur. La propofition faite à l'avare d'époufer fa fille fans dot, l'enlévement de la caffette, le défefpoir du vieillard volé, fa méprife à l'égard de l'amant de fa fille qu'il croit être le voleur de fon tréfor , l'équivoque de la caffette, font les traits principaux que Moliere a puifés dans Plaute. Mais Plaute ne peut corriger que les hommes qui ne profiteroient point des reffources que le hazard leur donne contre la pauvreté : Euclion, né pauvre, veut encore paffer pour tel , quoiqu'il ait trouvé une marmite pleine d'or ; il n'eft occupé que du foin de cacher ce tréfor, dont fon avarice l'empêche de faire ufage. Le poëte françois embraffe un objet plus étendu & plus utile. Il repréfente

(*z*) On ne fçait pas précifément en quel tems *l'avare* parut pour la premiére fois.

l'avare fous différentes faces; Harpagon ne veut paroître ni avare ni riche, quoiqu'il foit l'un & l'autre. Le défir de conferver fon bien, en dépenfant le moins qu'il peut, eft égal au défir infatiable d'en amaffer davantage; cette avidité le rend ufurier, il le devient envers fon fils même; il eft amant par avarice, & c'eft par avarice qu'il ceffe de l'être.

Quoique, dans tous les tems, l'expérience ait montré que la difproportion des conditions & des fortunes, la différence d'humeur & d'éducation, font des fources intariffables de difcorde entre deux perfonnes que l'intérêt, d'une part, &, de l'autre la vanité, engagent à s'époufer, cet abus n'en eft pas moins commun dans la fociété: Moliere entreprit de le corriger. Les naïvetés groffiéres des valets qui trompent George Dandin, le caractére chargé d'un gentilhomme de campagne & de fa femme, font des moyens mis heureufement en œuvre pour rendre cette vérité fenfible; mais on voudroit en vain excufer le caractére d'Angelique, qui, fans combattre fon panchant pour Clitandre, laiffe trop paroître fon averfion pour fon mari, jufqu'à fe prêter à tout ce qu'on lui fuggére pour le tromper, ou du moins pour l'inquiéter. Ses démarches, qui ne peuvent être entiérement innocentes, quand on ne les accuferoit que de légéreté & d'imprudence, tournent toujours à fon avantage, par les expédiens qu'elle trouve pour fe tirer d'embarras; de forte que l'on eft peut-être plus tenté d'imiter la conduite de la femme, toujours heureufe, quoique toujours coupable, que défabufé des mariages peu fortables, par l'exemple de l'infortune du mari. Auffi cette piéce eut-

GEORGE DANDIN, ou LE MARI CONFONDU, comédie en trois actes en profe, repréfentée avec des intermédes à Verfailles le 15 juillet 1668, & à Paris, fans intermédes, fur le théatre du palais royal, le 9 novembre de la même année.

f ij

elle des cenfeurs, & peu de critiques ; elle parut devant le Roi avec des intermédes, qui n'ont encore été imprimés dans aucune des éditions de Moliere, & que l'on trouvera dans celle-ci, avec la relation de la fête où *George Dandin* fut repréfenté.

MONSIEUR DE POURCEAU-GNAC, comédie - ballet, en trois actes en profe, repréfen-tée à Cham-bord, au mois d'octobre 1669, & à Paris, fur le théatre du palais royal, le 15 novembre de la même année.

La comédie de *m. de Pourceaugnac*, embellie auffi de chants & de danfes, eft d'un comique plus propre à divertir qu'à inftruire. Le ridicule outré d'un provincial donne lieu à un intrigant de profeffion, qui eft dans les intérêts d'Erafte, d'imaginer divers moyens pour détourner également, & Oronte de donner fa fille à monfieur de Pourceaugnac, & monfieur de Pourceaugnac de finir le mariage qui l'avoit attiré à Paris. Les piéges dans lefquels Sbrigani fait tomber l'avocat de Limoges, paroîtront plus vrayfemblables, fi l'on fe rappelle que cet adroit napolitain, pour régler les mefures qu'il avoit à prendre, eft allé, à la defcente du coche, étudier le caractére & l'efprit de l'homme qu'il vouloit jouer. Les intermédes fe reffentent du ton peu noble de toute la piéce.

LES AMANS MAGNIFIQUES, comédie-ballet, en cinq actes en profe, re-préfentée à faint Germain en Laye, au mois de février 1670, fous le titre de *divertiffement royal.*

Le Roi donna le fujet des *amans magnifiques.* Deux princes rivaux s'y difputent, par des fêtes galantes, le cœur d'une princeffe. Suivant cette idée générale, Moliere réunit à la hâte dans différens intermédes, tout ce que le théatre (a) lui pût fournir de divertiffemens propres à flater le goût de la cour. Le perfonnage de Softrate eft un caractére d'amant qu'il n'avoit pas encore expofé fur la fcéne ; Clitidas, plaifant de cour, eft plus fin que n'eft Moron dans la

(a) *Voyez* avant propos.

princesse d'Elide. Un aftrologue, dont l'artifice démafqué
fert à détromper les grands d'une foibleffe qui fait peu
d'honneur à leurs lumiéres, dédommage en partie de la
fingularité peu vrayfemblable d'un dénouement machinal.
L'auteur, qui, par de folides réfléxions, & par fa propre
expérience, avoit appris à diftinguer ce qui convenoit aux
différens théatres pour lefquels il travailloit, ne crut pas
devoir hazarder cette comédie fur le théatre de Paris. Il
ne la fit pas même imprimer, quoiqu'elle ne foit pas fans
beautés pour ceux qui fçavent fe tranfporter aux lieux,
aux tems, & aux circonftances dont ces fortes de divertiffemens tirent leur plus grand prix.

La cour fut moins favorable au *bourgeois gentilhomme*.
Elle confondit cette piéce avec celles qui n'ont d'autre mérite que de faire rire. Louis XIV en jugea mieux, & raffûra
l'auteur alarmé du peu de fuccès de la premiére repréfentation. Paris fut frappé de la vérité du tableau qu'on lui
préfentoit; la foule impofa filence aux critiques. On reconnut dans monfieur Jourdain un ridicule commun à tous
les hommes dans tous les états; c'eft la vanité de vouloir
paroître plus qu'ils ne font. Ce ridicule n'eût pas été fenfible dans un rang trop élevé; il n'eût pas eu de graces dans
un rang trop bas: pour faire effet fur la fcéne comique, il
falloit que, dans le choix du perfonnage, il y eût affez de
diftance entre l'état dont il veut fortir, & celui auquel il
afpire, pour que le feul contrafte des maniéres propres à ces
deux états, peignît fenfiblement, dans un feul point & dans
un même fujet, l'excès du ridicule général qu'on vouloit

LE BOURGEOIS
GENTILHOMME,
comédie-ballet,
en cinq actes
en profe, repré-
fentée à Cham-
bord, au mois
d'octobre 1670,
& à Paris fur le
théatre du pa-
lais royal, le 2,
novembre de la
même année.

corriger. *Le bourgeois gentilhomme* remplit cet objet. On voit
en même tems l'homme & le perfonnage, le mafque & le
vifage, tellement mis en oppofition d'ombres & de lumiéres, qu'on démêle toujours ce qu'il eft, & ce qu'il veut
paroître. Le fens droit de madame Jourdain, la complaifance intéreffée de Dorante, la gayeté ingénuë de Nicole,
le bon efprit de Lucile, la noble franchife de Cléonte, la
fubtilité féconde de Covielle, & la burlefque vanité des
différens maîtres d'arts & de fciences, jettent encore un
nouveau jour fur le caractére de monfieur Jourdain ; il reçoit
de tout ce qui l'environne, une nouvelle efpéce de ridicule,
qui rejaillit fur lui, &, de lui, fur tous les états de la vie.
La cérémonie turque, à laquelle Cléonte ne devoit pas fe
prêter, a pû paffer à la faveur de la beauté de la mufique,
& de la fingularité du fpectacle.

LES FOURBE-
RIES DE SCA-
PIN, comédie
en trois actes en
profe, repréfen-
tée à Paris fur
le théatre du
palais royal, le
24 mai 1671.

Si l'on faifoit grace au fac ridicule que l'on a fi fouvent
critiqué après Defpréaux, on trouveroit dans *les fourberies
de Scapin*, des richeffes antiques qui n'ont pas déplû aux
modernes. Plaute n'auroit pas rejetté le jeu même du fac,
ni la fcéne de la galére, rectifiée d'après Cyrano, & fe
feroit reconnu dans la vivacité qui anime l'intrigue. Térence
ne défavoueroit pas (*b*) l'ouverture fimple & adroite de la
piéce ; Octave y fait redire à fon valet, ou plûtôt répéte
lui-même une nouvelle dont il eft affligé, pendant que le
valet, comme un écho, la confirme par des monofyllabes.
Térence fe retrouveroit encore dans la fcéne, où Argante
raifonne tout haut, tandis que Scapin répond, fans être vû ni

(*b*) *Voyez* la premiére fcéne de *l'Andrienne.*

entendu d'Argante, pour inftruire le fpectateur de la fourberie qu'il médite. Enfin, quoique les valets, qui, comme
les efclaves dans Plaute & dans Térence, font l'ame de
la piéce, ne produifent pas un comique auffi élégant que
celui dont Moliere a le premier donné l'exemple à fon fiécle,
on ne peut s'empêcher d'applaudir à ce comique d'un ordre inférieur.

Dans *Pfiché*, tragédie-ballet en vers libres, Moliere crut
devoir facrifier la régularité de la conduite, à des ornemens
accefloires. Preffé par les ordres du Roi, qui ne lui donné-
rent pas le tems d'écrire fa piéce en entier, il eut recours
au grand Corneille, qui voulut bien s'affujettir au plan de
Moliere : (c) les grands hommes ne fçauroient être jaloux. Quinault compofa les paroles françoifes, qui furent
mifes en mufique par Lulli. La magnificence royale que
l'on étala dans la repréfentation, & le concours des auteurs
illuftres dont les talens s'étoient réunis pour exécuter plus
promtement les ordres de Louis XIV, ajoutérent un nouveau luftre à cette piéce, qui fera toujours célébre par un
grand nombre de traits ; &, fur tout, par le tour neuf &
délicat de la déclaration de l'Amour à Pfiché.

PSICHE',
tragédie-ballet
en cinq actes en
vers, repréfen-
tée à Paris au
palais des tui-
leries pendant le
carnaval 1670,
& fur le théatre
du palais royal,
le 24 juillet
1671.

Moliere travailla plus à loifir la comédie des *femmes
fçavantes*. Il a voulu y peindre le ridicule du faux bel-efprit
& de l'érudition pédantefque. Un fujet pareil ne fournit
rien en apparence qui puiffe être intéreffant fur le théatre ;
préjugé qui nuifit d'abord au fuccès de la piéce, mais qui

LES FEMMES
SÇAVANTES, co-
médie en cinq
actes en vers,
repréfentée à
Paris fur le thé-
atre du palais
royal, le 11 mars
1672.

(c) Moliere n'a fait que le prologue, le premier acte, & les deux premiéres fcénes du fecond
& du troifiéme acte.

ne dura pas. On fentit bientôt avec quel art l'auteur avoit fçû tirer cinq actes entiers d'un fujet aride en lui-même, fans y rien mêler d'étranger; & on lui fçut gré d'avoir préfenté fous une face comique, ce qui n'en paroiffoit pas fufceptible.

Des notions auffi confufes que fuperficielles fur les fciences, des termes d'art jettés fans choix, une affectation mal placée de pureté grammaticale, compofent, quoiqu'avec des nuances différentes, le fonds du caractére de Philaminte, d'Armande & de Bélife. La feule Henriette fe fauve de la contagion, & en devient plus chére à fon pere, qui voit le mal avec peine, fans avoir la force d'y remédier. L'entêtement de Philaminte, & la haute idée qu'elle a conçûë des talens & de l'efprit de Triffotin, font le nœud de la piéce; un fonnet & un madrigal, que ce prétendu bel-efprit récite avec emphafe, dans la fcéne feconde du troifiéme acte, la confirment dans la réfolution qu'elle avoit déja prife, de marier au plûtôt Henriette avec l'homme du monde qu'elle eftime le plus. Il feroit à fouhaiter que Philaminte fût défabufée par un incident mieux combiné & plus raifonnable que n'eft celui des deux lettres fuppofées qu'Arifte apporte au cinquiéme acte; la générofité réciproque de Clitandre & d'Henriette fait en quelque forte oublier ce défaut. On prétend que la querelle de Triffotin & de Vadius eft copiée d'après ce qui fe paffa au palais de Luxemboug, chez Mademoifelle, entre deux (d) auteurs du tems.

(d) Voyez Menagiana, tom. 3. p. 23. Paris, in-12, 1715.

La

ET LES OUVRAGES DE MOLIERE. xlix

La comtesse d'Escarbagnas n'est qu'une peinture simple des ridicules qui étoient alors répandus dans la province, d'où ils ont été bannis, à mesure que le goût & la politesse s'y sont introduits. Les rôles de la comtesse, de monsieur Tibaudier, & de monsieur Harpin, sont le germe de trois caractéres que les auteurs comiques ont depuis si souvent traités & développés sur le théatre. Cette comédie, suivie d'une *pastorale comique*, dont il ne nous est resté que les noms des personnages, parut dans une fête que le Roi donna à Madame, à saint Germain en Laye, au mois de décembre 1671. Les deux piéces, divisées en sept actes, sans qu'on en connoisse la véritable distribution, y étoient accompagnées d'intermédes tirés de plusieurs divertissemens qui avoient déjà été représentés devant le Roi.

LA COMTESSE D'ESCARBA-GNAS, comédie-ballet, en plusieurs actes en prose, représentée à saint Germain en Laye, au mois de février 1672, & à Paris, en un acte, sans intermédes, sur le théatre du palais royal, le 8 juillet de la même année.

PASTORALE comique.

Le malade imaginaire fut la derniére production de Moliere. On retrouva, dans le rôle de Béline, un caractére malheureusement trop ordinaire dans la vie civile ; & l'on vit, avec plaisir, la sensible Angélique oublier les intérêts de sa passion, pour ne voir, dans son pere mort, que l'objet de sa douleur & de ses regrets. Les médecins ne sont point épargnés dans cette piéce ; Moliere ne s'y borne pas à les plaisanter, il attaque le fond (*e*) de leur art, par le rôle de Béralde, comme, dans celui du malade imaginaire, il joué la foiblesse la plus universelle de l'homme, l'amour

LE MALADE IMAGINAIRE, comédie-ballet, en trois actes en prose, avec un prologue, représentée à Paris sur le théatre du palais royal, le 10 février 1673.

(*e*) Tout le monde sçait la réponse que Moliere fit à Louis XIV, qui, le voyant un jour à son dîné avec un médecin nommé Mauvillain, lui dit, *Vous avez un médecin, que vous fait-il ? Sire*, répondit Moliere, *nous raisonnons ensemble : il m'ordonne des remédes, je ne les fais point ; & je guéris*. Mauvillain étoit ami de Moliere, & lui fournissoit les termes d'art dont il avoit besoin. Son fils, qui vit encore aujourd'hui, obtint à la sollicitation de Moliere, un canonicat de Vincennes. *Voyez* troisiéme placet sur *Tartuffe*.

Tome I.

g

inquiet de la vie, & les foins trop multipliés pour la conferver. Il joüe même la faculté en corps dans le troifiéme
interméde, qui, quoique mieux lié au fujet que les deux
premiers, n'en eft pas plus vrayfemblable.

Le jour qu'il devoit repréfenter *le malade imaginaire* pour la
troifiéme fois, il fe fentit plus incommodé qu'à l'ordinaire du
mal de poitrine auquel il étoit fujet, & qui, depuis long-
tems, l'affujettiffoit à un grand régime, & à un ufage fré-
quent du lait. Ce mal avoit dégénéré en fluxion, ou plûtôt en
toux habituelle. (*f*) Il éxigea, ce jour-là, de fes camarades que
l'on commençât la repréfentation à quatre heures précifes.
Sa femme & Baron le preffèrent de prendre du repos, & de
ne point jouer. *Hé, que feront*, leur répondit-il, *tant de pauvres
ouvriers! Je me reprocherois d'avoir négligé un feul jour de leur
donner du pain.* Les efforts qu'il fit pour achever fon rôle,
augmentérent fon oppreffion; & l'on s'apperçut qu'en pro-
nonçant le mot *juro*, dans le divertiffement du troifiéme acte,
il lui prit une convulfion, qu'il tâcha en vain de déguifer
aux fpectateurs par un ris forcé. On le porta chez lui,
dans fa maifon, ruë de Richelieu, * où fa toux augmenta
confidérablement, & fut fuivie d'un vomiffement de fang
qui le fuffoqua. Il mourut le vendredi 17 de février 1673,
âgé de cinquante-trois ans, entre les bras de deux de ces
fœurs religieufes, qui viennent quêter à Paris pendant le
carême, & qu'il avoit retirées chez lui.

_____

(*f*) Frofine y fait allufion dans *l'avare*, acte II, fcéne VI, en difant à Harpagon, que Moliere
repréfentoit, *Cela n'eft rien. Votre fluxion ne vous fiéd point mal, & vous avez grace à touffer.*

* Vis-à-vis la fontaine, du côté qui donne fur le jardin du palais royal.

Le Roi, touché de la perte d'un fi grand homme, & voulant lui donner, même après fa mort, une nouvelle marque de fa protection, engagea l'archevêque (g) de Paris, à ne lui pas refufer la fépulture dans un lieu faint. Ce prélat, après des informations exactes fur la religion & fur la probité de Moliere, permit qu'il fût enterré à faint Jofeph, qui eft une aide de la paroiffe de faint Euftache.

La foule qui s'étoit attroupée devant la porte du mort, le jour qu'on le porta en terre, détermina la veuve à faire jetter de l'argent ; & cette populace, qui auroit peut-être infulté au corps de Moliere, l'accompagna avec refpect. Le convoi fe fit tranquillement le mardi 21 de février, à la clarté de plus de cent flambeaux portés par fes amis.

Il n'a laiffé qu'une fille ; & fa veuve époufa dans la fuite le comédien Détriché, connu fous le nom de *Guérin*.

La (h) femme d'un des meilleurs comiques que nous ayons eu, nous a donné ce portrait de Moliere. *Il n'étoit ni trop gras, ni trop maigre ; il avoit la taille plus grande que petite, le port noble, la jambe belle ; il marchoit gravement, avoit l'air très-férieux, le néz gros, la bouche grande, les lévres épaiffes, le teint brun, les fourcils noirs & forts, & les divers mouvemens qu'il leur donnoit lui rendoient la phifionomie extrêmement comique. A l'égard de fon caractére, il étoit doux, complaifant, généreux. Il aimoit fort à haranguer ; & , quand il lifoit fes piéces aux comédiens, il vouloit qu'ils y amenaffent leurs enfans, pour tirer des conjectures de leurs mouvemens naturels.*

(g) *Voyez* note 19, fur l'épître 7 de Defpreaux, Amft. *in-folio*, 1718, tome premier, p. 218.

(h) Mademoifelle Poiffon fille de *du Croify*, comédien de la troupe de Moliere elle a joué le rôle d'une des Graces dans *Pfiché* en 1671.

MEMOIRES SUR LA VIE

A confidérer le nombre des ouvrages (*i*) que Moliere a compofés dans l'efpace d'environ vingt années, au milieu de tant d'occupations différentes qui faifoient partie de fes devoirs, on croira plûtôt, avec Defpreaux, (*k*) que *la rime venoit le chercher*, qu'on n'ajoutera foi à ce qu'avance un auteur, (*l*) que Moliere travailloit difficilement : & l'on y admirera ce génie vafte, dont la fécondité cultivée & enrichie par une étude continuelle de la nature, a enfanté tant de chef-d'œuvres.

Semblable au peintre habile, qui, toujours attentif à remarquer, dans les expreffions extérieures des paffions, les mouvemens & les attitudes qui les caractérifent, rapporte à fon art toutes fes obfervations ; Moliere, pour nous donner fur la fcéne un tableau fidéle de la vie civile, dont le théatre eft l'image, étudioit avec foin le gefte, le ton, le langage de tous les fentimens dont l'homme eft fufceptible dans toutes les conditions. C'eft à cet efprit de réfléxion, prêt à s'exercer fur tout ce qui fe paffoit fous fes yeux, c'eft à l'attention extrême qu'il apportoit à examiner les hommes, & au difcernement exquis avec lequel il fçavoit démêler les principes de leurs actions, que ce grand homme a dû la connoiffance parfaite du cœur humain,

---

(*i*) Outre les ouvrages qu'on a raffemblés dans cette édition, & plufieurs piéces qu'il avoit compofées pour la province, il avoit laiffé quelques fragmens de comédies qu'il devoit achever, & même quelques-unes entieres. La veuve de Moliere les avoit remifes au comédien la Grange ; on ne fçait ce qu'elles font devenuës. [*Voyez* Grimareft page 310.] Il avoit auffi traduit prefque tout Lucrece. *Voyez* le même page 311, & rémarques fur la fatyre 2 de Defpreaux, *in-folio*, Amfterdam, page 20, tome premier, 1718.

(*k*) *Voyez* ép. II, de Defpréaux.

(*l*) *Voyez* vie de Moliere, par Grimareft, page 48.

Si on lui a reproché de s'être répété quelquefois, comme dans la scéne (*m*) des deux marquis du *misantrope*, imitée en partie de celle (*n*) de Valere & d'Erafte dans *le dépit amoureux* ; si Clitandre, dans *l'amour médecin*, (*o*) produit à peu près le même incident qu'Adrafte dans *le sicilien*, (*p*) on peut du moins, dans la comparaison de ces scénes, remarquer le progrès du génie & des talens de Moliere. Ce progrès ne se fait jamais mieux sentir, que par le parallèle des idées semblables, qu'un même auteur a exprimées en différens tems. Mais il ne faut point confondre les deux scénes de *l'amour médecin*, & du *sicilien*, que nous venons de citer, avec d'autres qui y ont quelque rapport. Clitandre & Adrafte, à la faveur de leur déguisement, trouvent le moyen d'entretenir leurs maîtresses en particulier, quoique Sganarelle & Dom Pédre soient sur la scéne : (*q*) dans *l'étourdi*, (*r*) dans *l'école des maris*, (*s*) dans *le malade imaginaire*, des amans, qui ne peuvent s'expliquer autrement, déclarent tout haut leur passion à l'objet aimé, en présence même des personnes à qui ils ont intérêt de cacher leurs sentimens. Ces derniéres scénes, plus fines & plus piquantes que les premiéres, se ressemblent encore moins entre elles par le tour. Moliere arrive au même but, mais par diverses routes, plus ingénieuses & plus comiques l'une que l'autre. Quelle étenduë & quelles ressources dans l'esprit ne faut-il pas

---

(*m*) Acte III, scéne I. (*n*) Acte I, scéne III.
(*o*) Acte III, scéne V. (*p*) Scéne XII.
(*q*) Acte I, scéne IV.
(*r*) Acte II, scéne XIV.
(*s*) Acte II, scéne VI.

avoir, pour varier avec art les mêmes fonds, & pour les reproduire fous d'autres points de vûë, avec des couleurs différentes & toujours agréables ?

La fécondité de Moliere eft encore plus fenfible dans les fujets qu'il a tirés des auteurs anciens & modernes, ou dans les traits qu'il a empruntés d'eux. Toujours fuperieur à fes modéles, &, en cette partie, égal à lui-même, il donnoit une nouvelle vie à ce qu'il avoit copié. Les modéles difparoiffoient, il devenoit original. C'eft ainfi que Plaute & Térence avoient imité les grecs. Mais les deux poëtes latins, plus uniformes dans le choix des caractéres, & dans la maniére de les peindre, n'ont repréfenté qu'une partie des mœurs générales de Rome. Le poëte françois a non feulement expofé fur la fcéne les vices & les ridicules communs à tous les âges & à tous les pays, il les a peints encore avec des traits tellement propres à fa nation, que fes comédies peuvent être regardées comme l'hiftoire des mœurs, des modes, & du goût de fon fiécle ; avantage qui diftinguera toujours Moliere de tous les auteurs comiques.

Comme fes ouvrages ne font pas tous du même genre, il ne faut pas, pour en juger fainement, partir des mêmes principes. Dans fes premiéres comédies d'intrigue, il fe conforma à l'ufage qui étoit alors établi fur le théatre françois, & crut devoir ménager le goût du public, accoutumé à voir réunis dans un même fujet, les incidens les moins vrayfemblables ; c'eft plûtôt un vice du tems, qu'un défaut de l'auteur. Dans les piéces qu'il préparoit à la hâte pour des fêtes ordonnées par Louis XIV, il a quelquefois sacrifié une partie de sa gloire à la magnificence, à la variété du spectacle, & aux ornemens que la musique & la danse y devoient ajoûter. Uniquement rempli du désir d'exécuter promtement les ordres du Roi, il ne songeoit qu'à répondre, du moins par son zéle, à la confiance que lui témoignoit ce Prince, en le chargeant du soin de l'amuser. Il n'a pas même crû avilir son talent, en se prêtant au peu de délicatesse de la multitude, dans ces piéces, dont les caractéres chargés plaisent toujours au plus grand nombre, & où les gens de goût, sans en approuver le genre, remarquoient des traits que l'usage a consacrés, & a fait passer en proverbes. D'ailleurs, une critique trop sévére ne s'accordoit guéres avec l'intérêt d'une troupe que la gloire seule ne conduisoit pas, & qui ne jugeoit du mérite d'une comédie, que par le nombre des représentations, & par l'affluence des spectateurs. Ce sont apparemment ces espéces de farces, qu'il lisoit à sa servante, pour juger, par l'impression qu'elle en recevoit, de l'effet que la représentation produiroit sur le théatre. Il est peu vraysemblable qu'il l'ait consultée, sur *le misantrope* ou sur *les femmes sçavantes.*

Ces deux piéces, dont le genre même étoit inconnu à l'antiquité, sont celles que le public a reçûes avec le moins d'empressement, & cependant celles dont il attendoit l'immortalité, & qui, ainsi que *l'école des femmes & Tartuffe*, la lui assûrent. L'art caché sous des graces simples & naïves, n'y employe que des expressions claires & élégantes, des pensées justes & peu recherchées, une plaisanterie noble & ingénieuse pour peindre & pour développer les replis les plus secrets du cœur humain. C'est enfin par elles, que Moliere a rendu en France la scéne comique supérieure à celle des grecs & des romains.

La nature, qui lui avoit été si favorable du côté des talens de l'esprit, lui avoit refusé ces dons extérieurs, si nécessaires au théatre, sur tout, pour les rôles tragiques. Une voix sourde, des infléxions dures, une volubilité de langue qui précipitoit trop sa déclamation, le rendoient, de ce côté, fort inférieur aux acteurs de l'hôtel de Bourgogne. Il se fit justice, & se renferma dans un genre où ces défauts étoient plus supportables. Il eut même des difficultés à surmonter pour y réussir ; & ne se corrigea de cette volubilité, si contraire à la belle articulation, que par des efforts continuels, qui lui causerent un hoquet qu'il a conservé jusqu'à la mort, & dont il sçavoit tirer parti en certaines occasions. Pour varier ses infléxions, il mit le premier en usage certains tons inusités, qui le firent d'abord accuser d'un peu d'affectation, mais auxquels on s'accoutuma. Non seulement il plaisoit dans les rôles de Mascarille, de Sganarelle, d'Hali, &c ; il excelloit encore dans les rôles de haut comique, tels que ceux d'Arnolphe, d'Orgon, d'Harpagon. C'est alors que, par la vérité des sentimens, par l'intelligence des expressions, & par toutes les finesses de l'art, il séduisoit les spectateurs, au point qu'ils ne distinguoient plus le personnage représenté, d'avec le comédien qui le représentoit ; aussi se chargeoit-il toujours des rôles les plus longs & les plus difficiles. Il s'étoit encore réservé l'emploi

d'orateur

d'orateur (*r*) de fa troupe.

Le foin avec lequel il avoit travaillé à corriger &
à perfectionner fon jeu, s'étendoit jufques fur fes camarades. *L'impromptu de Verfailles*, dont le fujet eft la répétition d'une comédie qui devoit fe jouer devant le Roi,
eft l'image de ce que Moliere faifoit probablement dans
les répétitions ordinaires des piéces qu'il donnoit au public. Rien de ce qui pouvoit rendre l'imitation plus
vraye & plus fenfible, n'échapoit à fon attention. Il
obligea fa femme, qui étoit extrêmement parée, à changer d'habit, parce que la parure ne convenoit pas au rôle
d'Elmire convalefcente, qu'elle devoit repréfenter dans
Tartuffe. Mais il ne fe bornoit pas feulement à former fes
acteurs ; il entroit dans toutes leurs affaires, foit générales,
foit particuliéres, il étoit leur maître & leur camarade,
leur ami & leur (*u*) protecteur ; auffi attentif à compofer
pour eux (*x*) des rôles qui fiffent valoir leurs talens, que
foigneux d'attirer dans fa troupe des fujets qui pûffent la
rendre plus célébre. On fçait que le bruit des heureufes dif-
pofitions du jeune Baron, alors âgé d'environ onze ans,
avoit déterminé Moliere à demander au Roi un ordre pour

(*r*) Chaque troupe avoit, dans ce tems-là, un acteur, qui feul faifoit l'annonce des piéces,
& qui haranguoit le public dans l'occafion. Moliere, quelques années avant fa mort, avoit
cédé cet emploi au comédien *la Grange.*

(*u*) Non feulement, en 1665, il obtint pour fa troupe le titre de *troupe du Roi*, avec fept
mille livres de penfion ; mais, fur les inftances réitérées de fes camarades, il demanda, & obtint un ordre du Roi, pour qu'aucunes perfonnes de fa maifon n'entraffent à la comédie fans
payer. *Voyez* Grimareft, page 151.

(*x*) Il avoit *du Croify* en vûë, lorfqu'il compofa le rôle de *Tartuffe* ; comme, dans la fuite,
profitant de la taille & des graces de *Baron* encore jeune, il lui deftina le rôle de l'Amour dans
Pfiché.

faire paſſer cet enfant, de la troupe de la Raiſin, (y) dans la ſienne. Baron, élevé & inſtruit par Moliere, qui lui tint lieu de pere, (z) eſt devenu le Roſcius de ſon ſiécle. La Beauval quitta la province pour venir briller ſur le théatre du palais Royal.

Moliere, qui s'égayoit, ſur le théatre, aux dépens des foibleſſes humaines, ne put ſe garantir de ſa propre foibleſſe. Séduit par un panchant qu'il n'eut ni la ſageſſe de prévenir, ni la force de vaincre, il enviſagea la ſociété d'une femme aimable, comme un délaſſement néceſſaire à ſes travaux ; ce ne fut pour lui qu'une ſource de chagrins. Les perſonnes qui attirent les yeux du public, ſont plus expoſées que les autres à ſa malignité & à ſes plaiſanteries. Le mariage qu'il contraſta avec la fille de la comédienne Béjart, lui fit d'abord éprouver ce que la calomnie (a) a de plus noir. Le peu de rapport entre l'humeur d'un philoſophe amoureux, & les caprices d'une femme légére & coquette, répandit, dans la ſuite, ſur ſes jours bien des nuages, dont on abuſa pour jetter ſur lui le ridicule qu'il avoit ſi ſouvent joué dans les autres. Il perdit enfin ſon repos, &

(y) La Raiſin, veuve d'un organiſte de Troyes, avoit formé une troupe de jeunes enfans, ſous le nom de *troupe Dauphine ;* elle pria Moliere, en 1664, de lui prêter ſon théatre pour trois repréſentations : Moliere, informé du ſuccès qu'avoit eu le jeune Baron les deux premiers jours, réſolut, quoique malade, de ſe faire porter au palais royal à la troiſiéme repréſentation, & obtint le lendemain un ordre du Roi, pour faire entrer Baron dans ſa troupe. *Voyez* Grimareſt, pages 95 & 101.

(z) Baron étoit fils d'un comédien & d'une comédienne de l'hôtel de Bourgogne. Son pere étoit mort au mois d'octobre 1655 ; & ſa mere, au mois de ſeptembre 1662. *Voyez* Muſe hiſtorique de Loret, lettre 40, de l'année 1655, & lettre 35, de l'année 1662.

(a) On diſoit que Moliere, qui avoit été amoureux de la Béjart, avoit épouſé ſa propre fille, mais elle étoit née en Languedoc avant qu'il eût fait connoiſſance avec la mere ; d'ailleurs, Grimareſt aſſure qu'elle étoit fille d'un gentilhomme d'Avignon, nommé Modéne. *Voyez* page 21.

la douceur de sa vie ; mais sans perdre aucun des agrémens de son esprit.

Plus heureux dans le commerce de ses amis, il les rassembloit à Auteuil, dès que ses occupations lui permettoient de quitter Paris, ou ne l'appelloient pas à la cour. Estimé des hommes les plus illustres de son siécle, il n'étoit pas moins chéri & caressé des grands. Le maréchal duc de Vivonne vivoit avec lui dans cette familiarité, qui égale le mérite à la naissance. Le grand Condé exigeoit de Moliere de fréquentes visites, & avouoit que sa conversation lui apprenoit toujours quelque chose de nouveau.

Des distinctions si flateuses n'avoient gâté ni son esprit ni son cœur. Baron lui annonça un jour à Auteuil un homme, que l'extrême misére empêchoit de paroître ; *il se nomme Mondorge,* (b) ajouta-t-il. *Je le connois,* dit Moliere, *il a été mon camarade en Languedoc, c'est un honnête homme ; que jugez-vous qu'il faille lui donner ? Quatre pistoles,* dit Baron, après avoir hésité quelque tems. *Hé bien,* reprit Moliere, *Je vais les lui donner pour moi, donnez-lui ces vingt autres que voilà.* Mondorge parut, Moliere l'embrassa, le consola, & joignit au présent qu'il lui faisoit, un magnifique habit de théatre, pour jouer dans les rôles tragiques. C'est par des exemples pareils, plus sensibles que de simples discours, qu'il s'appliquoit à former les mœurs de celui qu'il regardoit comme son fils.

On n'a point inféré dans ces mémoires les traditions populaires, toujours incertaines, & souvent fausses, ni les faits étrangers ou peu intéressans, que l'auteur de la vie de

(b) Son nom de famille étoit Mignot.

Moliere a raſſemblés. Celui dont Charpentier , fameux compoſiteur de muſique a été témoin, & qu'il a raconté à des perſonnes dignes de foi, eſt peu connu, & mérite d'être rapporté. Moliere revenoit d'Auteuil avec ce muſicien. Il donna l'aumône à un pauvre, qui, un inſtant après, fit arrêter le carroſſe, & lui dit, *Monſieur, vous n'avez pas eu deſſein de me donner une piéce d'or. Où la vertu va-t-elle ſe nicher!* s'écria Moliere, après un moment de réfléxion, *tien, mon ami, en voilà une autre.*

On ne peut mieux finir ces mémoires, que par ces vers de Deſpréaux. (*c*)

> *Avant qu'un peu de terre, obtenu par priére,*
> *Pour jamais ſous la tombe eût enfermé Moliere,*
> *Mille de ces beaux traits, aujourd'hui ſi vantés,*
> *Furent des ſots eſprits, à nos yeux, rebutés.*
> *L'ignorance & l'erreur, à ſes naiſſantes piéces,*
> *En habits de marquis, en robes de comteſſes,*
> *Venoient pour diffamer ſon chef-d'œuvre nouveau ;*
> *Et ſecouoient la tête à l'endroit le plus beau.*
> *Le commandeur vouloit la ſcéne plus exacte,*
> *Le vicomte indigné ſortoit au ſecond acte.*
> *L'un, défenſeur zélé des bigots mis en jeu,*
> *Pour prix de ſes bons mots, le condamnoit au feu.*
> *L'autre, fougueux marquis, lui déclarant la guerre,*
> *Vouloit venger la cour immolée au parterre.*
> *Mais ſi-tôt que, d'un trait de ſes fatales mains,*
> *La Parque l'eut rayé du nombre des humains,*

(*c*) Epître VII, à monſieur Racine.

On reconnut le prix de fa mufe éclipfée.

L'aimable comédie, avec lui terraffée,

En vain, d'un coup fi rude, efpéra revenir,

Et, fur fes brodequins, ne put plus fe tenir.

F I N.

APPROBATION.

J'AI lû, par ordre de monseigneur le Garde des Sceaux, *les œuvres de Moliere*, avec les augmentations qui ont été ajoûtées à cette nouvelle édition. A Paris ce 23 juin 1734. JOLLY.

PRIVILEGE DU ROY.

LOUIS, par la grace de Dieu, Roi de france & de navarre : à nos amés & féaux conseillers les gens tenans nos cours de parlement, maîtres des requêtes ordinaires de notre hôtel, grand conseil, prévôt de Paris, baillifs, sénéchaux, leurs lieutenans civils, & autres nos justiciers qu'il appartiendra, SALUT. Notre bien amé MICHEL-ETIENNE DAVID, libraire à Paris, nous ayant fait remontrer qu'il souhaiteroit faire réimprimer & donner au public, *les œuvres de Scaron, tant en prose qu'en vers ; l'histoire universelle du feu sieur évêque de Meaux avec la continuation ; les œuvres de Pierre & Thomas Corneille ; la géographie du sieur Robbe avec les cartes ; les œuvres du sieur de Vene- rony ; les œuvres du pere Malebranche ; le nouveau testament du pere Amelote, prêtre de l'oratoire ; les épîtres & évangiles de toute l'année, & l'ordinaire de la messe du même auteur ; les œuvres du sieur Racine ; journal des audiences ; œuvres de Moliere avec sa vie ; instruction pour les jardins fruitiers & potagers par le sieur de la Quintinie ; œuvres de Moriceau ; histoire de Dom Quichotte, avec la suite de Avellaneda ; œuvres du sieur de saint Evremont ; œuvres de madame de Villedieu ; les contes des Fées, par m. Daunoy ; fables mises en vers par le sieur de L. Fontaine ; loix civiles par Domat ; histoire de la bible par Royaumont ; l'histoire de l'empire par le sieur Heff ;* mais comme il ne les peut faire réimprimer sans s'engager à de très-grands frais, il nous a très-humblement fait supplier de vouloir, bien pour l'en dédommager, lui accorder nos lettres de continuation de privilége sur ce nécessaires. A CES CAUSES, voulant favorablement traiter ledit exposant, & lui donner moyen de continuer à réimprimer ou faire réimprimer les grands ouvrages ci-dessus énoncés, & qui sont très-utiles au public pour l'avancement des sciences & des belles lettres ; nous lui avons permis & accordé, permettons & accordons par ces présentes de faire imprimer lesdits livres ci dessus spécifiés, en tels volumes, forme, marge, caractére, & de toute grandeur qu'il jugera à propos, conjointement ou séparément, & autant de fois que bon lui semblera, & de les vendre, faire vendre & débiter par tout notre royaume, pendant le tems de *vingt* années consécutives, à compter du jour de la datte desdites présentes ; faisons défenses à toutes sortes de personnes, de quelque qualité & condition qu'elles soient, d'en introduire d'impression étrangere dans aucun lieu de notre obéïssance, comme aussi à tous libraires, imprimeurs & autres d'imprimer, faire imprimer, vendre, faire vendre, débiter ni contrefaire lesdits livres ci dessus mentionnés, en tout ni en partie, ni d'en faire aucuns extraits sous quelque prétexte que ce soit, d'augmentation, correction, changement de titre, même de traduction étrangere ou autrement, sans le consentement par écrit dudit exposant ou de ceux qui auront droit de lui, à peine de confiscation des exemplaires contrefaits, de dix mille livres d'amende contre chacun des contrevenans, dont un tiers à nous, un tiers à l'hôtel-Dieu de Paris, l'autre tiers audit exposant, & de tous dépens, dommages & intérêts : à la charge que ces présentes seront enregistrées tout au long sur le registre de la communauté des libraires & imprimeurs de Paris, dans trois mois de la datte d'icelles ; que l'impression de ces livres sera faite dans notre royaume & non ailleurs, en bon papier & en beaux caractéres, conformément aux réglemens de la librairie, & quavant que de les exposer en vente, les manuscrits ou imprimés qui ont servi de copie à l'impression desdits livres, seront remis dans le même état ou les approbations y auront été données, ès mains de notre très-cher & féal chevalier, chancelier de france, le sieur Daguesseau, & qu'il en sera ensuite remis deux exemplaires de chacun dans notre bibliothéque publique, un dans celle de notre château du louvre, & un dans celle de notre très-cher & féal chevalier, chancelier de france, le sieur Daguesseau ; le tout à peine de nullité des présentes ; du contenu desquelles vous mandons & enjoignons de faire jouir l'exposant ou ses ayans cause pleinement & paisiblement, sans souffrir qu'il leur soit fait aucun trouble ou empêchement : voulons que la copie desdites présentes, qui sera imprimée tout au long au commencement ou à la fin desdits livres, soit tenuë pour dûement signifiée, & qu'aux copies collationnées par l'un de nos amés & féaux conseillers & secretaires, foi soit ajoûtée comme à l'original. Commandons au premier notre huissier ou sergent de faire pour l'exécution d'icelles, tous actes requis & nécessaires, sans demander autre permission, & nonobstant clameur de haro, chartre normande & lettres à ce contraires : CAR tel est notre plaisir. DONNÉ à Paris le vingt-sixiéme jour du mois de juillet, l'an de grace mil sept cens vingt, & de notre régne le cinquiéme. Par le Roi en son conseil. Signé, FOUQUET.

Registré sur le registre IV, de la communauté des libraires & imprimeurs de Paris, page 613, n. 658, conformément aux réglemens, & notamment à l'arrêt du conseil du 13 août 1703. A Paris le 29 juillet 1720. Signé, DE LAULNE, syndic.

TABLE

TABLE GÉNÉRALE.

TOME PREMIER.

TOME SECOND.

TOME TROISIÉME.

TABLE GENERALE.

TOME QUATRIÉME.

TOME CINQUIÉME.

L'ETOURDI,

o u

LES CONTRE-TEMS,

C O M É D I E.

ACTEURS.

PANDOLFE, pere de Lélie, *l'étourdi.*

ANSELME, pere d'Hippolyte.

TRUFALDIN, vieillard.

CÉLIE, esclave de Trufaldin.

HIPPOLYTE fille d'Anselme.

LÉLIE, fils de Pandolfe.

LÉANDRE, fils de famille.

ANDRÈS, crû égyptien.

MASCARILLE, valet de Lélie.

ERGASTE, ami de Mascarille.

UN COURIER.

DEUX TROUPES de masques.

La scéne est à Messine dans une place publique.

L'ETOURDI

Inv. et dessiné par F. Boucher.   Gravé par Lau. Cars.

L'ETOURDI. V. Page 78.

L'ÉTOURDI,

OU

LES CONTRE-TEMS,

COMEDIE.

ACTE PREMIER.

SCENE PREMIERE.

LELIE.

H É bien, Léandre, hé bien, il faudra contefter,
Nous verrons de nous deux qui pourra l'em-
porter ;
Qui, dans nos foins communs pour ce jeune
miracle,
Aux vœux de fon rival portera plus d'obftacle :
Préparez vos efforts, & vous défendez bien,
Sûr que de mon côté, je n'épargnerai rien.

A ij

SCENE II.

LELIE, MASCARILLE.

LELIE.

AH ! Mascarille.

MASCARILLE.
Quoi ?

LELIE.
Voici bien des affaires ;
J'ai dans ma passion toutes choses contraires ;
Léandre aime Célie, & par un trait fatal,
Malgré mon changement, est encor mon rival.

MASCARILLE.
Léandre aime Célie !

LELIE.
Il l'adore, te dis-je.

MASCARILLE.
Tant pis.

LELIE.
Hé ! oui, tant pis, c'est là ce qui m'afflige.
Toutefois j'aurois tort de me désespérer,
Puisque j'ai ton secours, je dois me rassûrer,
Je sçai que ton esprit en intrigues fertile,
N'a jamais rien trouvé qui lui fût difficile,

COMEDIE.

Qu'on te peut appeller le roi des serviteurs,
Et qu'en toute la terre......

MASCARILLE.

Hé ! tréve de douceurs.
Quand nous faisons besoin, nous autres misérables,
Nous sommes les chéris & les incomparables ;
Et dans un autre tems, dès le moindre courroux,
Nous sommes les coquins qu'il faut roüer de coups.

LELIE.

Ma foi, tu me fais tort avec cette invective ;
Mais enfin, discourons de l'aimable captive,
Dis si les plus cruels & plus durs sentimens
Ont rien d'impénétrable à des traits si charmans :
Pour moi, dans ses discours, comme dans son visage,
Je voi pour sa naissance un noble témoignage,
Et je croi que le Ciel dedans un rang si bas,
Cache son origine, & ne l'en tire pas.

MASCARILLE.

Vous êtes romanesque avecque vos chiméres.
Mais que fera Pandolfe en toutes ces affaires ?
C'est monsieur votre pere, au moins à ce qu'il dit ;
Vous sçavez que sa bile assez souvent s'aigrit,
Qu'il peste contre vous d'une belle maniére,
Quand vos déportemens lui blessent la visiére ;
Il est avec Anselme en parole pour vous
Que de son Hippolyte on vous fera l'époux,
S'imaginant que c'est dans le seul mariage,
Qu'il pourra rencontrer de quoi vous faire sage ;

Et s'il vient à fçavoir que, rebutant fon choix,
D'un objet inconnu vous recevez les loix,
Que de ce fol amour la fatale puiffance
Vous fouftrait au devoir de votre obéïffance,
Dieu fçait quelle tempête alors éclatera,
Et de quels beaux fermons on vous régalera.

LELIE.

Ah! tréve, je vous prie, à votre rhétorique.

MASCARILLE.

Mais vous, tréve plûtôt à votre politique,
Elle n'eft pas fort bonne, & vous devriez tâcher....

LELIE.

Sçais-tu qu'on n'acquiert rien de bon à me fâcher,
Que chez moi les avis ont de triftes falaires,
Qu'un valet confeiller y fait mal fes affaires?

[*à part.*] MASCARILLE.

Il fe met en courroux. Tout ce que j'en ai dit
N'étoit rien que pour rire, & vous fonder l'efprit.
D'un cenfeur de plaifirs ai-je fort l'encolure,
Et Mafcarille eft-il ennemi de nature?
Vous fçavez le contraire, & qu'il eft très-certain,
Qu'on ne peut me taxer que d'être trop humain.
Moquez-vous des fermons d'un vieux barbon de pere;
Pouffez votre bidet, vous dis-je, & laiffez faire.
Ma foi, j'en fuis d'avis, que ces Penards chagrins
Nous viennent étourdir de leurs contes badins,
Et vertueux par force, efperent par envie
Oter aux jeunes gens les plaifirs de la vie.

Vous ſçavez mon talent, je m'offre à vous ſervir.

LELIE.

Ah! c'eſt par ces diſcours que tu peux me ravir.

Au reſte, mon amour, quand je l'ai fait paroître,

N'a point été mal vû des yeux qui l'ont fait naître;

Mais Léandre à l'inſtant vient de me déclarer

Qu'à me ravir Célie il ſe va préparer:

C'eſt pourquoi dépêchons, & cherchez dans ta tête

Les moyens les plus promts d'en faire ma conquête.

Trouve ruſes, détours, fourbes, inventions,

Pour fruſtrer mon rival de ſes prétentions.

MASCARILLE.

Laiſſez-moi quelque tems rêver à cette affaire.

[à part.]

Que pourrois-je inventer pour ce coup néceſſaire?

LELIE.

Hé bien, le ſtratagême?

MASCARILLE.

Ah! comme vous courez!

Ma cervelle toujours marche à pas meſurés.

J'ai trouvé votre fait : il faut.... Non, je m'abuſe.

Mais ſi vous alliez....

LELIE.

Où?

MASCARILLE.

C'eſt une foible ruſe.

J'en ſongeois une....

LELIE.

Et quelle?

MASCARILLE.

Elle n'iroit pas bien.

Mais ne pourriez-vous pas....

LELIE.

Quoi?

MASCARILLE.

Vous ne pourriez rien.

Parlez avec Anselme.

LELIE.

Et que lui puis-je dire?

MASCARILLE.

Il eſt vrai; c'eſt tomber d'un mal dedans un pire.
Il faut pourtant l'avoir. Allez chez Trufaldin.

LELIE.

Que faire?

MASCARILLE.

Je ne ſçai.

LELIE.

C'en eſt trop à la fin,
Et tu me mets à bout par ces contes frivoles.

MASCARILLE.

Monſieur, ſi vous aviez en main force piſtoles,
Nous n'aurions pas beſoin maintenant de rêver
A chercher les biais que nous devons trouver,
Et pourrions par un promt achat de cette eſclave,
Empêcher qu'un rival vous prévienne & vous brave.

De

De ces Egyptiens qui la mirent ici,
Trufaldin qui la garde, eſt en quelque ſouci;
Et trouvant ſon argent qu'ils lui font trop attendre,
Je ſçai bien qu'il ſeroit très-ravi de la vendre:
Car enfin en vrai ladre il a toujours vécu,
Il ſe feroit feſſer pour moins d'un quart d'écu,
Et l'argent eſt le Dieu que ſur tout il révere,
Mais le mal, c'eſt . . . .

LELIE.

Quoi, c'eſt?

MASCARILLE.

Que monſieur votre pere
Eſt un autre vilain, qui ne vous laiſſe pas,
Comme vous voudriez, manier ſes ducats;
Qu'il n'eſt point de reſſort, qui pour votre reſſource,
Pût faire maintenant ouvrir la moindre bourſe:
Mais tâchons de parler à Célie un moment,
Pour ſçavoir là-deſſus quel eſt ſon ſentiment;
Sa fenêtre eſt ici.

LELIE.

Mais Trufaldin pour elle,
Fait de jour & de nuit exacte ſentinelle;
Prends garde.

MASCARILLE.

Dans ce coin demeurez en repos.
O bonheur! la voilà qui ſort tout-à-propos.

SCENE III.

CELIE, LELIE, MASCARILLE.

LELIE.

AH! que le Ciel m'oblige, en offrant à ma vûë
Les céleftes attraits dont vous êtes pourvûë!
Et, quelque mal cuifant que m'ayent caufé vos yeux,
Que je prends de plaifir à les voir en ces lieux!

CELIE.

Mon cœur, qu'avec raifon votre difcours étonne,
N'entend pas que mes yeux faffent mal à perfonne,
Et, fi dans quelque chofe ils vous ont outragé,
Je puis vous affûrer que c'eft fans mon congé.

LELIE.

Ah! leurs coups font trop beaux pour me faire une injure,
Je mets toute ma gloire à chérir leur bleffure,
Et....,

MASCARILLE.

Vous le prenez-là d'un ton un peu trop haut ;
Ce ftile maintenant n'eft pas ce qu'il nous faut,
Profitons mieux du tems, & fçachons vîte d'elle
Ce que...

TRUFALDIN *dans fa maifon.*

Célie!

MASCARILLE *à Lélie.*

Hé bien?

LELIE.

O rencontre cruelle!

Ce malheureux vieillard devoit-il nous troubler!

MASCARILLE.

Allez, retirez-vous, je sçaurai lui parler.

SCENE IV.

TRUFALDIN, CELIE, LELIE *retiré dans un coin.* MASCARILLE.

TRUFALDIN *à Célie.*

QUe faites-vous dehors ? & quel soin vous talonne,
Vous, à qui je défends de parler à personne ?

CELIE.

Autrefois j'ai connu cet honnête garçon,
Et vous n'avez pas lieu d'en prendre aucun soupçon.

MASCARILLE.

Est-ce là le Seigneur Trufaldin?

CELIE.

Oui, lui-même.

MASCARILLE.

Monsieur, je suis tout vôtre, & ma joye est extrême
De pouvoir saluer en toute humilité
Un homme dont le nom est par tout si vanté.

TRUFALDIN.

Très-humble serviteur.

MASCARILLE.

J'incommode peut-être ;
Mais je l'ai vûë ailleurs, où m'ayant fait connoître

B ij

Les grands talens qu'elle a pour sçavoir l'avenir,
Je voulois sur ce point un peu l'entretenir.

TRUFALDIN.

Quoi ? te mêlerois-tu d'un peu de diablerie ?

CELIE.

Non, tout ce que je sçai n'est que blanche magie.

MASCARILLE.

Voici donc ce que c'est. Le maître que je sers
Languit pour un objet qui le tient dans ses fers ;
Il auroit bien voulu, du feu qui le dévore,
Pouvoir entretenir la beauté qu'il adore ;
Mais un dragon veillant sur ce rare trésor,
N'a pû, quoi qu'il ait fait, le lui permettre encor ;
Et, ce qui plus le gêne & le rend misérable,
Il vient de découvrir un rival redoutable ;
Si bien que, pour sçavoir si ses soins amoureux
Ont sujet d'espérer quelque succès heureux,
Je viens vous consulter, sûr que de votre bouche
Je puis apprendre au vrai le secret qui nous touche.

CELIE.

Sous quel astre ton maître a-t-il reçû le jour ?

MASCARILLE.

Sous un astre à jamais ne changer son amour.

CELIE.

Sans me nommer l'objet pour qui son cœur soupire,
La science que j'ai m'en peut assez instruire.
Cette fille a du cœur, & dans l'adversité
Elle sçait conserver une noble fierté ;

Elle n'eſt pas d'humeur à trop faire connoître
Les ſecrets ſentimens qu'en ſon cœur on fait naître :
Mais je les ſçai comme elle, & d'un eſprit plus doux,
Je vais en peu de mots te les découvrir tous.

MASCARILLE.

O merveilleux pouvoir de la vertu magique !

CELIE.

Si ton maître en ce point de conſtance ſe pique ;
Et que la vertu ſeule anime ſon deſſein,
Qu'il n'appréhende plus de ſoupirer en vain ;
Il a lieu d'eſpérer, & le fort qu'il veut prendre
N'eſt pas ſourd aux traités, & voudra bien ſe rendre.

MASCARILLE.

C'eſt beaucoup ; mais ce fort dépend d'un gouverneur
Difficile à gagner.

CELIE.

C'eſt-là tout le malheur.

MASCARILLE à part regardant Lélie.

Au diable le fâcheux qui toujours nous éclaire.

CELIE.

Je vais vous enſeigner ce que vous devez faire.

LELIE les joignant.

Ceſſez, ô Trufaldin, de vous inquiéter,
C'eſt par mon ordre ſeul qu'il vient vous viſiter,
Et je vous l'envoyois, ce ſerviteur fidelle,
Vous offrir mon ſervice, & vous parler pour elle,
Dont je vous veux dans peu payer la liberté ;
Pourvû qu'entre nous deux le prix ſoit arrêté.

MASCARILLE *à part.*

La pefte foit la bête !

TRUFALDIN.

         Ho ! ho ! qui des deux croire ?

Ce difcours au premier eft fort contradiƈtoire.

MASCARILLE.

Monfieur, ce galant homme a le cerveau bleffé ;
Ne le fçavez-vous pas ?

TRUFALDIN.

         Je fçai ce que je fçai.

J'ai crainte ici-deffous de quelque manigance.

[*à Célie.*]

Rentrez, & ne prenez jamais cette licence.
Et vous, filoux fieffés, ou je me trompe fort ;
Mettez pour me joüer vos flûtes mieux d'accord.

SCENE V.

LELIE, MASCARILLE.

MASCARILLE.

C'Eft bien fait. Je voudrois qu'encor fans flaterie,
Il nous eût d'un bâton chargés de compagnie.
A quoi bon fe montrer, & comme un étourdi,
Me venir démentir de tout ce que je di ?

LELIE.

Je penfois faire bien.

MASCARILLE.

Oui, c'étoit fort l'entendre.
Mais quoi! cette action ne doit point me surprendre.
Vous êtes si fertile en pareils contre-tems,
Que vos écarts d'esprit n'étonnent plus les gens.

LELIE.

Ah! mon Dieu, pour un rien me voilà bien coupable!
Le mal est-il si grand, qu'il soit irréparable?
Enfin, si tu ne mets Célie entre mes mains,
Songe au moins de Léandre à rompre les desseins;
Qu'il ne puisse acheter avant moi cette belle.
De peur que ma présence encor soit criminelle,
Je te laisse.

MASCARILLE seul.

Fort bien. A dire vrai, l'argent
Seroit dans notre affaire un sûr & fort agent:
Mais ce ressort manquant, il faut user d'un autre.

SCENE VI.

ANSELME, MASCARILLE.

ANSELME.

Par mon chef, c'est un siécle étrange que le nôtre,
J'en suis confus. Jamais tant d'amour pour le bien,
Et jamais tant de peine à retirer le sien.
Les dettes aujourd'ui, quelque soin qu'on employe,
Sont comme les enfans que l'on conçoit en joye,

Et dont avecque peine on fait l'accouchement.
L'argent dans notre bourfe entre agréablement :
Mais le terme venu que nous devons le rendre,
C'eft lors, que les douleurs commencent à nous prendre.
Bafte ; ce n'eft pas peu que deux mille francs dûs,
Depuis deux ans entiers, me foient enfin rendus ;
Encore eft-ce un bonheur.

MASCARILLE *à part les quatre premiers vers.*

O Dieu ! la belle proye
A tirer en volant ! Chut, il faut que je voye
Si je pourrois un peu de près le careffer.
Je fçai bien les difcours dont il le faut bercer.
Je viens de voir, Anfelme....

ANSELME.

Et qui ?

MASCARILLE.

Votre Nérine.

ANSELME.

Que dit-elle de moi, cette gente affaffine ?

MASCARILLE.

Pour vous elle eft de flâme.

ANSELME.

Elle ?

MASCARILLE.

Et vous aime tant,

Que c'eft grande pitié.

ANSELME.

Que tu me rends content !

MAS-

MASCARILLE.

Peu s'en faut que d'amour la pauvrette ne meure ;
Anselme mon mignon, crie-t-elle à toute heure,
Quand est-ce que l'hymen unira nos deux cœurs,
Et que tu daigneras éteindre mes ardeurs ?

ANSELME.

Mais pourquoi jusqu'ici me les avoir celées.
Les filles, par ma foi, font bien dissimulées !
Mascarille, en effet, qu'en dis-tu ? quoique vieux,
J'ai de la mine encore assez pour plaire aux yeux.

MASCARILLE.

Oui vraiment, ce visage est encor fort mettable,
S'il n'est pas des plus beaux, il est dés-agréable.

ANSELME.

Si bien donc....

MASCARILLE *veut prendre la bourse.*

Si bien donc qu'elle est sotte de vous ;
Ne vous regarde plus....

ANSELME.

Quoi ?

MASCARILLE.

Que comme un époux ;
Et vous veut...

ANSELME.

Et me veut...

MASCARILLE.

Et vous veut, quoiqu'il tienne,
Prendre la bourse.

Tome I. C

ANSELME.

La ?

MASCARILLE *prend la bourſe & la laiſſe tomber.*

La bouche avec la ſienne.

ANSELME.

Ah ! je t'entends. Vien-ça , lorſque tu la verras ,
Vante-lui mon mérite autant que tu pourras.

MASCARILLE.

Laiſſez-moi faire.

ANSELME.

Adieu.

MASCARILLE.

Que le Ciel vous conduiſe.

ANSELME *revenant.*

Ah ! vraiment je faiſois une étrange ſottiſe ,
Et tu pouvois pour toi m'accuſer de froideur.
Je t'engage à ſervir mon amoureuſe ardeur ,
Je reçois par ta bouche une bonne nouvelle ,
Sans du moindre préſent récompenſer ton zéle :
Tien , tu te ſouviendras . . . .

MASCARILLE.

Ah ! non pas, s'il vous plaît.

ANSELME.

Laiſſe-moi . . . .

MASCARILLE.

Point du tout. J'agis ſans intérêt,

ANSELME,

Je le ſçai ; mais pourtant . . . ,

MASCARILLE.

Non, Anselme, vous dis-je.
Je suis homme d'honneur, cela me désoblige.

ANSELME.

Adieu donc, Mascarille.

MASCARILLE *à part.*

O long discours !

ANSELME *revenant.*

Je veux
Régaler par tes mains cet objet de mes vœux,
Et je vais te donner de quoi faire pour elle
L'achat de quelque bague, ou telle bagatelle
Que tu trouveras bon.

MASCARILLE.

Non, laissez votre argent.
Sans vous mettre en souci, je ferai le présent ;
Et l'on m'a mis en main une bague à la mode,
Qu'après vous payerez, si cela l'accommode.

ANSELME.

Soit ; donne-la pour moi ; mais sur-tout fai si bien,
Qu'elle garde toujours l'ardeur de me voir sien.

SCENE VII.

LELIE, ANSELME, MASCARILLE.

LELIE, *ramaſſant la bourſe.*

A Qui la bourſe ?

ANSELME.

Ah Dieux ! elle m'étoit tombée ;
Et j'aurois après crû qu'on me l'eût dérobée.
Je vous ſuis bien tenu de ce ſoin obligeant ,
Qui m'épargne un grand trouble , & me rend mon argent ;
Je vais m'en décharger au logis tout-à-l'heure.

SCENE VIII.

LELIE, MASCARILLE.

MASCARILLE.

C'Eſt être officieux , & très-fort , ou je meure.

LELIE.

Ma foi, ſans moi , l'argent étoit perdu pour lui.

MASCARILLE.

Certes, vous faites rage , & payez aujourd'hui
D'un jugement très-rare & d'un bonheur extrême,
Nous avancerons fort , continuez de même.

LELIE.

Qu'eſt-ce donc ? qu'ai-je fait ?

MASCARILLE.

Le fot en bon françois ;
Puifque je puis le dire, & qu'enfin je le dois.
Il fçait bien l'impuiffance où fon pere le laiffe,
Qu'un rival, qu'il doit craindre, étrangement nous preffe;
Cependant quand je tente un coup pour l'obliger,
Dont je cours moi tout feul la honte & le danger . . . ;

LELIE.

Quoi ? c'étoit . . . ;

MASCARILLE.

Oui, bourreau, c'étoit pour la captive
Que j'attrapois l'argent dont votre foin nous prive.

LELIE.

S'il eft ainfi, j'ai tort ; mais qui l'eût deviné ?

MASCARILLE.

Il falloit, en effet, être bien rafiné.

LELIE.

Tu me devois par figne avertir de l'affaire.

MASCARILLE.

Oui, je devois au dos avoir mon luminaire.
Au nom de Jupiter, laiffez-nous en repos,
Et ne nous chantez plus d'impertinens propos.
Un autre après cela quitteroit tout peut-être ;
Mais j'avois médité tantôt un coup de maître,
Dont tout préfentement je veux voir les effets ;
A la charge que fi , . . .

LELIE.

Non, je te le promets,

De ne me mêler plus de rien dire ou rien faire.

MASCARILLE.

Allez donc ; votre vûë excite ma colere.

LELIE.

Mais sur-tout hâte-toi, de peur qu'en ce dessein ....

MASCARILLE.

Allez, encore un coup, j'y vais mettre la main.

[*Lélie sort.*]

Menons bien ce projet ; la fourbe sera fine,
S'il faut qu'elle succéde ainsi que j'imagine.
Allons voir .... Bon, voici mon homme justement.

SCENE IX.

PANDOLFE, MASCARILLE.

PANDOLFE.

Mascarille.

MASCARILLE.

Monsieur.

PANDOLFE.

A parler franchement,
Je suis mal satisfait de mon fils.

MASCARILLE.

De mon maître ?
Vous n'étes pas le seul qui se plaigne de l'être,
Sa mauvaise conduite insupportable en tout,
Met à chaque moment ma patience à bout.

PANDOLFE.

Je vous croyois pourtant affez d'intelligence
Enfemble.

MASCARILLE.

Moi ? Monfieur, perdez cette croyance.
Toujours de fon devoir je tâche à l'avertir,
Et l'on nous voit fans ceffe avoir maille à partir ;
A l'heure même encor nous avons eu querelle
Sur l'hymen d'Hippolyte où je le voi rebelle,
Où, par l'indignité d'un refus criminel,
Je le vois offenfer le refpect paternel.

PANDOLFE.

Querelle ?

MASCARILLE.

Oüi querelle, & bien avant pouffée.

PANDOLFE.

Je me trompois donc bien ; car j'avois la penfée
Qu'à tout ce qu'il faifoit tu donnois de l'appui.

MASCARILLE.

Moi ? voyez ce que c'eft que du monde aujourd'hui,
Et comme l'innocence eft toujours opprimée.
Si mon intégrité vous étoit confirmée,
Je fuis auprès de lui gagé pour ferviteur,
Vous me voudriez encor payer pour précepteur :
Oui, vous ne pourriez pas lui dire davantage
Que ce que je lui dis, pour le faire être fage.
Monfieur, au nom de Dieu, lui fais-je affez fouvent,
Ceffez de vous laiffer conduire au premier vent ;

Réglez-vous ; regardez l'honnête homme de pere
Que vous avez du Ciel ; comme on le confidere ;
Ceſſez de lui vouloir donner la mort au cœur,
Et comme lui, vivez en perſonne d'honneur.

PANDOLFE.

C'eſt parler comme il faut. Et que peut-il répondre ?

MASCARILLE.

Répondre ? des chanſons, dont il me vient confondre.
Ce n'eſt pas qu'en effet, dans le fond de ſon cœur,
Il ne tienne de vous des ſemences d'honneur ;
Mais ſa raiſon n'eſt pas maintenant ſa maîtreſſe.
Si je pouvois parler avecque hardieſſe ,
Vous le verriez dans peu ſoumis ſans nul effort.

PANDOLFE.

Parle.

MASCARILLE.

C'eſt un ſecret, qui m'importeroit fort ,
S'il étoit découvert : mais à votre prudence
Je puis le confier avec toute aſſûrance.

PANDOLFE.

Tu dis bien.

MASCARILLE.

Sçachez donc que vos vœux ſont trahis
Par l'amour qu'une eſclave imprime à votre fils.

PANDOLFE.

On m'en avoit parlé ; mais l'action me touche
De voir que je l'apprenne encore par ta bouche.

MAS-

MASCARILLE.

Vous voyez fi je fuis le fecret confident....

PANDOLFE.

Vraiment je fuis ravi de cela.

MASCARILLE.

Cependant

A fon devoir, fans bruit, défirez-vous le rendre ?
Il faut .... J'ai toujours peur qu'on nous vienne furprendre ;
Ce feroit fait de moi, s'il fçavoit ce difcours.
Il faut, dis-je, pour rompre à toute chofe cours,
Acheter fourdement l'efclave idolâtrée,
Et la faire paffer en une autre contrée.
Anfelme a grand accès auprès de Trufaldin,
Qu'il aille l'acheter pour vous dès ce matin ;
Après, fi vous voulez en mes mains la remettre,
Je connois des marchands, & puis bien vous promettre
D'en retirer l'argent qu'elle pourra coûter,
Et, malgré votre fils, de la faire écarter ;
Car enfin, fi l'on veut qu'à l'hymen il fe range,
A cet amour naiffant il faut donner le change ;
Et de plus, quand bien même il feroit réfolu
Qu'il auroit pris le joug que vous avez voulu,
Cet autre objet pouvant réveiller fon caprice,
Au mariage encor peut porter préjudice.

PANDOLFE.

C'eft très-bien raifonner ; ce confeil me plaît fort.
Je vois Anfelme ; va, je m'en vais faire effort

Tome I. D

Pour avoir promtement cette esclave funeste,
Et la mettre en tes mains pour achever le reste.

MASCARILLE *seul.*

Bon ; allons avertir mon maître de ceci.
Vive la fourberie & les fourbes aussi.

SCENE X.
HIPPOLYTE, MASCARILLE.
HIPPOLYTE.

OUi, traître, c'est ainsi que tu me rends service ?
Je viens de tout entendre, & voir ton artifice ;
A moins que de cela, l'eussai-je soupçonné ?
Tu payes d'imposture, & tu m'en as donné.
Tu m'avois promis, lâche, & j'avois lieu d'attendre
Qu'on te verroit servir mes ardeurs pour Léandre,
Que du choix de Lélie, où l'on veut m'obliger,
Ton adresse & tes soins sçauroient me dégager ;
Que tu m'affranchirois du projet de mon pere ;
Et cependant ici tu fais tout le contraire ;
Mais tu t'abuseras ; je sçais un sûr moyen
Pour rompre cet achat où tu pousses si bien,
Et je vais de ce pas . . . . .

MASCARILLE.

Ah ! que vous êtes promte !
La mouche tout d'un coup à la tête vous monte,
Et, sans considérer s'il a raison ou non,
Votre esprit contre moi fait le petit démon.

J'ai tort, & je devrois, fans finir mon ouvrage,
Vous faire dire vrai, puifqu'ainfi l'on m'outrage.

HIPPOLYTE.

Par quelle illufion penfes-tu m'ébloüir?
Traître, peux-tu nier ce que je viens d'oüir?

MASCARILLE.

Non : mais il faut fçavoir que tout cet artifice
Ne va directement qu'à vous rendre fervice ;
Que ce confeil adroit, qui femble être fans fard,
Jette dans le panneau l'un & l'autre vieillard ;
Que mon foin par leurs mains ne veut avoir Célie,
Qu'à deffein de la mettre au pouvoir de Lélie,
Et faire, que l'effet de cette invention,
Dans le dernier excès portant fa paffion,
Anfelme rebuté de fon prétendu gendre,
Puiffe tourner fon choix du côté de Léandre.

HIPPOLYTE.

Quoi? tout ce grand projet, qui m'a mife en courroux,
Tu l'as formé pour moi, Mafcarille?

MASCARILLE.

Oüi, pour vous.
Mais puifqu'on reconnoît fi mal mes bons offices,
Qu'il me faut de la forte effuyer vos caprices,
Et que, pour récompenfe, on s'en vient de hauteur
Me traiter de faquin, de lâche, d'impofteur,
Je m'en vais réparer l'erreur que j'ai commife,
Et dès ce même pas, rompre mon entreprife.

D ij

HIPPOLYTE *l'arrêtant.*

Hé ! ne me traite pas si rigoureusement,
Et pardonne aux transports d'un premier mouvement.

MASCARILLE.

Non, non, laissez-moi faire ; il est en ma puissance
De détourner le coup qui si fort vous offense.
Vous ne vous plaindrez point de mes soins désormais ;
Oui, vous aurez mon maître, & je vous le promets.

HIPPOLYTE.

Hé ! mon pauvre garçon, que ta colere cesse.
J'ai mal jugé de toi, j'ai tort, je le confesse.

[*Tirant sa bourse.*]

Mais je veux réparer ma faute par ceci.
Pourrois-tu te résoudre à me quitter ainsi ?

MASCARILLE.

Non, je ne le sçaurois, quelque effort que je fasse :
Mais votre promtitude est de mauvaise grace.
Apprenez qu'il n'est rien qui blesse un noble cœur,
Comme quand il peut voir qu'on le touche en l'honneur.

HIPPOLYTE.

Il est vrai, je t'ai dit de trop grosses injures :
Mais que ces deux louis guérissent tes blessures.

MASCARILLE.

Hé ! tout cela n'est rien ; je suis tendre à ces coups ;
Mais déja je commence à perdre mon courroux :
Il faut de ses amis endurer quelque chose.

HIPPOLYTE.

Pourras-tu mettre à fin ce que je me propose,

Et crois-tu que l'effet de tes deſſeins hardis,
Produiſe à mon amour le ſuccès que tu dis?

MASCARILLE.

N'ayez point pour ce fait l'eſprit ſur des épines.
J'ai des reſſorts tout prêts pour diverſes machines,
Et, quand ce ſtratagême à nos vœux manqueroit,
Ce qu'il ne feroit pas, un autre le feroit.

HIPPOLYTE.

Croi qu'Hippolyte au moins ne ſera pas ingrate.

MASCARILLE.

L'eſpérance du gain n'eſt pas ce qui me flate.

HIPPOLYTE.

Ton maître te fait ſigne, & veut parler à toi;
Je te quitte : mais ſonge à bien agir pour moi.

SCENE XI.

LELIE, MASCARILLE.

LELIE.

QUe diable fais-tu là ? Tu me promets merveille ;
Mais ta lenteur d'agir eſt pour moi ſans pareille.
Sans que mon bon génie au-devant m'a pouſſé,
Déja tout mon bonheur eût été renverſé.
C'étoit fait de mon bien, c'étoit fait de ma joye,
D'un regret éternel je devenois la proye ;
Bref, ſi je ne me fuſſe en ce lieu rencontré,
Anſelme avoit l'eſclave, & j'en étois fruſtré ;

Il l'emmenoit chez lui : mais j'ai paré l'atteinte,
J'ai détourné le coup, & tant fait, que par crainte,
Le pauvre Trufaldin l'a retenuë.

MASCARILLE.

                                Et trois :
Quand nous ferons à dix, nous ferons une croix.
C'étoit par mon adreffe, ô cervelle incurable !
Qu'Anfelme entreprenoit cet achat favorable ;
Entre mes propres mains on la devoit livrer,
Et vos foins endiablés nous en viennent fevrer :
Et puis pour votre amour je m'employerois encore ?
J'aimerois mieux cent fois être groffe pécore,
Devenir cruche, chou, lanterne, loup-garou,
Et que monfieur Sathan vous vint tordre le cou.

LELIE *feul.*

Il nous le faut mener en quelque hôtellerie,
Et faire fur les pots décharger fa furie.

Fin du premier Acte.

ACTE SECOND.

SCENE PREMIERE.

LELIE, MASCARILLE.

MASCARILLE.

Vos défirs enfin il a fallu fe rendre,
Malgré tous mes fermens, je n'ai pû m'en dé-
fendre;
Et, pour vos intérêts que je voulois laiffer,
En de nouveaux périls viens de m'embarraffer.
Je fuis ainfi facile, & fi de Mafcarille
Madame la nature avoit fait une fille,
Je vous laiffe à penfer ce que ç'auroit été.
Toutefois, n'allez pas fur cette fûreté
Donner de vos revers au projet que je tente,
Me faire une béyûë, & rompre mon attente.
Auprès d'Anfelme encor nous vous excuferons,
Pour en pouvoir tirer ce que nous défirons;
Mais fi dorénavant votre imprudence éclate,
Adieu vous dis, mes foins, pour l'efpoir qui vous flate.

LELIE.

Non, je ferai prudent, te dis-je, ne crains rien :
Tu verras feulement....

MASCARILLE.

Souvenez-vous-en bien.
J'ai commencé pour vous un hardi ftratagême.
Votre pere fait voir une pareffe extrême
A rendre par fa mort tous vos défirs contens;
Je viens de le tüer (de parole, j'entends;)
Je fais courir le bruit que d'une apoplexie,
Le bon-homme furpris, a quitté cette vie :
Mais avant, pour pouvoir mieux feindre ce trépas,
J'ai fait que vers fa grange il a porté fes pas;
On eft venu lui dire, & par mon artifice,
Que les ouvriers qui font après fon édifice,
Parmi les fondemens qu'ils en jettent encor,
Avoient fait par hazard rencontre d'un tréfor;
Il a volé d'abord, & comme à la campagne
Tout fon monde à préfent, hors nous deux l'accompagne,
Dans l'efprit d'un chacun je le tuë aujourd'hui,
Et produis un fantôme enfeveli pour lui :
Enfin, je vous ai dit à quoi je vous engage.
Jouez bien votre rôle, & pour mon perfonnage,
Si vous appercevez que j'y manque d'un mot,
Dites abfolument que je ne fuis qu'un fot.

SCENE

SCENE II.

LELIE *feul*.

SOn efprit, il eft vrai, trouve une étrange voye
Pour adreffer mes vœux au comble de leur joye ;
Mais quand d'un bel objet on eft bien amoureux,
Que ne feroit-on pas pour devenir heureux.
Si l'amour eft au crime une affez belle excufe,
Il en peut bien fervir à la petite rufe
Que fa flâme aujourd'hui me force d'approuver,
Par la douceur du bien qui m'en doit arriver.
Jufte Ciel ! qu'ils font promts ! Je les vois en parole.
Allons nous préparer à joüer notre rôle.

SCENE III.

ANSELME, MASCARILLE.

MASCARILLE.

LA nouvelle a fujet de vous furprendre fort.

ANSELME.

Etre mort de la forte !

MASCARILLE.

Il a certes grand tort :
Je lui fçai mauvais gré d'une telle incartade.

ANSELME.

N'avoir pas feulement le tems d'être malade !

Tome I.   E

MASCARILLE.

Non, jamais homme n'eut fi hâte de mourir.

ANSELME.

Et Lélie?

MASCARILLE.

Il fe bat, & ne peut rien fouffrir;
Il s'eft fait en maints lieux contufion & boffe,
Et veut accompagner fon papa dans la foffe:
Enfin, pour achever, l'excès de fon tranfport
M'a fait en grande hâte enfévelir le mort,
De peur que cet objet, qui le rend hypocondre,
A faire un vilain coup ne me l'allât femondre.

ANSELME.

N'importe, tu devois attendre jufqu'au foir;
Outre, qu'encore un coup j'aurois voulu le voir,
Qui tôt enfévelit, bien fouvent affaffine,
Et tel eft crû défunt, qui n'en a que la mine.

MASCARILLE.

Je vous le garantis trépaffé comme il faut.
Au refte, pour venir au difcours de tantôt,
Lélie, & l'action lui fera falutaire,
D'un bel enterrement veut régaler fon pere,
Et confoler un peu ce défunt de fon fort,
Par le plaifir de voir faire honneur à fa mort;
Il hérite beaucoup; mais comme en fes affaires,
Il fe trouve affez neuf, & ne voit encor guéres;
Que fon bien la plûpart n'eft point en ces quartiers,
Ou, que ce qu'il y tient confifte en des papiers,

Il voudroit vous prier, enfuite de l'inftance,
D'excufer de tantôt fon trop de violence,
De lui prêter au moins pour ce dernier devoir....

ANSELME.

Tu me l'as déjà dit, & je m'en vais le voir.

MASCARILLE *feul.*

Jufques-ici du moins tout va le mieux du monde.
Tâchons à ce progrès que le refte réponde,
Et de peur de trouver dans le port un écüeil,
Conduifons le vaiffeau de la main & de l'œil.

SCENE IV.

ANSELME, LELIE, MASCARILLE.

ANSELME.

Sortons ; je ne fçaurois qu'avec douleur très-forte,
Le voir empaqueté de cette étrange forte.
Las ! en fi peu de tems ! il vivoit ce matin.

MASCARILLE.

En peu de tems par fois on fait bien du chemin.

LELIE *pleurant.*

Ah !

ANSELME.

Mais quoi, cher Lélie, enfin il étoit homme.
On n'a point pour la mort de difpenfe de Rome.

LELIE.

Ah !

E ij

ANSELME.

Sans leur dire garre, elle abbat les humains,
Et contre eux de tout tems a de mauvais deffeins.

LELIE.

Ah!

ANSELME.

Ce fier animal, pour toutes nos prieres,
N'en perdroit pas un coup de ses dents meurtrieres;
Tout le monde y passe.

LELIE.

Ah!

MASCARILLE.

               Vous avez beau prêcher,
Ce deüil enraciné ne se peut arracher.

ANSELME.

Si malgré ces raisons votre ennui persévére,
Mon cher Lélie, au moins, faites qu'il se modére.

LELIE.

Ah!

MASCARILLE.

Il n'en fera rien, je connois son humeur.

ANSELME.

Au reste; sur l'avis de votre serviteur,
J'apporte ici l'argent qui vous est néceffaire
Pour faire célébrer les obséques d'un pere.

LELIE.

Ah! Ah!

MASCARILLE.

Comme à ce mot s'augmente fa douleur !
Il ne peut, fans mourir, fonger à ce malheur.

ANSELME.

Je fçai que vous verrez aux papiers du bon-homme,
Que je fuis débiteur d'une plus grande fomme :
Mais, quand par ces raifons je ne vous devrois rien,
Vous pourriez librement difpofer de mon bien.
Tenez, je fuis tout vôtre, & le ferai paroître.

LELIE *s'en allant.*

Ah !

MASCARILLE,

Le grand déplaifir que fent monfieur mon maître !

ANSELME.

Mafcarille, je croi qu'il feroit à propos
Qu'il me fît de fa main un reçû de deux mots.

MASCARILLE,

Ah !

ANSELME.

Des évenemens l'incertitude eft grande,

MASCARILLE.

Ah !

ANSELME.

Faifons-lui figner le mot que je demande.

MASCARILLE.

Las ! en l'état qu'il eft comment vous contenter ?
Donnez-lui le loifir de fe défattrifter ;

Et, quand ſes déplaiſirs prendront quelque allégeance,
J'aurai ſoin d'en tirer d'abord votre aſſûrance.
Adieu, je ſens mon cœur qui ſe gonfle d'ennui,
Et m'en vais tout mon ſaoul pleurer avecque lui.
Hi !

ANSELME ſeul.

Le monde eſt rempli de beaucoup de traverſes ;
Chaque homme tous les jours en reſſent de diverſes ;
Et jamais ici-bas . . . .

SCENE V.

PANDOLFE, ANSELME.

ANSELME.

AH ! bons Dieux, je frémi.
Pandolfe qui revient ! Fût-il bien endormi !
Comme depuis ſa mort ſa face eſt amaigrie !
Las ! ne m'approchez pas de plus près, je vous prie ;
J'ai trop de répugnance à coudoyer un mort.

PANDOLFE.

D'où peut donc provenir ce bizarre tranſport ?

ANSELME.

Dites-moi de bien loin quel ſujet vous amene.
Si pour me dire adieu vous prenez tant de peine,
C'eſt trop de courtoiſie, & véritablement
Je me ſerois paſſé de votre compliment.

Si votre ame est en peine & cherche des prieres,
Las ! je vous en promets, & ne m'effrayez guéres.
Foi d'homme épouvanté, je vais faire à l'instant
Prier tant Dieu pour vous, que vous serez content.

  Disparoissez donc, je vous prie,
  Et que le Ciel par sa bonté,
  Comble de joye & de santé
  Votre défunte Seigneurie.

PANDOLFE *riant.*

Malgré tout mon dépit, il m'y faut prendre part.

ANSELME.

Las ! pour un trépassé vous étes bien gaillard !

PANDOLFE.

Est-ce jeu, dites-nous, ou bien si c'est folie,
Qui traite de défunt une personne en vie ?

ANSELME.

Hélas ! vous étes mort, & je viens de vous voir.

PANDOLFE.

Quoi ? j'aurois trépassé sans m'en appercevoir ?

ANSELME.

Si-tôt que Mascarille en a dit la nouvelle,
J'en ai senti dans l'ame une douleur mortelle.

PANDOLFE.

Mais enfin dormez-vous ? étes-vous éveillé ?
Me connoissez-vous pas ?

ANSELME.

  Vous étes habillé

D'un corps aërien qui contrefait le vôtre ;
Mais qui dans un moment peut devenir tout autre.
Je crains fort de vous voir comme un géant grandir ,
Et tout votre visage affreusement laidir.
Pour Dieu , ne prenez point de vilaine figure ;
J'ai prou de ma frayeur en cette conjoncture.

PANDOLFE.

En une autre saison , cette naïveté
Dont vous accompagnez votre crédulité ,
Anselme , me seroit un charmant badinage ,
Et j'en prolongerois le plaisir davantage :
Mais avec cette mort un trésor supposé ,
Dont parmi les chemins on m'a désabusé ,
Fomentent dans mon ame un soupçon légitime.
Mascarille est un fourbe , & fourbe fourbissime ,
Sur qui ne peuvent rien la crainte & le remords ,
Et qui pour ses desseins a d'étranges ressorts.

ANSELME.

M'auroit-on joüé piece , & fait supercherie ?
Ah ! vraiment , ma raison , vous seriez fort jolie !
Touchons un peu pour voir : en effet c'est bien lui.
Malepeste du sot que je suis aujourd'hui !
De grace , n'allez pas divulguer un tel conte ;
On en feroit joüer quelque farce à ma honte :
Mais , Pandolfe , aidez-moi vous-même à retirer
L'argent que j'ai donné pour vous faire enterrer.

PANDOLFE.

PANDOLFE.

De l'argent, dites-vous ? ah ! voilà l'enclouûre,
C'est là le nœud secret de toute l'avanture ;
A votre dam. Pour moi, sans me mettre en souci,
Je vais faire informer de cette affaire-ci
Contre ce Mascarille, & si l'on peut le prendre ;
Quoi qu'il puisse coûter, je veux le faire pendre.

ANSELME *seul.*

Et moi, la bonne dupe à trop croire un vaurien,
Il faut donc qu'aujourd'hui je perde & sens & bien.
Il me siéd bien, ma foi, de porter tête grise,
Et d'être encor si promt à faire une sottise ;
D'examiner si peu sur un premier rapport ....
Mais je voi ...

SCENE VI.
LELIE, ANSELME.

LELIE.

M Aintenant avec ce passeport,
Je puis à Trufaldin rendre aisément visite.

ANSELME.

A ce que je puis voir, votre douleur vous quitte ?

LELIE.

Que dites-vous ? Jamais elle ne quittera
Un cœur qui chérement toujours la gardera.

ANSELME.

Je reviens sur mes pas, vous dire avec franchise,
Que tantôt avec vous j'ai fait une méprise ;

Tome I. F

Que parmi ces louis, quoiqu'ils paroiſſent beaux,

J'en ai, ſans y penſer, mêlé que je tiens faux,

Et j'apporte ſur moi de quoi mettre en leur place.

De nos faux monnoyeurs l'inſupportable audace

Pullule en cet Etat d'une telle façon,

Qu'on ne reçoit plus rien qui ſoit hors de ſoupçon:

Mon Dieu, qu'on feroit bien de les faire tous pendre!

LELIE.

Vous me faites plaiſir de les vouloir reprendre:

Mais je n'en ai point vû de faux, comme je croi.

ANSELME.

Je les connoîtrai bien, montrez, montrez-les-moi.

Eſt-ce tout?

LELIE,

Oui.

ANSELME.

Tant mieux. Enfin je vous racroche,

Mon argent bien-aimé, rentrez dedans ma poche:

Et vous, mon brave eſcroc, vous ne tenez plus rien.

Vous tuez donc les gens qui ſe portent fort bien?

Et qu'auriez-vous donc fait ſur moi chétif beau-pere?

Ma foi, je m'engendrois d'une belle maniere,

Et j'allois prendre en vous un beau-fils fort diſcret:

Allez, allez mourir de honte & de regret.

LELIE *ſeul*

Il faut dire j'en tiens. Quelle ſurpriſe extrême!

D'où peut-il avoir ſçû ſi-tôt le ſtratagême?

SCENE VII.

LELIE, MASCARILLE.

MASCARILLE.

Quoi? vous étiez forti? Je vous cherchois par tout.
Hé bien? en fommes-nous enfin venus à bout?
Je le donne en fix coups au fourbe le plus brave.
Çà donnez-moi que j'aille acheter notre efclave;
Votre rival après fera bien étonné.

LELIE.

Ah! mon pauvre garçon, la chance a bien tourné.
Pourrois-tu de mon fort deviner l'injuftice?

MASCARILLE.

Quoi? que feroit-ce?

LELIE.

Anfelme inftruit de l'artifice,
M'a repris maintenant tout ce qu'il nous prétoit,
Sous couleur de changer de l'or que l'on doutoit.

MASCARILLE.

Vous vous moquez peut-être?

LELIE.

Il eft trop véritable.

MASCARILLE.

Tout de bon?

LELIE.

Tout de bon; j'en fuis inconfolable.

Tu te vas emporter d'un courroux sans égal.

MASCARILLE.

Moi, Monsieur? quelque sot, la colere fait mal,
Et je veux me choyer, quoi qu'enfin il arrive,
Que Célie, après tout, soit ou libre ou captive,
Que Léandre l'achete ou qu'elle reste là,
Pour moi, je m'en soucie autant que de cela.

LELIE.

Ah! n'aye point pour moi si grande indifférence;
Et sois plus indulgent à ce peu d'imprudence.
Sans ce dernier malheur, ne m'avoueras-tu pas
Que j'avois fait merveille, & qu'en ce feint trépas
J'éludois un chacun d'un deuil si vrai-semblable,
Que les plus clair-voyans l'auroient crû véritable?

MASCARILLE.

Vous avez en effet sujet de vous louer.

LELIE.

Hé bien, je suis coupable, & je veux l'avouer;
Mais, si jamais mon bien te fut considérable,
Répare ce malheur, & me sois secourable.

MASCARILLE,

Je vous baise les mains; je n'ai pas le loisir.

LELIE,

Mascarille, mon fils.

MASCARILLE,
Point.

LELIE,
Fai-moi ce plaisir.

MASCARILLE.

Non, je n'en ferai rien.

LELIE.

Si tu m'es inflexible,

Je m'en vais me tuer.

MASCARILLE.

Soit ; il vous eft loifible.

LELIE.

Je ne puis te fléchir ?

MASCARILLE.

Non.

LELIE.

Vois-tu le fer prêt ?

MASCARILLE.

Oui,

LELIE.

Je vais le pouffer.

MASCARILLE.

Faites ce qu'il vous plaît.

LELIE.

Tu n'auras pas regret de m'arracher la vie ?

MASCARILLE.

Non.

CELIE.

Adieu, Mafcarille.

MASCARILLE.

Adieu, monfieur Lélie.

LELIE.

Quoi....

MASCARILLE.

Tuez-vous donc vîte : ah ! que de longs devis !

LELIE.

Tu voudrois bien, ma foi, pour avoir mes habits,
Que je fiffe le fot, & que je me tuaffe.

MASCARILLE.

Sçavois-je pas qu'enfin ce n'étoit que grimace ;
Et, quoique ces efprits jurent d'effectuer,
Qu'on n'eft point aujourd'hui fi promt à fe tuer.

SCENE VIII.

TRUFALDIN, LEANDRE, LELIE, MASCARILLE.

Trufaldin parle bas à Léandre, dans le fond du Théatre.

LELIE.

QUe vois-je ? mon rival & Trufaldin enfemble ?
Il achéte Célie ; ah ! de frayeur je tremble.

MASCARILLE.

Il ne faut point douter qu'il fera ce qu'il peut,
Et, s'il a de l'argent, qu'il pourra ce qu'il veut.
Pour moi, j'en fuis ravi. Voilà la récompenfe
De vos brufques erreurs, de votre impatience.

LELIE.

Que dois-je faire ? dis, veuilles me conseiller.

MASCARILLE.

Je ne sçai.

LELIE.

Laisse-moi, je vais le quereller.

MASCARILLE.

Qu'en arrivera-t-il ?

LELIE.

Que veux-tu que je fasse
Pour empêcher ce coup?

MASCARILLE.

Allez, je vous fais grace :
Je jette encore un œil pitoyable sur vous.
Laissez-moi l'observer ; par des moyens plus doux
Je vais, comme je croi, sçavoir ce qu'il projette.

[Lélie sort.]

TRUFALDIN *à Léandre.*

Quand on viendra tantôt, c'est une affaire faite.

[Trufaldin sort.]

MASCARILLE *à part en s'en allant.*

Il faut que je l'attrape, & que de ses desseins
Je sois le confident, pour mieux les rendre vains.

LEANDRE *seul.*

Graces au Ciel, voilà mon bonheur hors d'atteinte,
J'ai sçû me l'assûrer, & je n'ai plus de crainte.
Quoi que déformais puisse entreprendre un rival,
Il n'est plus en pouvoir de me faire du mal.

SCENE IX.

LEANDRE, MASCARILLE.

MASCARILLE *dit ces deux vers dans la maiſon, & entre.*

Ahi, ahi, à l'aide, au meurtre, au ſecours, on m'aſſomme.
Ah, ah, ah, ah, ah, ah, ô traître ! ô bourreau d'homme !

LEANDRE.

D'où procéde cela ? Qu'eſt-ce ? que te fait-on ?

MASCARILLE.

On vient de me donner deux cent coups de bâton.

LEANDRE.

Qui ?

MASCARILLE.

Lélie.

LEANDRE.

Et pourquoi ?

MASCARILLE.

Pour une bagatelle
Il me chaſſe & me bat d'une façon cruelle.

LEANDRE.

Ah ! vraiment il a tort.

MASCARILLE.

Mais, ou je ne pourrai,
Ou je jure bien fort que je m'en vengerai.
Oui, je te ferai voir, batteur que Dieu confonde,
Que ce n'eſt pas pour rien qu'il faut rouer le monde,

Que

Que je fuis un valet, mais fort homme d'honneur,
Et qu'après m'avoir eu quatre ans pour ferviteur,
Il ne me falloit pas payer en coups de gaules,
Et me faire un affront fi fenfible aux épaules :
Je te le dis encor, je fçaurai m'en venger :
Une efclave te plaît, tu voulois m'engager
A la mettre en tes mains, & je veux faire en forte
Qu'un autre te l'enleve, ou le diable m'emporte.

LEANDRE.

Ecoute, Mafcarille, & quitte ce tranfport.
Tu m'as plû de tout tems, & je fouhaitois fort
Qu'un garçon comme toi plein d'efprit & fidéle,
A mon fervice un jour pût attacher fon zele :
Enfin, fi le parti te femble bon pour toi,
Si tu veux me fervir, je t'arrête avec moi.

MASCARILLE.

Oui, Monfieur, d'autant mieux que le deftin propice
M'offre à me bien venger, en vous rendant fervice,
Et, que dans mes efforts pour vos contentemens,
Je puis à mon brutal trouver des châtimens :
De Célie, en un mot, par mon adreffe extrême . . . .

LEANDRE.

Mon amour s'eft rendu cet office lui-même.
Enflammé d'un objet qui n'a point de défaut,
Je viens de l'acheter moins encor qu'il ne vaut.

MASCARILLE.

Quoi, Célie eft à vous ?

Tome I. G

LEANDRE.

Tu la verrois paroître,
Si de mes actions j'étois tout-à-fait maître ;
Mais quoi ! mon pere l'est, comme il a volonté,
Ainsi que je l'apprends d'un paquet apporté,
De me déterminer à l'hymen d'Hippolyte,
J'empêche qu'un rapport de tout ceci l'irrite.
Donc avec Trufaldin, car je sors de chez lui,
J'ai voulu tout exprès agir au nom d'autrui,
Et l'achat fait, ma bague est la marque choisie
Sur laquelle au premier il doit livrer Célie.
Je songe auparavant à chercher les moyens
D'ôter aux yeux de tous ce qui charme les miens,
A trouver promtement un endroit favorable
Où puisse être en secret cette captive aimable.

MASCARILLE.

Hors de la ville un peu, je puis avec raison
D'un vieux parent que j'ai vous offrir la maison ;
Là vous pourrez la mettre avec toute assûrance,
Et de cette action nul n'aura connoissance.

LEANDRE.

Oui ? ma foi, tu me fais un plaisir souhaité.
Tien donc, & va pour moi prendre cette beauté ;
Dès que par Trufaldin ma bague sera vûë,
Aussi-tôt en tes mains elle sera renduë,
Et dans cette maison tu me la conduiras
Quand . . . . Mais chut, Hippolyte est ici sur nos pas.

SCENE X.

HIPPOLYTE, LEANDRE, MASCARILLE.

HIPPOLYTE.

JE dois vous annoncer, Léandre, une nouvelle ;
Mais la trouverez-vous agréable ou cruelle ?

LEANDRE.

Pour en pouvoir juger, & répondre foudain,
Il faudroit la fçavoir.

HIPPOLYTE.

Donnez-moi donc la main
Jufqu'au Temple ; en marchant, je pourrai vous l'apprendre.

LEANDRE *à Mafcarille.*

Va, va-t'en me fervir fans davantage attendre.

SCENE XI.

MASCARILLE *feul.*

OUi, je te vais fervir d'un plat de ma façon.
Fut-il jamais au monde un plus heureux garçon !
O ! que dans un moment Lélie aura de joye !
Sa maîtreffe en nos mains tomber par cette voye,
Recevoir tout fon bien d'où l'on attend fon mal,
Et devenir heureux par la main d'un rival.
Après ce rare exploit, je veux que l'on s'apprête
A me peindre en Heros un laurier fur la tête,

G ij

Et qu'au bas du portrait on mette en lettres d'or,
Vivat Mafcarillus fourbum Imperator.

SCENE XII.

TRUFALDIN, MASCARILLE.

MASCARILLE.

Hola !

TRUFALDIN,

Que voulez-vous ?

MASCARILLE,

Cette bague connuë

Vous dira le fujet qui caufe ma venuë.

TRUFALDIN,

Oui, je reconnois bien la bague que voilà.
Je vais querir l'efclave, arrêtez un peu là.

SCENE XIII.

TRUFALDIN, UN COURIER, MASCARILLE.

UN COURIER *à Trufaldin.*

Seigneur, obligez-moi de m'enfeigner un homme....,

TRUFALDIN,

Et qui ?

UN COURIER.

Je croi que c'eft Trufaldin qu'il fe nomme.

TRUFALDIN.

Et que lui voulez-vous ? vous le voyez ici.

UN COURIER.

Lui rendre seulement la lettre que voici.

TRUFALDIN *lit.*

Le Ciel dont la bonté prend souci de ma vie,
Vient de me faire ouir par un bruit assez doux,
Que ma fille, à quatre ans par des voleurs ravie,
Sous le nom de Célie est esclave chez vous.

Si vous sçûtes jamais ce que c'est qu'être pere,
Et vous trouvez sensible aux tendresses du sang,
Conservez-moi chez vous cette fille si chére,
Comme si de la vôtre elle tenoit le rang.

Pour l'aller retirer je pars d'ici moi-même,
Et vous vais de vos soins récompenser si bien,
Que par votre bonheur, que je veux rendre extrême,
Vous bénirez le jour où vous causez le mien.

De Madrid,   DOM PEDRO DE GUSMAN
                         Marquis de MONTALCANE.

[*Il continuë.*]

Quoi qu'à leur nation bien peu de foi soit düe,
Ils me l'avoient bien dit, ceux qui me l'ont vendüe,
Que je verrois dans peu quelqu'un la retirer,
Et que je n'aurois pas sujet d'en murmurer ;

Et cependant j'allois, dans mon impatience,
Perdre aujourd'hui les fruits d'une haute efpérance.

[*au Courier.*]

Un feul moment plus tard tous vos pas étoient vains,
J'allois mettre à l'inftant cette fille en fes mains ;
Mais fuffit ; j'en aurai tout le foin qu'on défire.

[*Le Courier fort.*]

[*à Mafcarille.*]

Vous-même vous voyez ce que je viens de lire.
Vous direz à celui qui vous a fait venir
Que je ne lui fçaurois ma parole tenir,
Qu'il vienne retirer fon argent.

MASCARILLE.

Mais l'outrage
Que vous lui faites . . . . :

TRUFALDIN.

Va, fans caufer davantage.

MASCARILLE *feul.*

Ah ! le fâcheux paquet que nous venons d'avoir !
Le fort a bien donné la baye à mon efpoir ;
Et, bien à la malheure eft-il venu d'Efpagne
Ce courier que la foudre & la grêle accompagne.
Jamais, certes, jamais plus beau commencement
N'eut en fi peu de tems plus trifte évenement.

SCENE XIV.

LELIE *riant*, MASCARILLE.

MASCARILLE.

Quel beau tranſport de joye à préſent vous inſpire?

LELIE.

Laiſſe-m'en rire encore avant que te le dire.

MASCARILLE.

Çà rions donc bien fort, nous en avons ſujet.

LELIE.

Ah! je ne ſerai plus de tes plaintes l'objet.
Tu ne me diras plus, toi qui toujours me cries,
Que je gâte en brouillon toutes tes fourberies :
J'ai bien joué moi-même un tour des plus adroits.
Il eſt vrai, je ſuis promt, & m'emporte par fois :
Mais pourtant, quand je veux, j'ai l'imaginative
Auſſi bonne en effet, que perſonne qui vive,
Et toi-même avoueras que ce que j'ai fait, part
D'une pointe d'eſprit où peu de monde a part.

MASCARILLE.

Sçachons donc ce qu'a fait cette imaginative.

LELIE.

Tantôt l'eſprit émû d'une frayeur bien vive
D'avoir vû Trufaldin avecque mon rival,
Je ſongeois à trouver un remede à ce mal,
Lorſque, me ramaſſant tout entier en moi-même,
J'ai conçû, digéré, produit un ſtratagême,

Devant qui tous les tiens, dont tu fais tant de cas ,
Doivent , sans contredit , mettre pavillon bas.

MASCARILLE.

Mais qu'est-ce ?

LELIE.

Ah ! s'il te plaît , donne-toi patience.
J'ai donc feint une lettre avecque diligence,
Comme d'un grand seigneur écrite à Trufaldin ,
Qui mande qu'ayant sçû , par un heureux destin,
Qu'une esclave qu'il tient sous le nom de Célie,
Est sa fille autrefois par des voleurs ravie ;
Il veut la venir prendre , & le conjure au moins
De la garder toujours, de lui rendre des soins ;
Qu'à ce sujet il part d'Espagne , & doit pour elle
Par de si grands présens reconnoître son zele ,
Qu'il n'aura point regret de causer son bonheur.

MASCARILLE.

Fort bien.

LELIE.

Ecoute donc ; voici bien le meilleur.
La lettre que je dis a donc été remise ;
Mais , sçais-tu bien comment ? en saison si bien prise ,
Que le porteur m'a dit , que sans ce trait falot ,
Un homme l'emmenoit, qui s'est trouvé fort sot.

MASCARILLE.

Vous avez fait ce coup sans vous donner au diable ?

LELIE.

Oui. D'un tour si subtil m'aurois-tu crû capable ?

Louë

Louë au moins mon adreſſe, & la dextérité
Dont je romps d'un rival le deſſein concerté.

MASCARILLE.

A vous pouvoir louer ſelon votre mérite,
Je manque d'éloquence & ma force eſt petite.
Oui, pour bien étaler cet effort relevé,
Ce bel exploit de guerre à nos yeux achevé,
Ce grand & rare effet d'une imaginative,
Qui ne céde en vigueur à perſonne qui vive,
Ma langue eſt impuiſſante, & je voudrois avoir
Celles de tous les gens du plus exquis ſçavoir,
Pour vous dire en beaux vers, ou bien en docte proſe,
Que vous ſerez toujours, quoique l'on ſe propoſe,
Tout ce que vous avez été durant vos jours;
C'eſt-à-dire un eſprit chauſſé tout à rebours,
Une raiſon malade, & toujours en débauche,
Un envers de bon ſens, un jugement à gauche,
Un brouillon, une bête, un bruſque, un étourdi,
Que ſçai-je? un .... cent fois plus encor que je ne di.
C'eſt faire en abrégé votre panégyrique.

LELIE.

Apprends-moi le ſujet qui contre moi te pique?
Ai-je fait quelque choſe? éclairci-moi ce point.

MASCARILLE.

Non, vous n'avez rien fait; mais ne me ſuivez point.

Tome I. H

LELIE.

Je te fuivrai par-tout, pour fçavoir ce myftère.

MASCARILLE.

Oui ? Sus donc préparez vos jambes à bien faire ;
Car je vais vous fournir de quoi les exercer.

LELIE *feul*

Il m'échape. O malheur qui ne fe peut forcer !
Au difcours qu'il m'a fait que fçaurois-je comprendre,
Et quel mauvais office aurois-je pû me rendre ?

Fin du fecond Aɛte.

Jouillain. Sculpfit

ACTE TROISIÉME.

SCENE PREMIERE.

MASCARILLE.

TAISEZ-VOUS ma bonté, ceſſez votre entretien,
Vous étes une ſotte, & je n'en ferai rien.
Oui, vous avez raiſon, mon courroux, je
      l'avouë.
Relier tant de fois ce qu'un brouillon dénoüe,
C'eſt trop de patience, & je dois en ſortir,
Après de ſi beaux coups qu'il a ſçû divertir.
Mais auſſi raiſonnons un peu ſans violence.
Si je ſuis maintenant ma juſte impatience,
On dira que je céde à la difficulté;
Que je me trouve à bout de ma ſubtilité:
Et que deviendra lors cette publique eſtime,
Qui te vante par-tout pour un fourbe ſublime,
Et que tu t'es acquiſe en tant d'occaſions,
A ne t'être jamais vû court d'inventions?
L'honneur, ô Maſcarille, eſt une belle choſe!
A tes nobles travaux ne fais aucune pauſe,

Et, quoi qu'un maître ait fait pour te faire enrager,
Acheve pour ta gloire, & non pour l'obliger.
Mais quoi! que feras-tu, que de l'eau toute claire?
Traversé sans repos par ce démon contraire,
Tu vois qu'à chaque instant il te fait déchanter,
Et que c'est battre l'eau, de prétendre arrêter
Ce torrent effrené, qui, de tes artifices
Renverse en un moment les plus beaux édifices.
Hé bien, pour toute grace, encore un coup du moins,
Au hazard du succès, sacrifions des soins;
Et s'il poursuit encore à rompre notre chance,
J'y consens, ôtons-lui toute notre assistance.
Cependant notre affaire encor n'iroit pas mal,
Si par là nous pouvions perdre notre rival,
Et que Léandre enfin, lassé de sa poursuite,
Nous laissât jour entier pour ce que je médite.
Oui, je roule en ma tête un trait ingénieux,
Dont je promettrois bien un succès glorieux,
Si je puis n'avoir plus cet obstacle à combattre.
Bon, voyons si son feu se rend opiniâtre.

SCENE II.

LEANDRE, MASCARILLE.

MASCARILLE.

MOnsieur, j'ai perdu tems, votre homme se dédit,

LEANDRE.

De la chose lui-même il m'a fait le récit;

Mais c'eſt bien plus ; j'ai ſçû que tout ce beau myſtère,
D'un rapt d'Egyptiens, d'un grand ſeigneur pour pere,
Qui doit partir d'Eſpagne, & venir en ces lieux,
N'eſt qu'un pur ſtratagême, un trait facétieux,
Une hiſtoire à plaiſir, un conte dont Lélie
A voulu détourner notre achat de Célie.

MASCARILLE.

Voyez un peu la fourbe !

LEANDRE.

           Et pourtant Trufaldin
Eſt ſi bien imprimé de ce conte badin,
Mord ſi bien à l'appas de cette foible ruſe,
Qu'il ne veut point ſouffrir que l'on le déſabuſe.

MASCARILLE.

C'eſt pourquoi déſormais il la gardera bien,
Et je ne vois pas lieu d'y prétendre plus rien.

LEANDRE.

Si d'abord à mes yeux elle parut aimable,
Je viens de la trouver tout-à-fait adorable,
Et je ſuis en ſuſpens, ſi pour me l'acquerir,
Aux extrêmes moyens je ne dois point courir,
Par le don de ma foi rompre ſa deſtinée,
Et changer ſes liens en ceux de l'hymenée.

MASCARILLE.

Vous pourriez l'épouſer ?

LEANDRE.

           Je ne ſçai : mais enfin,
Si quelque obſcurité ſe trouve en ſon deſtin,

Sa grace & sa vertu sont de douces amorces,
Qui, pour tirer les cœurs ont d'incroyables forces.

MASCARILLE.

Sa vertu, dites-vous ?

LEANDRE.

Quoi ? que murmures-tu ?
Acheve, explique-toi sur ce mot de vertu.

MASCARILLE.

Monsieur, votre visage en un moment s'altére,
Et je ferai bien mieux peut-être de me taire.

LEANDRE.

Non, non, parle.

MASCARILLE.

Hé bien donc, très-charitablement
Je vous veux retirer de votre aveuglement.
Cette fille . . . .

LEANDRE.

Poursui.

MASCARILLE.

N'est rien moins qu'inhumaine,
Dans le particulier elle oblige sans peine,
Et son cœur, croyez-moi, n'est point roche après tout,
A quiconque la sçait prendre par le bon bout ;
Elle fait la sucrée, & veut passer pour prude ;
Mais je puis en parler avecque certitude.
Vous sçavez que je suis quelque peu du mêtier
A me devoir connoître en un pareil gibier.

LEANDRE.

Célie . . . .

MASCARILLE.

Oui, sa pudeur n'est que franche grimace,
Qu'une ombre de vertu qui garde mal la place,
Et qui s'évanouit, comme l'on peut sçavoir,
Aux rayons du Soleil qu'une bourse fait voir.

LEANDRE.

Las ! que dis-tu ? croirai-je un discours de la sorte ?

MASCARILLE.

Monsieur, les volontés sont libres ; que m'importe ?
Non, ne me croyez pas, suivez votre dessein,
Prenez cette matoise, & lui donnez la main ;
Toute la ville en corps reconnoîtra ce zele,
Et vous épouserez le bien public en elle.

LEANDRE.

Quelle suprise étrange !

MASCARILLE *à part.*

Il a pris l'hameçon.
Courage, s'il se peut enferrer tout de bon,
Nous nous ôtons du pied une fâcheuse épine.

LEANDRE.

Oui, d'un coup étonnant ce discours m'assassine.

MASCARILLE.

Quoi ? vous pourriez . . . .

LEANDRE.

Va-t'en jusqu'à la poste, & voi
Je ne sçai quel paquet qui doit venir pour moi.

[*Seul après avoir rêvé.*]

Qui ne s'y fût trompé ? Jamais l'air d'un visage ;
Si ce qu'il dit est vrai, n'imposa davantage.

SCENE III.

LELIE, LEANDRE.

LELIE.

DU chagrin qui vous tient, quel peut être l'objet ?

LEANDRE.

Moi ?

LELIE.

Vous-même.

LEANDRE.

Pourtant je n'en ai pas sujet.

LELIE.

Je voi bien ce que c'est, Célie en est la cause.

LEANDRE.

Mon esprit ne court pas après si peu de chose.

LELIE.

Pour elle vous aviez pourtant de grands desseins :
Mais il faut dire ainsi, lorsqu'ils se trouvent vains.

LEANDRE.

Si j'étois assez sot pour chérir ses caresses,
Je me moquerois bien de toutes vos finesses.

LELIE.

Quelles finesses donc ?

LEANDRE,

LEANDRE.

Mon Dieu, nous fçavons tout.

LELIE.

Quoi ?

LEANDRE.

Votre procedé de l'un à l'autre bout.

LELIE.

C'eft de l'hébreu pour moi, je n'y puis rien comprendre.

LEANDRE.

Feignez, fi vous voulez, de ne me pas entendre ;
Mais croyez-moi, ceffez de craindre pour un bien,
Où je ferois fâché de vous difputer rien.
J'aime fort la beauté qui n'eft point profanée ;
Et ne veux point brûler pour une abandonnée.

LELIE.

Tout beau, tout beau, Léandre.

LEANDRE.

Ah ! que vous étes bon !

Allez, vous dis-je encor, fervez-la fans foupçon,
Vous pourrez vous nommer homme à bonnes fortunes ;
Il eft vrai ; fa beauté n'eft pas des plus communes ;
Mais en revanche auffi le refte eft fort commun.

LELIE.

Léandre, arrêtez-là ce difcours importun.
Contre moi tant d'efforts qu'il vous plaira pour elle ;
Mais fur-tout, retenez cette atteinte mortelle.
Sçachez que je m'impute à trop de lâcheté,
D'entendre mal parler de ma divinité ;

Tome I. I

Et que j'aurai toujours bien moins de répugnance
A souffrir votre amour, qu'un discours qui l'offense.

LEANDRE.

Ce que j'avance ici me vient de bonne part.

LELIE.

Quiconque vous l'a dit, est un lâche, un pendard.
On ne peut imposer de tache à cette fille,
Je connois bien son cœur.

LEANDRE.

     Mais enfin, Mascarille
D'un semblable procès est juge compétent,
C'est lui qui la condamne.

LELIE.

    Oui ?

LEANDRE.

     Lui-même.

LELIE.

        Il prétend

D'une fille d'honneur insolemment médire,
Et que peut-être encor je n'en ferai que rire ?
Gage qu'il se dédit.

LEANDRE.

    Et moi, gage que non.

LELIE,

Parbleu, je le ferois mourir sous le bâton,
S'il m'avoit soûtenu des fausssetés pareilles.

LEANDRE,

Moi, je lui couperois sur le champ les oreilles,

S'il n'étoit pas garant de tout ce qu'il m'a dit.

SCENE IV.

LELIE, LEANDRE, MASCARILLE.

LELIE.

AH! bon, bon, le voilà. Venez-çà, chien maudit.

MASCARILLE.

Quoi?

LELIE.

Langue de serpent fertile en impostures,
Vous osez sur Célie attacher vos morsures,
Et lui calomnier la plus rare vertu,
Qui puisse faire éclat sous un sort abbattu?

MASCARILLE *bas à Lélie.*

Doucement, ce discours est de mon industrie.

LELIE.

Non, non, point de clin d'œil, & point de raillerie,
Je suis aveugle à tout, sourd à quoi que ce soit;
Fût-ce mon propre frere, il me la payeroit;
Et, sur ce que j'adore oser porter le blâme,
C'est me faire une playe au plus tendre de l'ame.
Tous ces signes sont vains : quels discours as-tu faits?

MASCARILLE.

Mon Dieu, ne cherchons point querelle, ou je m'en vais.

LELIE.

Tu n'échaperas pas.

I ij

MASCARILLE.

Ahi.

LELIE.

Parle donc , confeffe.

MASCARILLE *bas à Lélie.*

Laiffez-moi , je vous dis que c'eft un tour d'adreffe.

LELIE.

Dépêche , qu'as-tu dit ? vuide entre nous ce point.

MASCARILLE *bas à Lélie.*

J'ai dit ce que j'ai dit : ne vous emportez point.

LELIE *mettant l'épée à la main,*

Ah ! je vous ferai bien parler d'une autre forte.

LEANDRE *l'arrêtant.*

Alte un peu , retenez l'ardeur qui vous emporte,

MASCARILLE *à part.*

Fut-il jamais au monde un efprit moins fenfé.

LELIE,

Laiffez-moi contenter mon courage offenfé,

LEANDRE.

C'eft trop que de vouloir le battre en ma préfence,

LELIE.

Quoi ! châtier mes gens n'eft pas en ma puiffance ?

LEANDRE,

Comment vos gens ?

MASCARILLE *à part.*

Encore ! il va tout découvrir,

LELIE.

Quand j'aurois volonté de le battre à mourir ,

Hé bien ? c'eſt mon valet.

LEANDRE.

C'eſt maintenant le nôtre.

LELIE.

Le trait eſt admirable ! & comment donc le vôtre ?

LEANDRE.

Sans doute.

MASCARILLE *bas à Lélie.*

Doucement.

LELIE.

Hem, que veux-tu conter ?

MASCARILLE *à part.*

Ah ! le double bourreau qui me va tout gâter,
Et qui ne comprend rien quelque ſigne qu'on donne.

LELIE.

Vous rêvez bien, Léandre, & me la baillez bonne.
Il n'eſt pas mon valet ?

LEANDRE.

Pour quelque mal commis,
Hors de votre ſervice il n'a pas été mis ?

LELIE,

Je ne ſçai ce que c'eſt.

LEANDRE.

Et plein de violence,
Vous n'avez pas chargé ſon dos avec outrance ?

LELIE.

Point du tout. Moi l'avoir chaſſé, roué de coups ?
Vous vous moquez de moi, Léandre, ou lui de vous.

MASCARILLE *à part.*

Pouffe, pouffe, bourreau, tu fais bien tes affaires.

LEANDRE *à Mafcarille.*

Donc les coups de bâton ne font qu'imaginaires ?

MASCARILLE.

Il ne fçait ce qu'il dit, fa mémoire . . . .

LEANDRE.

Non, non.

Tous ces fignes pour toi ne difent rien de bon.
Oui, d'un tour délicat mon efprit te foupçonne :
Mais pour l'invention, va, je te le pardonne.
C'eft bien affez pour moi, qu'il m'ait défabufé,
De voir par quels motifs tu m'avois impofé,
Et, que m'étant commis à ton zele hypocrite,
A fi bon compte encor je m'en fois trouvé quitte.
Ceci doit s'appeller un avis au lecteur.
Adieu, Lélie, adieu, très-humble ferviteur.

SCENE V.

LELIE, MASCARILLE.

MASCARILLE.

Courage, mon garçon, tout heur nous accompagne.
Mettons flamberge au vent, & bravoure en campagne.
Faifons l'*Olibrius*, l'*occifeur d'innocens*.

LELIE.

Il t'avoit accufé de difcours médifans

Contre . . . .

MASCARILLE.

Et vous ne pouviez fouffrir mon artifice,
Lui laiffer fon erreur, qui vous rendoit fervice,
Et par qui fon amour s'en étoit prefque allé ?
Non, il a l'efprit franc, & point diffimulé.
Enfin chez fon rival je m'ancre avec adreffe,
Cette fourbe en mes mains va mettre fa maîtreffe,
Il me la fait manquer avec de faux rapports,
Je veux de fon rival allentir les tranfports ;
Mon brave incontinent vient qui le défabufe ;
J'ai beau lui faire figne, & montrer que c'eft rufe,
Point d'affaire ; il pourfuit fa pointe jufqu'au bout,
Et n'eft point fatisfait qu'il n'ait découvert tout.
Grand & fublime effort d'une imaginative,
Qui ne le céde point à perfonne qui vive !
C'eft une rare piéce, & digne, fur ma foi,
Qu'on en faffe préfent au cabinet d'un roi.

LELIE.

Je ne m'étonne pas fi je romps tes attentes ;
A moins d'être informé des chofes que tu tentes,
J'en ferois encor cent de la forte.

MASCARILLE.

Tant pis.

LELIE.

Au moins, pour t'emporter à de juftes dépits,
Fai-moi dans tes deffeins entrer de quelque chofe ;
Mais que de leurs refforts la porte me foit clôfe,

C'est ce qui fait toujours que je suis pris sans vert.

MASCARILLE.

+ Ah! voilà tout le mal, c'est cela qui nous pert.

Ma foi, mon cher patron, je vous le dis encore,

Vous ne serez jamais qu'une pauvre pécore.

LELIE.

Puisque la chose est faite, il n'y faut plus penser.

Mon rival, en tout cas, ne peut me traverser,

Et pourvû que tes soins en qui je me repose ....

MASCARILLE.

Laissons-là ce discours, & parlons d'autre chose.

Je ne m'appaise pas, non, si facilement,

Je suis trop en colere. Il faut premierement

Me rendre un bon office, & nous verrons ensuite

Si je dois de vos feux embrasser la conduite.

LELIE.

S'il ne tient qu'à cela, je n'y résiste pas.

As-tu besoin, di-moi, de mon sang, de mon bras?

MASCARILLE.

De quelle vision sa cervelle est frappée!

Vous étes de l'humeur de ces amis d'épée,

Que l'on trouve toujours plus promts à dégainer,

Qu'à tirer un teston, s'il falloit le donner.

LELIE.

Que puis-je donc pour toi?

MASCARILLE.

C'est que de votre pere

Il faut absolument appaiser la colere.

LELIE.

Je crois que vous seriez maître d'armes Expert!

Vous savez à merveille en toutes avantures

prendre les contretemps et rompre les mesures.

LELIE.

Nous avons fait la paix.

MASCARILLE.

Oui ; mais non pas pour nous.

Je l'ai fait ce matin mort pour l'amour de vous ;
La vifion le choque, & de pareilles feintes
Aux vieillards comme lui font de dures atteintes,
Qui, fur l'état prochain de leur condition,
Leur font faire à regret trifte réflexion.
Le bon-homme, tout vieux, chérit fort la lumiére,
Et ne veut point de jeu deffus cette matiére,
Il craint le pronoftic, & contre moi fâché,
On m'a dit qu'en juftice il m'avoit recherché.
J'ai peur, fi le logis du Roi fait ma demeure,
De m'y trouver fi bien dès le premier quart d'heure,
Que j'aye peine auffi d'en fortir par après.
Contre moi dès long-tems on a force décrets ;
Car enfin la vertu n'eft jamais fans envie,
Et dans ce maudit fiécle eft toujours pourfuivie.
Allez donc le fléchir.

LELIE.

Oui, nous le fléchirons :

Mais auffi tu promets . . . .

MASCARILLE.

Ah ! mon Dieu, nous verrons.

[*Lélie fort.*]

Ma foi, prenons haleine après tant de fatigues.
Ceffons pour quelque tems le cours de nos intrigues,

Et de nous tourmenter de même qu'un lutin.
Léandre pour nous nuire eſt hors de garde enfin,
Et Célie arrêtée avecque l'artifice....

SCENE VI.

ERGASTE, MASCARILLE.

ERGASTE.

JE te cherchois par tout pour te rendre un ſervice,
Pour te donner avis d'un ſecret important.

MASCARILLE.

Quoi donc ?

ERGASTE.

N'avons-nous point ici quelque écoutant ?

MASCARILLE.

Non.

ERGASTE.

Nous ſommes amis autant qu'on le peut être,
Je ſçai tous tes deſſeins, & l'amour de ton maître ;
Songez à vous tantôt. Léandre fait parti
Pour enlever Célie, & je ſuis averti
Qu'il a mis ordre à tout, & qu'il ſe perſuade
D'entrer chez Trufaldin par une maſcarade,
Ayant ſçû qu'en ce tems, aſſez ſouvent le ſoir,
Des femmes du quartier en maſque l'alloient voir.

MASCARILLE.

Oui ? Suffit ; il n'eſt pas au comble de ſa joye,
Je pourrai bien tantôt lui ſouffler cette proye,

Et contre cet assaut je sçais un coup fourré ;
Par qui je veux qu'il soit de lui-même enferré :
Il ne sçait pas les dons dont mon ame est pourvûë.
Adieu, nous boirons pinte à la premiere vûë.

SCENE VII.

MASCARILLE *seul.*

IL faut, il faut tirer à nous ce que d'heureux
Pourroit avoir en soi ce projet amoureux,
Et par une surprise adroite, & non commune,
Sans courir le danger, en tenter la fortune.
Si je vais me masquer pour devancer ses pas,
Léandre assurément ne nous bravera pas,
Et là, premier que lui, si nous faisons la prise,
Il aura fait pour nous les frais de l'entreprise ;
Puisque par son dessein déja presque éventé,
Le soupçon tombera toujours de son côté,
Et que nous, à couvert de toutes ses poursuites,
De ce coup hazardeux ne craindrons point de suites.
C'est ne se point commettre à faire de l'éclat,
Et tirer les marrons de la patte du chat.
Allons donc nous masquer avec quelques bons freres ;
Pour prévenir nos gens, il ne faut tarder guéres.
Je sçais où gît le liévre, & me puis sans travail,
Fournir en un moment d'hommes & d'attirail.
Croyez que je mets bien mon adresse en usage :
Si j'ai reçû du Ciel des fourbes en partage,

K ij

Je ne fuis point au rang de ces efprits mal nés,
Qui cachent les talens que Dieu leur a donnés.

SCENE VIII.

LELIE, ERGASTE.

LELIE.

IL prétend l'enlever avec fa mafcarade ?

ERGASTE.

Il n'eft rien plus certain. Quelqu'un de fa brigade
M'ayant de ce deffein inftruit, fans m'arrêter
A Mafcarille alors j'ai couru tout conter,
Qui s'en va, m'a-t-il dit, rompre cette partie
Par une invention deffus le champ bâtie ;
Et, comme je vous ai rencontré par hazard,
J'ai crû que je devois de tout vous faire part.

LELIE.

Tu m'obliges par trop avec cette nouvelle :
Va, je reconnoîtrai ce fervice fidéle,

[Ergafte fort.]

Mon drôle affurément leur jouera quelque trait ;
Mais je veux de ma part feconder fon projet.
Il ne fera pas dit, qu'en un fait qui me touche,
Je ne me fois non plus remué qu'une fouche.
Voici l'heure, ils feront furpris à mon afpect.
Foin ! que n'ai-je avec moi pris mon porte refpect ;

Mais, vienne qui voudra contre notre perſonne,
J'ai deux bons piſtolets, & mon épée eſt bonne.
Hola ! quelqu'un, un mot.

SCENE IX.

TRUFALDIN *à ſa fenêtre*, LELIE.

TRUFALDIN.

Qu'eſt-ce ? qui me vient voir?

LELIE.

Fermez ſoigneuſement votre porte ce ſoir.

TRUFALDIN.

Pourquoi ?

LELIE.

Certaines gens font une maſcarade
Pour vous venir donner une fâcheuſe aubade ;
Ils veulent enlever votre Célie.

TRUFALDIN.

O Dieux !

LELIE.

Et ſans doute bien-tôt ils viendront en ces lieux ;
Demeurez ; vous pourrez voir tout de la fenêtre.
Hé bien ? qu'avois-je dit ? les voyez-vous paroître ?
Chut, je veux à vos yeux leur en faire l'affront.
Nous allons voir beau jeu, ſi la corde ne rompt,

SCENE X.

LELIE, TRUFALDIN, MASCARILLE & *fa fuite mafqués.*

TRUFALDIN.

O! Les plaifans robins, qui penfent me furprendre!

LELIE.

Mafques, où courez-vous ? le pourroit-on apprendre ?
Trufaldin, ouvrez-leur pour jouer un momon.

[*à Mafcarille déguifé en femme.*]

Bon Dieu, qu'elle eft jolie, & qu'elle a l'air mignon !
Et quoi! vous murmurez ? mais fans vous faire outrage,
Peut-on lever le mafque, & voir votre vifage ?

TRUFALDIN.

Allez, fourbes, méchans ; retirez-vous d'ici,
Canaille ; & vous, feigneur, bon foir & grand merci.

SCENE XI.

LELIE, MASCARILLE.

LELIE *après avoir démafqué Mafcarille.*

Mafcarille, eft-ce toi ?

MASCARILLE.

Nenni-dà, c'eft quelque autre.

LELIE.

Hélas ! quelle furprife ! & quel fort eft le nôtre !
L'aurois-je deviné, n'étant point averti
Des fecrettes raifons qui t'avoient travefti.

Malheureux que je fuis, d'avoir deffous ce mafque
Eté, fans y penfer, te faire cette frafque !
Il me prendroit envie, en mon jufte courroux,
De me battre moi-même, & me donner cent coups.

MASCARILLE.

Adieu, fublime efprit, rare imaginative.

LELIE.

Las ! fi de ton fecours ta colére me prive,
A quel faint me vouerai-je ?

MASCARILLE.

Au grand diable d'enfer.

LELIE.

Ah ! fi ton cœur pour moi n'eft de bronze ou de fer,
Qu'encore un coup du moins mon imprudence ait grace ;
S'il faut pour l'obtenir que tes genoux j'embraffe ;
Voi-moi . . . .

MASCARILLE.

Tarare ; allons, camarades, allons :
J'entends venir des gens qui font fur nos talons.

SCENE XII.

LEANDRE *& fa fuite mafqués.*
TRUFALDIN *à fa fenêtre.*

LEANDRE.

Sans bruit ; ne faifons rien que de la bonne forte.

TRUFALDIN.

Quoi ! mafques toute nuit affiégeront ma porte !

Meſſieurs, ne gagnez point de rhumes à plaiſir,
Tout cerveau qui le fait, eſt certes de loiſir.
Il eſt un peu trop tard pour enlever Célie ;
Diſpenſez-l'en ce ſoir, elle vous en ſupplie,
La belle eſt dans le lit, & ne peut vous parler ;
J'en ſuis fâché pour vous : mais pour vous régaler
Du ſouci, qui pour elle ici vous inquiéte,
Elle vous fait préſent de cette caſſolette.

LEANDRE.

Fi, cela ſent mauvais, & je ſuis tout gâté.
Nous ſommes découverts, tirons de ce côté.

Fin du troiſiéme Acte.

Joullain sculpsit

ACTE

ACTE QUATRIÉME.

SCENE PREMIERE.

LELIE *déguisé en Arménien*, MASCARILLE.

MASCARILLE.

Vous voilà fagoté d'une plaifante forte.

LELIE.

Tu ranimes par là mon efpérance morte.

MASCARILLE.

Toujours de ma colére on me voit revenir ;
J'ai beau jurer, pefter, je ne m'en puis tenir.

LELIE.

Auffi croi, fi jamais je fuis dans la puiffance,
Que tu feras content de ma reconnoiffance,
Et que, quand je n'aurois qu'un feul morceau de pain....

MASCARILLE.

Bafte ; fongez à vous dans ce nouveau deffein.
Au moins, fi l'on vous voit commettre une fottife,
Vous n'imputerez plus l'erreur à la furprife ;

Tome I. L

Votre rôle en ce jeu par cœur doit être ſçû.

LELIE.

Mais comment Trufaldin chez lui t'a-t-il reçû ?

MASCARILLE.

D'un zéle ſimulé j'ai bridé le bon ſire,
Avec empreſſement je ſuis venu lui dire,
S'il ne ſongeoit à lui, que l'on le ſurprendroit ;
Que l'on couchoit en jouë, & de plus d'un endroit,
Celle dont il a vû qu'une lettre en avance
Avoit ſi fauſſement divulgué la naiſſance ;
Qu'on avoit bien voulu m'y mêler quelque peu,
Mais que j'avois tiré mon épingle du jeu ;
Et que, touché d'ardeur pour ce qui le regarde,
Je venois l'avertir de ſe donner de garde.
De là, moraliſant, j'ai fait de grands diſcours
Sur les fourbes qu'on voit ici-bas tous les jours ;
Que pour moi, las du monde & de ſa vie infâme,
Je voulois travailler au ſalut de mon ame,
À m'éloigner du trouble, & pouvoir longuement
Près de quelque honnête homme être paiſiblement ;
Que s'il le trouvoit bon, je n'aurois d'autre envie
Que de paſſer chez lui le reſte de ma vie,
Et que même à tel point il m'avoit ſçû ravir,
Que, ſans lui demander gages pour le ſervir,
Je mettrois en ſes mains, que je tenois certaines,
Quelque bien de mon pere, & le fruit de mes peines,
Dont, avenant que Dieu de ce monde m'ôtât,
J'entendois tout de bon que lui ſeul héritât ;

C'étoit le vrai moyen d'acquerir sa tendresse.

Et comme, pour résoudre avec votre maîtresse

Des biais qu'on doit prendre à terminer vos vœux,

Je voulois en secret vous aboucher tous deux,

Lui-même a sçû m'ouvrir une voye assez belle,

De pouvoir hautement vous loger avec elle.

Venant m'entretenir d'un fils privé du jour,

Dont cette nuit en songe il a vû le retour,

A ce propos, voici l'histoire qu'il m'a dite,

Et sur qui j'ai tantôt notre fourbe construite.

LELIE.

C'est assez ; je sçais tout : tu me l'as dit deux fois.

MASCARILLE.

Oui, oui, mais quand j'aurois passé jusques à trois,

Peut-être encor qu'avec toute sa suffisance,

Votre esprit manquera dans quelque circonstance.

LELIE.

Mais à tant différer je me fais de l'effort.

MASCARILLE.

Ah! de peur de tomber, ne courons pas si fort.

Voyez-vous? vous avez la caboche un peu dure :

Rendez-vous affermi dessus cette avanture.

Autrefois Trufaldin de Naples est sorti,

Et s'appelloit alors Zanobio Ruberti ;

Un parti qui causa quelque émeute civile,

Dont il fut seulement soupçonné dans sa ville,

(De fait il n'est pas homme à troubler un état)

L'obligea d'en sortir une nuit sans éclat.

Une fille fort jeune, & fa femme laiffées,
A quelque tems de là fe trouvant trépaffées,
Il en eut la nouvelle, & dans ce grand ennui,
Voulant dans quelque ville emmener avec lui,
Outre fes biens, l'efpoir qui reftoit de fa race
Un fien fils écolier, qui fe nommoit Horace,
Il écrit à Bologne, où pour mieux être inftruit,
Un certain maître Albert jeune l'avoit conduit ;
Mais pour fe joindre tous, le rendez-vous qu'il donne
Durant deux ans entiers ne lui fit voir perfonne :
Si bien que, les jugeant morts après ce tems là,
Il vint en cette ville, & prit le nom qu'il a :
Sans que de cet Albert ni de ce fils Horace
Douze ans ayent découvert jamais la moindre trace.
Voilà l'hiftoire en gros, redite feulement
Afin de vous fervir ici de fondement.
Maintenant vous ferez un marchand d'Arménie,
Qui les aurez vûs fains l'un & l'autre en Turquie.
Si j'ai plûtôt qu'aucun, un tel moyen trouvé
Pour les reffufciter fur ce qu'il a rêvé,
C'eft qu'en fait d'avanture, il eft très-ordinaire
De voir gens pris fur mer par quelque turc corfaire,
Puis être à leur famille à point-nommé rendus,
Après quinze ou vingt ans qu'on les a crû perdus.
Pour moi, j'ai vû déja cent contes de la forte,
Sans nous alambiquer, fervons-nous-en ; qu'importe ?
Vous leur aurez oüi leur difgrace conter,
Et leur aurez fourni de quoi fe racheter ;

Mais que parti plûtôt pour chose nécessaire ;
Horace vous chargea de voir ici son pere
Dont il a sçû le sort, & chez qui vous devez
Attendre quelques jours qu'ils y soient arrivés.
Je vous ai fait tantôt des leçons étenduës.

LELIE.

Ces répétitions ne sont que superfluës.
Dès l'abord mon esprit a compris tout le fait.

MASCARILLE.

Je m'en vais là-dedans donner le premier trait.

LELIE.

Ecoute, Mascarille, un seul point me chagrine.
S'il alloit de son fils me demander la mine ?

MASCARILLE.

Belle difficulté ! devez-vous pas sçavoir
Qu'il étoit fort petit alors qu'il l'a pû voir ;
Et puis, outre cela, le tems & l'esclavage
Pourroient-ils pas avoir changé tout son visage ?

LELIE.

Il est vrai : mais di-moi, s'il connoît qu'il m'a vû,
Que faire ?

MASCARILLE.

De mémoire étes-vous dépourvû ?
Nous avons dit tantôt, qu'outre que, votre image
N'avoit dans son esprit pû faire qu'un passage,
Pour ne vous avoir vû que durant un moment ;
Et le poil & l'habit déguisent grandement.

LELIE.

Fort bien : mais à propos cet endroit de Turquie ?

MASCARILLE.

Tout, vous dis-je, eſt égal Turquie ou Barbarie.

LELIE.

Mais le nom de la ville où j'aurai pû les voir ?

MASCARILLE.

Tunis. Il me tiendra, je croi, juſques au ſoir.
La répétition, dit-il, eſt inutile,
Et j'ai déjà nommé douze fois cette ville.

LELIE.

Va, va-t'en commencer, il ne me faut plus rien.

MASCARILLE.

Au moins ſoyez prudent, & vous conduiſez bien ;
Ne donnez point ici de l'imaginative.

LELIE.

Laiſſe-moi gouverner : que ton ame eſt craintive !

MASCARILLE.

Horace dans Bologne écolier, Trufaldin
Zanobio Ruberti dans Naples citadin,
Le précepteur Albert . . . .

LELIE.

Ah ! c'eſt me faire honte,
Que de me tant prêcher ; ſuis-je un ſot à ton compte ?

MASCARILLE.

Non pas du tout ; mais bien quelque choſe approchant.

SCENE II.

LELIE *seul.*

Quand il m'eſt inutile, il fait le chien couchant ;
Mais, parce qu'il ſent bien le ſecours qu'il me donne,
Sa familiarité juſques là s'abandonne.
Je vais être de près éclairé des beaux yeux,
Dont la force m'impoſe un joug ſi précieux ;
Je m'en vais ſans obſtacle, avec des traits de flâme,
Peindre à cette beauté les tourmens de mon ame ;
Je ſçaurai quel arrêt je dois . . . . Mais les voici.

SCENE III.

TRUFALDIN, LELIE, MASCARILLE.

TRUFALDIN.

Sois béni, juſte Ciel, de mon ſort adouci !

MASCARILLE.

C'eſt à vous de rêver, & de faire des ſonges,
Puiſqu'en vous il eſt faux que ſonges ſont menſonges.

TRUFALDIN *à Lélie.*

Quelle grace, quels biens vous rendrai-je, Seigneur,
Vous, que je dois nommer l'ange de mon bonheur ?

L'ETOURDI,

LELIE.

Ce font foins fuperflus, & je vous en difpenfe.

TRUFALDIN *à Mafcarille.*

J'ai, je ne fçai pas où, vû quelque reffemblance
De cet arménien.

MASCARILLE.

C'eft ce que je difois ;
Mais on voit des rapports admirables par fois.

TRUFALDIN.

Vous avez vû ce fils où mon efpoir fe fonde ?

LELIE.

Oui, Seigneur Trufaldin, le plus gaillard du monde.

TRUFALDIN.

Il vous a dit fa vie, & parlé fort de moi ?

LELIE.

Plus de dix mille fois.

MASCARILLE.

Quelque peu moins, je croi.

LELIE.

Il vous a dépeint tel que je vous vois paroître,
Le vifage, le port . . . .

TRUFALDIN.

Cela pourroit-il être,
Si lorfqu'il m'a pû voir il n'avoit que fept ans,
Et fi fon précepteur, même depuis ce tems,
Auroit peine à pouvoir connoître mon vifage ?

MASCARILLE.

Le fang, bien autrement, conferve cette image,

Par

Par des traits si profonds ce portrait est tracé,
Que mon pere ....

TRUFALDIN.

Suffit. Où l'avez-vous laissé?

LELIE.

En Turquie, à Turin.

TRUFALDIN.

Turin? mais cette ville
Est, je pense, en Piémont.

MASCARILLE *à part.*

O cerveau mal habile!

[*à Trufaldin.*]
Vous ne l'entendez pas, il veut dire Tunis,
Et c'est en effet là qu'il laissa votre fils;
Mais les arméniens ont tous par habitude
Certain vice de langue à nous autres fort rude;
C'est que dans tous les mots ils changent nis en rin,
Et pour dire Tunis, ils prononcent Turin.

TRUFALDIN.

Il falloit pour l'entendre, avoir cette lumiére.
Quel moyen vous dit-il de rencontrer son pere?

MASCARILLE.

[*à part.*]　　　　[*à Trufaldin, après s'être escrimé.*]
Voyez s'il répondra. Je repassois un peu
Quelque leçon d'escrime, autrefois en ce jeu
Il n'étoit point d'adresse à mon adresse égale,
Et j'ai battu le fer en mainte & mainte salle.

Tome I.　　　　　　　　　　　　　　M

TRUFALDIN *à Mascarille.*

Ce n'est pas maintenant ce que je veux sçavoir.

[*à Lélie.*]

Quel autre nom, dit-il que je devois avoir ?

MASCARILLE.

Ah ! Seigneur Zanobio Ruberti, quelle joye
Est celle maintenant que le Ciel vous envoye !

LELIE.

C'est là votre vrai nom, & l'autre est emprunté.

TRUFALDIN.

Mais où vous a-t-il dit qu'il reçût la clarté ?

MASCARILLE.

Naples est un séjour qui paroît agréable ;
Mais pour vous ce doit être un lieu fort haïssable.

TRUFALDIN.

Ne peux-tu, sans parler, souffrir notre discours ?

LELIE.

Dans Naples son destin a commencé son cours.

TRUFALDIN.

Où l'envoyai-je jeune, & sous quelle conduite ?

MASCARILLE.

Ce pauvre maître Albert a beaucoup de mérite
D'avoir depuis Bologne accompagné ce fils,
Qu'à sa discrétion vos soins avoient commis.

TRUFALDIN.

Ah !

MASCARILLE *à part.*

Nous fommes perdus, fi cet entretien dure.

TRUFALDIN.

Je voudrois bien fçavoir de vous leur avanture,
Sur quel vaiffeau le fort qui m'a fçû travailler ....

MASCARILLE.

Je ne fçai ce que c'eft, je ne fais que bâiller;
Mais, feigneur Trufaldin, fongez-vous que peut-être
Ce monfieur l'étranger a befoin de repaître,
Et qu'il eft tard auffi ?

LELIE.

Pour moi, point de repas.

MASCARILLE.

Ah! vous avez plus faim que vous ne penfez pas.

TRUFALDIN.

Entrez donc.

LELIE.

Après vous.

MASCARILLE.

[*à Trufaldin.*]

Monfieur, en Arménie
Les maîtres du logis font fans cérémonie.

[*à Lélie, après que Trufaldin eft entré dans fa maifon.*]
Pauvre efprit ! pas deux mots !

LELIE.

D'abord il m'a furpris;
Mais n'appréhende plus, je reprends mes efprits,

M ij

Et m'en vais débiter avecque hardiesse . . .

MASCARILLE.

Voici votre rival qui ne sçait pas la piéce.

[*Ils entrent dans la maison de Trufaldin.*]

SCENE IV.

ANSELME, LEANDRE.

ANSELME.

ARrêtez-vous, Léandre, & souffrez un discours,
Qui cherche le repos & l'honneur de vos jours,
Je ne vous parle point en pere de ma fille,
En homme intéressé pour ma propre famille ;
Mais comme votre pere ému pour votre bien,
Sans vouloir vous flater, & vous déguiser rien :
Bref, comme je voudrois d'une ame franche & pure
Que l'on fit à mon sang en pareille avanture.
Sçavez-vous de quel œil chacun voit cet amour,
Qui dedans une nuit vient d'éclater au jour ?
A combien de discours, & de traits de risée
Votre entreprise d'hier est par tout exposée ?
Quel jugement on fait du choix capricieux,
Qui pour femme, dit-on, vous désigne en ces lieux
Un rebut de l'Egypte, une fille coureuse,
De qui le noble emploi n'est qu'un mêtier de gueuse ?

J'en ai rougi pour vous encor plus que pour moi,
Qui me trouve compris dans l'éclat que je voi :
Moi, dis-je, dont la fille à vos ardeurs promiſe,
Ne peut, ſans quelque affront, ſouffrir qu'on la mépriſe.
Ah ! Léandre, ſortez de cet abaiſſement.
Ouvrez un peu les yeux ſur votre aveuglement.
Si notre eſprit n'eſt pas ſage à toutes les heures,
Les plus courtes erreurs ſont toujours les meilleures.
Quand on ne prend en dot que la ſeule beauté,
Le remords eſt bien près de la ſolemnité,
Et la plus belle femme a très-peu de défenſe
Contre cette tiédeur qui ſuit la jouiſſance.
Je vous le dis encor, ces bouillans mouvemens,
Ces ardeurs de jeuneſſe, & ces emportemens
Nous font trouver d'abord quelques nuits agréables ;
Mais ces félicités ne ſont guéres durables,
Et, notre paſſion allentiſſant ſon cours,
Après ces bonnes nuits, donnent de mauvais jours :
De là viennent les ſoins, les ſoucis, les miſéres,
Les fils déſhérités par le courroux des peres.

LEANDRE.

Dans tout votre diſcours je n'ai rien écouté
Que mon eſprit déjà ne m'ait repréſenté.
Je ſçai combien je dois à cet honneur inſigne
Que vous me voulez faire, & dont je ſuis indigne ;
Et vois, malgré l'effort dont je ſuis combattu,
Ce que vaut votre fille, & quelle eſt ſa vertu :
Auſſi veux-je tâcher . . . .

ANSELME.

On ouvre cette porte;
Retirons-nous plus loin, de crainte qu'il n'en sorte
Quelque secret poison dont vous seriez surpris.

SCENE V.

LELIE, MASCARILLE.

MASCARILLE.

Bien-tôt de notre fourbe on verra le débris,
Si vous continuez des sottises si grandes.

LELIE.

Dois-je éternellement ouïr tes réprimandes?
De quoi te peux-tu plaindre? ai-je pas réussi
En tout ce que j'ai dit depuis?

MASCARILLE.

Couci-couci.
Témoin les turcs par vous appellés hérétiques,
Et que vous assûrez par sermens autentiques
Adorer pour leurs Dieux la lune & le soleil.
Passe. Ce qui me donne un dépit nompareil,
C'est qu'ici votre amour étrangement s'oublie;
Près de Célie, il est ainsi que la bouillie,
Qui par un trop grand feu s'enfle, croît jusqu'aux bords,
Et de tous les côtés se répand au dehors.

LELIE.

Pourroit-on se forcer à plus de retenuë?
Je ne l'ai presque point encore entretenuë.

MASCARILLE.

Oui ; mais ce n'eſt pas tout que de ne parler pas ;
Par vos geſtes, durant un moment de repas,
Vous avez aux ſoupçons donné plus de matiére,
Que d'autres ne feroient dans une année entiére.

LELIE.

Et comment donc ?

MASCARILLE.

Comment ? chacun a pû le voir.
A table où Trufaldin l'oblige de ſe ſeoir,
Vous n'avez toujours fait qu'avoir les yeux ſur elle,
Rouge, tout interdit, jouant de la prunelle,
Sans prendre jamais garde à ce qu'on vous ſervoit,
Vous n'aviez point de ſoif qu'alors qu'elle bûvoit,
Et dans ſes propres mains vous ſaiſiſſant du verre,
Sans le vouloir rinſer, ſans rien jetter à terre,
Vous bûviez ſur ſon reſte, & montriez d'affecter
Le côté qu'à ſa bouche elle avoit ſçû porter.
Sur les morceaux touchés de ſa main délicate,
Ou mordus de ſes dents, vous étendiez la patte
Plus bruſquement qu'un chat deſſus une ſouris,
Et les avaliez tous ainſi que des pois gris.
Puis, outre tout cela, vous faiſiez ſous la table
Un bruit, un triquetrac de pieds inſupportable,
Dont Trufaldin heurté de deux coups trop preſſans,
A puni par deux fois deux chiens très-innocens,
Qui, s'ils euſſent oſé, vous euſſent fait querelle :
Et puis après cela votre conduite eſt belle ?

Pour moi, j'en ai fouffert la gêne fur mon corps.
Malgré le froid, je fuë encor de mes efforts.
Attaché deffus vous comme un joueur de boule
Après le mouvement de la fienne qui roule,
Je penfois retenir toutes vos actions,
En faifant de mon corps mille contorfions.

LELIE.

Mon Dieu! qu'il t'eft aifé de condamner des chofes,
Dont tu ne reffens pas les agréables caufes!
Je veux bien néanmoins, pour te plaire une fois,
Faire force à l'amour qui m'impofe des loix.
Déformais....

SCENE VI.

TRUFALDIN, LELIE, MASCARILLE.

MASCARILLE.

Nous parlions des fortunes d'Horace.

TRUFALDIN.

[*à Lélie.*]

C'eft bien fait. Cependant me ferez-vous la grace
Que je puiffe lui dire un feul mot en fecret?

LELIE.

Il faudroit autrement être fort indifcret.

[*Lélie entre dans la maifon de Trufaldin.*]

SCENE

SCENE VII.

TRUFALDIN, MASCARILLE.

TRUFALDIN.

Ecoute : fçais-tu bien ce que je viens de faire ?

MASCARILLE.

Non : mais, fi vous voulez, je ne tarderai guére,
Sans doute, à le fçavoir.

TRUFALDIN.

D'un chêne grand & fort
Dont près de deux cens ans ont déjà fait le fort,
Je viens de détacher une branche admirable,
Choifie expreffément de groffeur raifonnable,
Dont j'ai fait fur le champ avec beaucoup d'ardeur

[*Il montre fon bras.*]

Un bâton à peu près.... oui, de cette grandeur,
Moins gros par l'un des bouts, mais plus que trente gaules
Propre, comme je penfe, à roffer les épaules ;
Car il eft bien en main, vert, noueux & maffif.

MASCARILLE.

Mais pour qui, je vous prie, un tel préparatif ?

TRUFALDIN.

Pour toi premierement, puis pour ce bon apôtre,
Qui veut m'en donner d'une, & m'en jouer d'une autre,
Pour cet arménien, ce marchand déguifé,
Introduit fous l'appas d'un conte fuppofé.

Tome I.

MASCARILLE.

Quoi ? vous ne croyez pas ....
TRUFALDIN.

Ne cherche point d'excuſe.
Lui-même heureuſement a découvert ſa ruſe,
En diſant à Célie, en lui ſerrant la main,
Que pour elle il venoit ſous ce prétexte vain ;
Il n'a pas apperçû Jeannette ma fillole,
Laquelle a tout oüi parole pour parole ;
Et je ne doute point, quoi qu'il n'en ait rien dit,
Que tu ne ſois de tout le complice maudit.
MASCARILLE.

Ah ! vous me faites tort. S'il faut qu'on vous affronte,
Croyez qu'il m'a trompé le premier à ce conte.
TRUFALDIN.

Veux-tu me faire voir que tu dis verité ?
Qu'à le chaſſer, mon bras ſoit du tien aſſiſté ;
Donnons-en à ce fourbe & du long & du large,
Et de tout crime après mon eſprit te décharge.
MASCARILLE.

Oui-da, très-volontiers, je l'épouſterai bien,
Et par là vous verrez que je n'y trempe en rien.
[à part.]
Ah ! vous ſerez roſſé, monſieur de l'Arménie,
Qui toûjours gâtez tout.

SCENE VIII.

LELIE, TRUFALDIN, MASCARILLE.

TRUFALDIN *à Lélie, après avoir heurté à fa porte.*

U N mot, je vous fupplie.
Donc, monfieur l'impofteur, vous ofez aujourd'hui
Dupper un honnête homme, & vous jouer de lui ?

MASCARILLE.

Feindre avoir vû fon fils en une autre contrée,
Pour vous donner chez lui plus librement entrée ?

TRUFALDIN *bat Lélie.*

Vuidons, vuidons fur l'heure.

LELIE *à Mafcarille qui le bat auffi.*

Ah coquin !

MASCARILLE.

C'eft ainfi

Que les fourbes . . . .

LELIE.

Bourreau !

MASCARILLE.

Sont ajuftés ici.

Gardez-moi bien cela.

LELIE.

Quoi donc ? je ferois homme . . . .

MASCARILLE *le battant toujours, & le chaffant.*

Tirez, tirez, vous dis-je, ou bien je vous affomme.

TRUFALDIN.

Voilà qui me plaît fort ; rentre, je fuis content.

[*Mafcarille fuit Trufaldin, qui rentre dans fa maifon.*]

LELIE *revenant.*

A moi par un valet cet affront éclatant !
L'auroit-on pû prévoir l'action de ce traître ,
Qui vient infolemment de mal-traiter fon maître ?

MASCARILLE *à la fenétre de Trufaldin.*

Peut-on vous demander comme va votre dos ?

LELIE.

Quoi ! tu m'ofes encor tenir un tel propos ?

MASCARILLE.

Voilà, voilà que c'eft de ne voir pas Jeannette,
Et d'avoir en tout tems une langue indifcrette ;
Mais pour cette fois-ci je n'ai point de courroux ,
Je ceffe d'éclater, de pefter contre vous ;
Quoique de l'action l'imprudence foit haute,
Ma main fur votre échine a lavé votre faute.

LELIE.

Ah ! je me vengerai de ce trait déloyal.

MASCARILLE.

Vous vous êtes caufé vous-même tout le mal,

LELIE.

Moi ?

MASCARILLE.

Si vous n'étiez pas une cervelle folle,
Quand vous avez parlé naguére à votre idole ,

Vous auriez apperçû Jeannette fur vos pas,
Dont l'oreille fubtile a découvert le cas.

LELIE.

On auroit pû furprendre un mot dit à Célie ?

MASCARILLE.

Et d'où doncques viendroit cette promte fortie ?
Oui, vous n'étes dehors que par votre caquet.
Je ne fçai fi fouvent vous jouez au piquet ;
Mais au moins faites-vous des écarts admirables.

LELIE.

O ! le plus malheureux de tous les miférables !
Mais encore, pourquoi me voir chaffé par toi ?

MASCARILLE.

Je ne fis jamais mieux que d'en prendre l'emploi ;
Par-là, j'empêche au moins que, de cet artifice
Je ne fois foupçonné d'être auteur ou complice.

LELIE.

Tu devois donc pour toi frapper plus doucement.

MASCARILLE.

Quelque fot. Trufaldin lorgnoit exactement :
Et puis, je vous dirai, fous ce prétexte utile,
Je n'étois point fâché d'évaporer ma bile.
Enfin la chofe eft faite, &, fi j'ai votre foi
Qu'on ne vous verra point vouloir venger fur moi,
Soit ou directement, ou par quelqu'autre voye,
Les coups fur votre rable affenés avec joye,
Je vous promets, aidé par le pofte où je fuis,
De contenter vos vœux avant qu'il foit deux nuits.

LELIE.

Quoique ton traitement ait eu trop de rudesse,
Qu'est-ce que dessus moi ne peut cette promesse ?

MASCARILLE.

Vous le promettez donc ?

LELIE.

Oui, je te le promets.

MASCARILLE.

Ce n'est pas encor tout. Promettez que jamais
Vous ne vous mêlerez dans quoique j'entreprenne.

LELIE.

Soit.

MASCARILLE.

Si vous y manquez, votre fiévre quartaine.

LELIE.

Mais tien-moi donc parole, & songe à mon repos.

MASCARILLE.

Allez quitter l'habit, & graisser votre dos.

LELIE seul.

Faut-il que le malheur qui me suit à la trace,
Me fasse voir toujours disgrace sur disgrace !

MASCARILLE sortant de chez Trufaldin.

Quoi ! vous n'êtes pas loin ? sortez vîte d'ici ;
Mais, sur-tout, gardez-vous de prendre aucun souci :
Puisque je suis pour vous, que cela vous suffise :
N'aidez point mon projet de la moindre entreprise :
Demeurez en repos.

LELIE *en fortant.*

Oui, va, je m'y tiendrai.

MASCARILLE *feul.*

Il faut voir maintenant quels biais je prendrai.

SCENE IX.

ERGASTE, MASCARILLE.

ERGASTE.

MAfcarille, je viens te dire une nouvelle,
Qui donne à tes deffeins une atteinte cruelle.
A l'heure que je parle, un jeune égyptien,
Qui n'eft pas noir pourtant, & fent affez fon bien,
Arrive accompagné d'une vieille fort have,
Et vient chez Trufaldin racheter cette efclave
Que vous vouliez ; pour elle il paroît fort zélé.

MASCARILLE.

Sans doute c'eft l'amant dont Célie a parlé.
Fut-il jamais deftin plus brouillé que le nôtre ?
Sortant d'un embarras, nous entrons dans un autre.
Envain nous apprenons que Léandre eft au point
De quitter la partie, & ne nous troubler point,
Que fon pere, arrivé contre toute efpérance,
Du côté d'Hippolyte emporte la balance,
Qu'il a tout fait changer par fon autorité,
Et va dès aujourd'hui conclure le traité:
Lorfqu'un rival s'éloigne, un autre plus funefte
S'en vient nous enlever tout l'efpoir qui nous refte.

Toutefois, par un trait merveilleux de mon art,
Je croi que je pourrai retarder leur départ,
Et me donner le tems qui sera néceſſaire,
Pour tâcher de finir cette fameuſe affaire.
Il s'eſt fait un grand vol, par qui, l'on n'en ſçait rien,
Eux autres rarement paſſent pour gens de bien ;
Je veux adroitement ſur un ſoupçon frivole,
Faire pour quelques jours empriſonner le drôle.
Je ſçai des officiers de juſtice altérés,
Qui ſont pour de tels coups de vrais délibérés ;
Deſſus l'avide eſpoir de quelque paraguante,
Il n'eſt rien que leur art aveuglément ne tente,
Et du plus innocent, toujours à leur profit
La bourſe eſt criminelle, & paye ſon délit.

Fin du quatriéme Acte.

Blondel. In. &c. ſculp.

ACTE

ACTE CINQUIÉME.

SCENE PREMIERE.

MASCARILLE, ERGASTE.

MASCARILLE.

H chien! ah double chien! mâtine de cervelle,
Ta perſécution ſera-t-elle éternelle!

ERGASTE.

Par les ſoins vigilans de l'exemt balafré
Ton affaire alloit bien, le drôle étoit cofré,
Si ton maître au moment ne fût venu lui-même,
En vrai déſeſpéré, rompre ton ſtratagême:
Je ne ſçaurois ſouffrir, a-t-il dit hautement,
Qu'un honnête homme ſoit traîné honteuſement,
J'en réponds ſur ſa mine, & je le cautionne:
Et, comme on réſiſtoit à lâcher ſa perſonne,
D'abord il a chargé ſi bien ſur les recors,
Qui ſont gens d'ordinaire à craindre pour leurs corps,
Qu'à l'heure que je parle ils ſont encore en fuite,
Et penſent tous avoir un Lélie à leur ſuite.

Tome I.   O

MASCARILLE.

Le traître ne ſçait pas que cet égyptien
Eſt déjà là dedans pour lui ravir ſon bien.

ERGASTE.

Adieu ; certaine affaire à te quitter m'oblige.

SCENE II.

MASCARILLE *ſeul.*

Oui , je ſuis ſtupéfait de ce denier prodige.
On diroit, & pour moi j'en ſuis perſuadé ,
Que ce démon brouillon dont il eſt poſſédé
Se plaiſe à me braver, & me l'aille conduire
Par tout où ſa préſence eſt capable de nuire.
Pourtant je veux pourſuivre, & malgré tous ces coups,
Voir qui l'emportera de ce diable ou de nous.
Célie eſt quelque peu de notre intelligence,
Et ne voit ſon départ qu'avecque répugnance.
Je tâche à profiter de cette occaſion ;
Mais ils viennent ; ſongeons à l'execution.
Cette maiſon meublée eſt en ma bien-ſéance,
Je puis en diſpoſer avec grande licence ;
Si le ſort nous en dit, tout ſera bien reglé,
Nul que moi ne s'y tient, & j'en garde la clé.
O Dieu ! qu'en peu de tems on a vû d'avantures !
Et qu'un fourbe eſt contraint de prendre de figures !

SCENE III.

CELIE, ANDRES.

ANDRES.

VOus le fçavez, Célie, il n'eft rien que mon cœur
N'ait fait pour vous prouver l'excès de fon ardeur.
Chez les vénitiens, dès un affez jeune âge,
La guerre en quelque eftime avoit mis mon courage,
Et j'y pouvois un jour, fans trop croire de moi,
Prétendre, en les fervant, un honorable emploi ;
Lorfqu'on me vit pour vous oublier toute chofe,
Et que le promt effet d'une métamorphofe,
Qui fuivit de mon cœur le foudain changement,
Parmi vos compagnons fçut ranger votre amant ;
Sans que mille accidens ni votre indifférence
Ayent pû me détâcher de ma perfévérance.
Depuis, par un hazard, d'avec vous féparé
Pour beaucoup plus de tems que je n'euffe auguré,
Je n'ai pour vous rejoindre épargné tems ni peine :
Enfin, ayant trouvé la vieille égyptienne,
Et plein d'impatience apprenant votre fort,
Que pour certain argent qui leur importoit fort,
Et qui de tous vos gens détourna le naufrage,
Vous aviez en ces lieux été mife en ôtage,
J'accours vîte y brifer ces chaînes d'intérêt,
Et recevoir de vous les ordres qu'il vous plaît :

Cependant on vous voit une morne tristesse
Alors que dans vos yeux doit briller l'allégresse.
Si pour vous la retraite avoit quelques appas,
Venise, du butin fait parmi les combats,
Me garde pour tous deux de quoi pouvoir y vivre ;
Que si comme devant il vous faut encor suivre,
J'y consens, & mon cœur n'ambitionnera
Que d'être auprès de vous tout ce qu'il vous plaira.

CELIE.

Votre zele pour moi visiblement éclate,
Pour en paroître triste il faudroit être ingrate,
Et mon visage aussi, par son émotion,
N'explique point mon cœur en cette occasion.
Une douleur de tête y peint sa violence,
Et, si j'avois sur vous quelque peu de puissance,
Notre voyage, au moins pour trois ou quatre jours,
Attendroit que ce mal eût pris un autre cours.

ANDRES.

Autant que vous voudrez, faites qu'il se différe.
Toutes mes volontés ne buttent qu'à vous plaire.
Cherchons une maison à vous mettre en repos.
L'écriteau que voici s'offre tout à propos,

SCENE IV.

CELIE, ANDRES, MASCARILLE *déguisé en Suisse.*

ANDRES.

Seigneur suisse, étes-vous de ce logis le maître ?

MASCARILLE.

Moï pour serfir à fous,

ANDRES.

Pourrions-nous y bien être ?

MASCARILLE.

Oui, moï pour d'étrancher chappon champre carni,
Ma che non point locher te gent te mechant fi,

ANDRES.

Je croi votre maison franche de tout ombrage.

MASCARILLE.

Fous noufeau tans sti fil, moï foir à la fissache.

ANDRES.

Oui,

MASCARILLE.

La matame est-il mariache al monsieur,

ANDRES,

Quoi ?

MASCARILLE.

S'il être son fame, ou s'il être son sœur.

ANDRES,

Non.

MASCARILLE.

Mon foï pien choli, fenir pour marchantife,
Ou pien pour temander à la palais chouftice,
La procès il faut rien, il coûter tant d'archant,
La procurer larron, l'afocat pien méchant.

ANDRES.

Ce n'eft pas pour cela.

MASCARILLE.

Fous tonc mener fti file
Pour fenir pourmener & récarter la file.

ANDRES.

[à Célie.]

Il n'importe. Je fuis à vous dans un moment.
Je vais faire venir la vieille promtement ;
Contremander auffi notre voiture prête.

MASCARILLE.

Li ne porte pas pien.

ANDRES.

Elle a mal à la tête.

MASCARILLE.

Moï chafoir te pon fin, & te formache pon.
Entre fous, entre fous tans mon petit maifon.

[*Célie, Andrés & Mafcarille entrent dans la maifon.*]

SCENE V.

LELIE *seul.*

QUelque foit le tranfport d'une ame impatiente,
Ma parole m'engage à refter en attente,
A laiffer faire un autre, & voir, fans rien ofer,
Comme de mes deftins le Ciel veut difpofer.

SCENE VI.

ANDRES, LELIE.

LELIE *à Andrés qui fort de la maifon.*
DEmandez-vous quelqu'un dedans cette demeure ?

ANDRES.
C'eft un logis garni que j'ai pris tout à l'heure.

LELIE.
A mon pere pourtant la maifon appartient,
Et mon valet la nuit pour la garder s'y tient.

ANDRES.
Je ne fçai ; l'écriteau marque au moins qu'on la louë ;
Lifez.

LELIE.
Certes, ceci me furprend, je l'avouë.
Qui diantre l'auroit mis ? & par quel intérêt....
Ah! ma foi je devine à peu près ce que c'eft ;

Cela ne peut venir que de ce que j'augure.

ANDRES.

Peut-on vous demander quelle eſt cette avanture ?

LELIE.

Je voudrois à tout autre en faire un grand ſecret;
Mais pour vous il n'importe, & vous ſerez diſcret.
Sans doute l'écriteau que vous voyez paroître,
Comme je conjecture, au moins ne ſçauroit être
Que quelque invention du valet que je di,
Que quelque nœud ſubtil qu'il doit avoir ourdi
Pour mettre en mon pouvoir certaine égyptienne,
Dont j'ai l'ame piquée, & qu'il faut que j'obtienne;
Je l'ai déja manquée, & même pluſieurs coups.

ANDRES.

Vous l'appellez ?

LELIE.

Célie.

ANDRES.

Hé ! que ne diſiez-vous ?
Vous n'aviez qu'à parler, je vous aurois ſans doute
Epargné tous les ſoins que ce projet vous coûte.

LELIE.

Quoi ! vous la connoiſſez ?

ANDRES.

C'eſt moi, qui maintenant
Viens de la racheter.

LELIE.

O diſcours ſurprenant !

ANDRES.

ANDRES.

Sa santé de partir ne nous pouvant permettre
Au logis que voilà je venois de la mettre,
Et je suis très-ravi dans cette occasion,
Que vous m'ayez instruit de votre intention.

LELIE.

Quoi ? j'obtiendrois de vous le bonheur que j'espere ?
Vous pourriez . . . .

ANDRES *allant frapper à la porte.*

Tout à l'heure on va vous satisfaire.

LELIE.

Que pourrai-je vous dire ? & quel remerciment . . . .

ANDRES.

Non, ne m'en faites point, je n'en veux nullement.

SCENE VII.

LELIE, ANDRES, MASCARILLE.

MASCARILLE *à part.*

HE bien, ne voilà pas mon enragé de maître !
Il nous va faire encor quelque nouveau bissêtre.

LELIE.

Sous ce grotesque habit qui l'auroit reconnu !
Approche, Mascarille, & sois le bien venu.

MASCARILLE.

Moï souisse ein chant t'honneur, moï non point Maquerille,
Chai point fentre jamais le fame ni le fille.

Tome I. P

LELIE.

Le plaisant baragouin ! il est bon, sur ma foi !

MASCARILLE.

Allez fous pourmener sans toï rire te moï.

LELIE.

Va, va, leve le masque, & reconnois ton maître.

MASCARILLE.

Partié tiable mon foï chamais toï chai connoître.

LELIE.

Tout est accommodé, ne te déguise point.

MASCARILLE.

Si toï point en aller, chai paille ein cou te point.

LELIE.

Ton jargon allemand est superflu, te dis-je ;
Car nous sommes d'accord, & sa bonté m'oblige.
J'ai tout ce que mes vœux lui peuvent demander,
Et tu n'as pas sujet de rien appréhender.

MASCARILLE.

Si vous êtes d'accord par un bonheur extrême,
Je me défuisse donc, & redeviens moi-même.

ANDRES.

Ce valet vous servoit avec beaucoup de feu :
Mais je reviens à vous, demeurez quelque peu.

SCENE VIII.

LELIE, MASCARILLE.

LELIE.

HE bien, que diras-tu ?

MASCARILLE.

Que j'ai l'ame ravie
De voir d'un beau succès notre peine suivie.

LELIE.

Tu feignois à sortir de ton déguisement,
Et ne pouvois me croire en cet évenement ?

MASCARILLE.

Comme je vous connois, j'étois dans l'épouvante,
Et trouve l'avanture aussi fort surprenante.

LELIE.

Mais confesse qu'enfin c'est avoir fait beaucoup.
Au moins j'ai réparé mes fautes à ce coup,
Et j'aurai cet honneur d'avoir fini l'ouvrage.

MASCARILLE.

Soit ; vous aurez été bien plus heureux que sage.

SCENE IX.

CELIE, ANDRES, LELIE, MASCARILLE.

ANDRES.

N'Eſt-ce pas là l'objet dont vous m'avez parlé?

LELIE.

Ah! quel bonheur au mien pourroit être égalé!

ANDRES.

Il eſt vrai, d'un bienfait je vous ſuis redevable,
Si je ne l'avouois, je ſerois condamnable ;
Mais enfin ce bienfait auroit trop de rigueur,
S'il falloit le payer aux dépens de mon cœur.
Jugez dans le tranſport où ſa beauté me jette ;
Si je dois à ce prix vous acquitter ma dette ;
Vous êtes généreux, vous ne le voudriez pas:
Adieu. Pour quelques jours retournons ſur nos pas.

SCENE X.

LELIE, MASCARILLE.

MASCARILLE *après avoir chanté,*

JE chante, & toutefois je n'en ai guére envie,
Vous voilà bien d'accord, il vous donne Célie ;
Hem ? vous m'entendez bien.

LELIE.

C'eſt trop ; je ne veux plus
Te demander pour moi de ſecours ſuperflus.
Je ſuis un chien, un traître, un bourreau déteſtable,
Indigne d'aucun ſoin, de rien faire incapable.
Va, ceſſe tes efforts pour un malencontreux,
Qui ne ſçauroit ſouffrir que l'on le rende heureux.
Après tant de malheurs, après mon imprudence,
Le trépas me doit ſeul prêter ſon aſſiſtance.

SCENE XI.

MASCARILLE ſeul.

Voilà le vrai moyen d'achever ſon deſtin ;
Il ne lui manque plus que de mourir enfin
Pour le couronnement de toutes ſes ſottiſes.
Mais en vain ſon dépit pour ſes fautes commiſes
Lui fait licentier mes ſoins & mon appui,
Je veux, quoiqu'il en ſoit, le ſervir malgré lui,
Et deſſus ſon lutin obtenir la victoire.
Plus l'obſtacle eſt puiſſant, plus on reçoit de gloire ;
Et les difficultés dont on eſt combattu,
Sont les dames d'atour qui parent la vertu.

SCENE XII.
CELIE, MASCARILLE.

CELIE *à Mascarille qui lui a parlé bas.*

Quoique tu veuilles dire, & que l'on se propose,
De ce retardement j'attends fort peu de chose.
Ce qu'on voit de succès peut bien persuader
Qu'ils ne sont pas encor fort prêts de s'accorder,
Et je t'ai déjà dit qu'un cœur comme le nôtre
Ne voudroit pas pour l'un faire injustice à l'autre ;
Et que très-fortement, par de différens nœuds,
Je me trouve attachée au parti de tous deux.
Si Lélie a pour lui l'amour & sa puissance,
Andrés pour son partage a la reconnoissance,
Qui ne souffrira point que mes pensers secrets
Consultent jamais rien contre ses intérêts :
Oui, s'il ne peut avoir plus de place en mon ame,
Si le don de mon cœur ne couronne sa flâme,
Au moins dois-je le prix à ce qu'il fait pour moi
De n'en choisir point d'autre au mépris de sa foi,
Et de faire à mes vœux autant de violence,
Que j'en fais aux désirs qu'il met en évidence.
Sur ces difficultés qu'oppose mon devoir,
Juge ce que tu peux te permettre d'espoir.

MASCARILLE.

Ce sont, à dire vrai, de très-facheux obstacles,
Et je ne sçai point l'art de faire des miracles ;

Mais je veux employer mes efforts plus puissans,
Remuer terre & Ciel, m'y prendre de tous sens
Pour tâcher de trouver un biais salutaire,
Et vous dirai bientôt ce qui se pourra faire.

SCENE XIII.

HIPPOLYTE, CELIE.

HIPPOLYTE.

Depuis votre séjour, les dames de ces lieux
Se plaignent justement des larcins de vos yeux ;
Si vous leur dérobez leurs conquêtes plus belles,
Et de tous leurs amans faites des infidéles.
Il n'est guére de cœurs qui puissent échapper
Aux traits, dont à l'abord vous sçavez les frapper,
Et mille libertés à vos chaînes offertes,
Semblent vous enrichir chaque jour de nos pertes.
Quant à moi, toutefois je ne me plaindrois pas
Du pouvoir absolu de vos rares appas,
Si, lorsque mes amans sont devenus les vôtres,
Un seul m'eût consolé de la perte des autres :
Mais qu'inhumainement vous me les ôtiez tous,
C'est un dur procédé dont je me plains à vous.

CELIE.

Voilà d'un air galant faire une raillerie ;
Mais épargnez un peu celle qui vous en prie.
Vos yeux, vos propres yeux se connoissent trop bien,
Pour pouvoir de ma part redouter jamais rien ;

Ils font fort affurés du pouvoir de leurs charmes,
Et ne prendront jamais de pareilles alarmes.

HIPPOLYTE.

Pourtant en ce difcours je n'ai rien avancé,
Qui dans tous les efprits ne foit déjà paffé ;
Et fans parler du refte, on fçait bien que Célie
A caufé des défirs à Léandre & Lélie.

CELIE.

Je croi qu'étant tombés dans cet aveuglement,
Vous vous confoleriez de leur perte aifément,
Et trouveriez pour vous l'amant peu fouhaitable,
Qui d'un fi mauvais choix fe trouveroit capable.

HIPPOLYTE.

Au contraire, j'agis d'un air tout différent,
Et trouve en vos beautés un mérite fi grand ;
J'y vois tant de raifons capables de défendre
L'inconftance de ceux qui s'y laiffent furprendre,
Que je ne puis blâmer la nouveauté des feux
Dont envers moi Léandre a parjuré fes vœux,
Et le vais voir tantôt, fans haine & fans colere,
Ramené fous mes loix par le pouvoir d'un pere.

SCENE

SCENE XIV.

CELIE, HIPPOLYTE, MASCARILLE.

MASCARILLE.

Grande, grande nouvelle, & fuccès furprenant
Que ma bouche vous vient annoncer maintenant.

CELIE.

Qu'eft-ce donc?

MASCARILLE.

Ecoutez voici fans flaterie....

CELIE.

Quoi?

MASCARILLE.

La fin d'une vraie & pure Comédie.
La vieille égyptienne à l'heure même....

CELIE.

Hé bien?

MASCARILLE.

Paffoit dedans la place, & ne fongeoit à rien,
Alors qu'une autre vieille affez défigurée,
L'ayant de près au nez long-tems confidérée,
Par un bruit enroué de mots injurieux
A donné le fignal d'un combat furieux,
Qui pour armes pourtant, moufquets, dagues ou fléches,
Ne faifoit voir en l'air que quatre griffes féches,
Dont ces deux combattans s'efforçoient d'arracher
Ce peu que fur leurs os les ans laiffent de chair.

Tome I.

Q

On n'entend que ces mots, chienne, louve, bagace;
D'abord leurs efcoffions ont volé par la place,
Et, laiffant voir à nud deux têtes fans cheveux,
Ont rendu le combat rifiblement affreux.
Andrés & Trufaldin à l'éclat du murmure,
Ainfi que force monde, accourus d'avanture,
Ont à les décharpir eu de la peine affez,
Tant leurs efprits étoient par la fureur pouffés.
Cependant que chacune, après cette tempête,
Songe à cacher aux yeux la honte de fa tête,
Et que l'on veut fçavoir qui caufoit cette humeur;
Celle qui la premiere avoit fait la rumeur,
Malgré la paffion dont elle étoit émûë,
Ayant fur Trufaldin long-tems tenu la vûë,
C'eft vous, fi quelque erreur n'abufe ici mes yeux,
Qu'on m'a dit qui viviez inconnu dans ces lieux,
A-t-elle dit tout haut; ô rencontre opportune!
Oui, feigneur Zanobio Ruberti, la fortune
Me fait vous reconnoître, & dans le même inftant
Que pour votre intérêt je me tourmentois tant;
Lorfque Naples vous vit quitter votre famille,
J'avois, vous le fçavez, en mes mains votre fille
Dont j'élevois l'enfance, & qui, par mille traits,
Faifoit voir dès quatre ans fa grace & fes attraits;
Celle que vous voyez, cette infâme forciére,
Dedans notre maifon fe rendant familiére,
Me vola ce tréfor. Hélas! de ce malheur
Votre femme, je croi, conçût tant de douleur,

Que cela fervit fort pour avancer fa vie ;
Si bien qu'entre mes mains cette fille ravie
Me faifant redouter un reproche fâcheux,
Je vous fis annoncer la mort de toutes deux :
Mais il faut maintenant, puifque je l'ai connuë,
Qu'elle faffe fçavoir ce qu'elle eft devenuë.
Au nom de Zanobio Ruberti, que fa voix
Pendant tout ce récit répétoit plufieurs fois,
Andrés ayant changé quelque tems de vifage,
A Trufaldin furpris a tenu ce langage ;
Quoi donc ! le Ciel me fait trouver heureufement
Celui que jufqu'ici j'ai cherché vainement,
Et que j'avois pû voir, fans pourtant reconnoître
La fource de mon fang & l'auteur de mon être !
Oui, mon pere, je fuis Horace votre fils ;
D'Albert, qui me gardoit, les jours étant finis,
Me fentant naître au cœur d'autres inquiétudes,
Je fortis de Bologne, & quittant mes études,
Portai durant fix ans mes pas en divers lieux,
Selon que me pouffoit un défir curieux :
Pourtant, après ce tems, une fecrette envie
Me preffa de revoir les miens & ma patrie :
Mais dans Naples, hélas ! je ne vous trouvai plus,
Et n'y fçus votre fort que par des bruits confus :
Si bien, qu'à votre quête ayant perdu mes peines,
Venife pour un tems borna mes courfes vaines ;
Et j'ai vécu depuis, fans que de ma maifon
J'euffe d'autres clartés que d'en fçavoir le nom.

Q ij

Je vous laiſſe à juger ſi, pendant ces affaires,
Trufaldin reſſentoit des tranſports ordinaires.
Enfin, pour retrancher ce que plus à loiſir
Vous aurez le moyen de vous faire éclaircir,
Par la confeſſion de votre égyptienne,
Trufaldin maintenant vous reconnoît pour ſienne ;
Andrés eſt votre frere ; & comme de ſa ſœur
Il ne peut plus ſonger à ſe voir poſſeſſeur,
Une obligation qu'il prétend reconnoître,
A fait qu'il vous obtient pour épouſe à mon maître,
Dont le pere témoin de tout l'évenement,
Donne à cet hyménée un plein conſentement ;
Et pour mettre une joye entiere en ſa famille,
Pour le nouvel Horace a propoſé ſa fille.
Voyez que d'incidens à la fois enfantés.

CELIE.

Je demeure immobile à tant de nouveautés.

MASCARILLE.

Tous viennent ſur mes pas, hors les deux championnes,
Qui du combat encor remettent leurs perſonnes.
Léandre eſt de la troupe, & votre pere auſſi.
Moi je vais avertir mon maître de ceci,
Et que, lors qu'à ſes vœux on croit le plus d'obſtacle,
Le Ciel en ſa faveur produit comme un miracle.

HIPPOLYTE.   [*Maſcarille ſort.*]

Un tel raviſſement rend mes eſprits confus,
Que pour mon propre ſort je n'en aurois pas plus,
Mais les voici venir,

SCENE XV.

TRUFALDIN, ANSELME, PANDOLFE, CELIE, HIPPOLYTE, LEANDRE, ANDRES.

TRUFALDIN.

Ah, ma fille!

CELIE.

Ah, mon pere!

TRUFALDIN.

Sçais-tu déjà comment le Ciel nous eſt proſpere?

CELIE.

J'en viens d'entendre ici le ſuccès merveilleux.

HIPPOLYTE à Léandre.

En vain vous parleriez pour excuſer vos feux,
Si j'ai devant les yeux ce que vous pouvez dire.

LEANDRE.

Un généreux pardon eſt ce que je déſire;
Mais j'atteſte les Cieux, qu'en ce retour ſoudain
Mon pere fait bien moins que mon propre deſſein.

ANDRES à Célie.

Qui l'auroit jamais crû que cette ardeur ſi pure
Pût être condamnée un jour par la nature!
Toutefois tant d'honneur la ſçut toûjours régir,
Qu'en y changeant fort peu, je puis la retenir.

CELIE.

Pour moi, je me blâmois, & croyois faire faute
Quand je n'avois pour vous qu'une eſtime très-haute.
Je ne pouvois ſçavoir quel obſtacle puiſſant
M'arrêtoit ſur un pas ſi doux & ſi gliſſant,
Et détournoit mon cœur de l'aveu d'une flâme
Que mes ſens s'efforçoient d'introduire en mon ame.

TRUFALDIN *à Célie.*

Mais en te retrouvant, que diras-tu de moi
Si je ſonge auſſi-tôt à me priver de toi,
Et t'engage à ſon fils ſous les loix d'hyménée?

CELIE.

Que de vous maintenant dépend ma deſtinée.

SCENE DERNIERE.

TRUFALDIN, ANSELME, PANDOLFE, CELIE, HIPPOLYTE, LELIE, LEANDRE, ANDRES, MASCARILLE.

MASCARILLE *à Lélie.*

VOyons ſi votre diable aura bien le pouvoir
De détruire à ce coup un ſi ſolide eſpoir;
Et ſi, contre l'excès du bien qui nous arrive,
Vous armerez encor votre imaginative?
Par un coup imprévû des deſtins les plus doux
Vos vœux ſont couronnés, & Célie eſt à vous.

LELIE.

Croirai-je que du Ciel la puiffance abfoluë....

TRUFALDIN.

Oui, mon gendre, il eft vrai.

PANDOLFE.

La chofe eft réfoluë.

ANDRES *à Lélie.*

Je m'acquitte par là de ce que je vous dois.

LELIE *à Mafcarille.*

Il faut que je t'embraffe & mille & mille fois
Dans cette joye.

MASCARILLE.

Ahi, ahi, doucement, je vous prie.

Il m'a prefque étouffé. Je crains fort pour Célie,
Si vous la carreffez avec tant de tranfport ;
De vos embraffemens on fe pafferoit fort.

TRUFALDIN *à Lélie.*

Vous fçavez le bonheur que le Ciel me renvoye ;
Mais puifqu'un même jour nous met tous dans la joye,
Ne nous féparons point qu'il ne foit terminé,
Et que fon pere auffi nous foit vîte amené.

MASCARILLE.

Vous voilà tous pourvûs. N'eft-il point quelque fille
Qui pût accommoder le pauvre Mafcarille ?
A voir chacun fe joindre à fa chacune ici,
J'ai des démangeaifons de mariage auffi.

ANSELME.

J'ai ton fait.

L'ETOURDI,

MASCARILLE.

Allons donc ; & que les Cieux profperes
Nous donnent des enfans dont nous foyons les peres.

F I N.

LE DEPIT

Inv.ᵗ et dessiné par F.Boucher.   Gravé par Lau.Cars.

LE DEPIT AMOUREUX

Scene 3, du 4ᵉ acte.

LE DÉPIT

AMOUREUX,

COMÉDIE.

ACTEURS.

ALBERT, pere de Lucile & d'Afcagne.

POLIDORE, pere de Valere.

LUCILE, fille d'Albert.

ASCAGNE, fille d'Albert, déguifée en homme.

ERASTE, amant de Lucile.

VALERE, fils de Polidore.

MARINETTE, fuivante de Lucile.

FROSINE, confidente d'Afcagne.

MÉTAPHRASTE, pédant.

GROS-RENÉ, valet d'Erafte.

MASCARILLE, valet de Valere.

LA RAPIERE, bréteur.

La fcene eft à Paris.

LE DÉPIT
AMOUREUX,
COMEDIE.

ACTE PREMIER.
SCENE PREMIERE.
ERASTE, GROS-RENE'.
ERASTE.

Eux-tu que je te die ? une atteinte fecrette
Ne laiffe point mon ame en une bonne affiette;
Oui, quoi qu'à mon amour tu puiffes repartir,
Il craint d'être la duppe, à ne te point mentir,
Qu'en faveur d'un rival ta foi ne fe corrompe,
Ou du moins, qu'avec moi, toi-même on ne te trompe.

GROS-RENE'.

Pour moi, me foupçonner de quelque mauvais tour,
Je dirai, n'en déplaife à monfieur votre amour,

Que c'eſt injuſtement bleſſer ma prud'hommie,
Et ſe connoître mal en phyſionomie.

Les gens de mon minois ne ſont point accuſés
D'être, graces à Dieu, ni fourbes ni ruſés.

Cet honneur qu'on nous fait, je ne le démens guéres,
Et ſuis homme fort rond de toutes les maniéres.

Pour que l'on me trompât, cela ſe pourroit bien,
Le doute eſt mieux fondé ; pourtant je n'en croi rien.

Je ne voi point encore, ou je ſuis une bête,
Sur quoi vous avez pû prendre martel en tête.

Lucile, à mon avis, vous montre aſſez d'amour,
Elle vous voit, vous parle, à toute heure du jour ;

Et Valere, après tout, qui cauſe votre crainte,
Semble n'être à préſent ſouffert que par contrainte.

ERASTE.

Souvent d'un faux eſpoir un amant eſt nourri,
Le mieux reçû toujours n'eſt pas le plus chéri,
Et tout ce que d'ardeur font paroître les femmes,
Parfois n'eſt qu'un beau voile à couvrir d'autres flâmes.
Valere enfin, pour être un amant rebuté,
Montre depuis un tems trop de tranquillité ;
Et, ce qu'à ces faveurs, dont tu crois l'apparence,
Il témoigne de joye ou bien d'indifférence,
M'empoiſonne à tous coups leurs plus charmans appas,
Me donne ce chagrin que tu ne comprends pas,
Tient mon bonheur en doute, & me rend difficile
Une entiére croyance aux propos de Lucile.

Je voudrois, pour trouver un tel deſtin bien doux,
Y voir entrer un peu de ſon tranſport jaloux,
Et, ſur ſes déplaiſirs & ſon impatience
Mon ame prendroit lors une pleine aſſûrance.
Toi-même, penſes-tu qu'on puiſſe, comme il fait,
Voir chérir un rival d'un eſprit ſatisfait ?
Et, ſi tu n'en crois rien, di-moi, je t'en conjure,
Si j'ai lieu de rêver deſſus cette avanture.

GROS-RENE'.

Peut-être que ſon cœur a changé de déſirs,
Connoiſſant qu'il pouſſoit d'inutiles ſoupirs.

ERASTE.

Lorſque par les rebuts une ame eſt détachée,
Elle veut fuir l'objet dont elle fut touchée,
Et ne rompt point ſa chaîne avec ſi peu d'éclat,
Qu'elle puiſſe reſter en un paiſible état.
De ce qu'on a chéri la fatale préſence
Ne nous laiſſe jamais dedans l'indifférence ;
Et, ſi de cette vûë on n'accroît ſon dédain,
Notre amour eſt bien près de nous rentrer au ſein :
Enfin, croi-moi, ſi bien qu'on éteigne une flâme,
Un peu de jalouſie occupe encore une ame ;
Et l'on ne ſçauroit voir, ſans en être piqué,
Poſſéder par un autre un cœur qu'on a manqué.

GROS-RENE'.

Pour moi, je ne ſçai point tant de philoſophie ;
Ce que voyent mes yeux, franchement je m'y fie,

Et ne fuis point de moi fi mortel ennemi,
Que je m'aille affliger fans fujet ni demi.
Pourquoi fubtilifer, & faire le capable
A chercher des raifons pour être miférable?
Sur des foupçons en l'air je m'irois alarmer?
Laiffons venir la fête avant que la chommer.
Le chagrin me paroît une incommode chofe;
Je n'en prends point, pour moi, fans bonne & jufte caufe;
Et mêmes à mes yeux cent fujets d'en avoir
S'offrent le plus fouvent; que je ne veux pas voir,
Avec vous en amour je cours même fortune,
Celle que vous aurez me doit être commune,
La maîtreffe ne peut abufer votre foi,
A moins que la fuivante en faffe autant pour moi;
Mais j'en fuis la penfée avec un foin extrême.
Je veux croire les gens, quand on me dit, je t'aime;
Et ne vais point chercher, pour m'eftimer heureux,
Si Mafcarille ou non, s'arrache les cheveux,
Que tantôt Marinette endure qu'à fon aife
Jodelet par plaifir la careffe & la baife,
Et que ce beau rival en rie ainfi qu'un fou,
A fon exemple auffi j'en rirai tout mon faoul,
Et l'on verra qui rit avec meilleure grace.

ERASTE.

Voilà de tes difcours.

GROS-RENE'.

Mais je la vois qui paffe.

SCENE II.

ERASTE, MARINETTE, GROS-RENE'.

GROS-RENE'.

ST ? Marinette.

MARINETTE.

Ho, ho. Que fais-tu là ?

GROS-RENE'.

Ma foi,

Demande, nous étions tout-à-l'heure fur toi.

MARINETTE.

Vous étes auffi là, Monfieur ! depuis une heure,
Vous m'avez fait trotter comme un bafque, ou je meure.

ERASTE.

Comment ?

MARINETTE.

Pour vous chercher j'ai fait dix mille pas,
Et vous promets, ma foi....

ERASTE.

Quoi ?

MARINETTE,

Que vous n'étes pas
Au Temple, au cours, chez vous, ni dans la grande place.

GROS-RENE'.

Il falloit en jurer.

ERASTE.

Apprend-moi donc, de grace,

Qui te fait me chercher ?

MARINETTE.

Quelqu'un en vérité,
Qui pour vous n'a pas trop mauvaife volonté ;
Ma maîtreſſe en un mot.

ERASTE.

Ah ! chere Marinette,
Ton difcours de ſon cœur eſt-il bien l'interpréte ?
Ne me déguiſe point un myſtére fatal,
Je ne t'en voudrai pas pour cela plus de mal :
Au nom des Dieux, di-moi ſi ta belle maîtreſſe
N'abuſe point mes vœux d'une fauſſe tendreſſe.

MARINETTE.

Hé, hé, d'où vous vient donc ce plaiſant mouvement ?
Elle ne fait pas voir aſſez ſon ſentiment ?
Quel garant eſt-ce encor que votre amour demande ?
Que lui faut-il ?

GROS-RENE'.

A moins que Valere ſe pende,
Bagatelle, ſon cœur ne s'aſſûrera point.

MARINETTE.

Comment ?

GROS-RENE'.

Il eſt jaloux juſques en un tel point.

MARINETTE.

De Valere ? Ha ! vraiment la penſée eſt bien belle !
Elle peut ſeulement naître en votre cervelle.

Je vous croyois du fens, & jufqu'à ce moment
J'avois de votre efprit quelque bon fentiment :
Mais, à ce que je voi, je m'étois fort trompée.
Ta tête de ce mal eft-elle auffi frappée?

GROS-RENE'.

Moi jaloux? Dieu m'en garde, & d'être affez badin
Pour m'aller emmaigrir avec un tel chagrin.
Outre que de ton cœur ta foi me cautionne,
L'opinion que j'ai de moi-même eft trop bonne
Pour croire auprès de moi que quelqu'autre te plût :
Où diantre pourrois-tu trouver qui me valût?

MARINETTE.

En effet, tu dis bien; voilà comme il faut être.
Jamais de ces foupçons qu'un jaloux fait paroître;
Tout le fruit qu'on en cueille eft de fe mettre mal,
Et d'avancer par là les deffeins d'un rival.
Au mérite fouvent de qui l'éclat vous bleffe,
Vos chagrins font ouvrir les yeux d'une maîtreffe;
Et j'en fçai tel, qui doit fon deftin le plus doux
Aux foins trop inquiets de fon rival jaloux.
Enfin, quoi qu'il en foit, témoigner de l'ombrage,
C'eft jouer en amour un mauvais perfonnage,
Et fe rendre, après tout, miférable à crédit.
Cela, feigneur Erafte, en paffant vous foit dit.

ERASTE.

Hé bien, n'en parlons plus. Que venois-tu m'apprendre?

MARINETTE.

Vous mériteriez bien que l'on vous fît attendre.

Qu'afin de vous punir je vous tinffe caché
Le grand fecret pourquoi je vous ai tant cherché.
Tenez, voyez ce mot, & fortez hors de doute;
Lifez-le donc tout haut, perfonne ici n'écoute.

ERASTE *lit.*

Vous m'avez dit que votre amour
Etoit capable de tout faire;
Il fe couronnera lui-même dans ce jour,
S'il peut avoir l'aveu d'un pere.
Faites parler les droits qu'on a deffus mon cœur,
Je vous en donne la licence;
Et fi c'eft en votre faveur,
Je vous réponds de mon obéiffance.

Ah! quel bonheur! ô toi, qui me l'as apporté,
Je te dois regarder comme une déïté.

GROS-RENE'.

Je vous le difois bien : contre votre croyance,
Je ne me trompe guére aux chofes que je penfe.

ERASTE *relit.*

Faites parler les droits qu'on a deffus mon cœur,
Je vous en donne la licence;
Et fi c'eft en votre faveur,
Je vous réponds de mon obéiffance.

MARINETTE.

Si je lui rapportois vos foibleffes d'efprit,
Elle défavoueroit bien-tôt un tel écrit.

ERASTE.

ERASTE.

Ah ! cache-lui, de grace, une peur paſſagére
Où mon ame a crû voir quelque peu de lumiére,
Ou, ſi tu la lui dis, ajoute que ma mort
Eſt prête d'expier l'erreur de ce tranſport ;
Que je vais à ſes pieds, ſi j'ai pû lui déplaire,
Sacrifier ma vie à ſa juſte colére.

MARINETTE.

Ne parlons point de mort, ce n'en eſt point le tems.

ERASTE.

Au reſte, je te dois beaucoup, & je prétends
Reconnoître dans peu de la bonne maniére
Les ſoins d'une ſi noble & ſi belle couriére.

MARINETTE.

A propos ; ſçavez-vous où je vous ai cherché
Tantôt encore ?

ERASTE.

Hé bien ?

MARINETTE.

Tout proche du marché,
Où vous ſçavez.

ERASTE.

Où donc ?

MARINETTE.

Là.... dans cette boutique
Où dès le mois paſſé votre cœur magnifique
Me promit, de ſa grace une bague.

Tome I.   S

ERASTE.

Ha ! j'entends.

GROS-RENE'.

La matoise !

ERASTE.

Il est vrai, j'ai tardé trop long-tems
A m'acquitter vers toi d'une telle promesse :
Mais . . . .

MARINETTE.

Ce que j'en ai dit, n'est pas que je vous presse.

GROS-RENE'.

Ho, que non !

ERASTE *lui donne sa bague.*

Celle-ci peut-être aura de quoi
Te plaire ; accepte-la pour celle que je doi.

MARINETTE.

Monsieur, vous vous moquez, j'aurois honte à la prendre.

GROS-RENE'.

Pauvre honteuse, prends sans davantage attendre.
Refuser ce qu'on donne, est bon à faire aux fous.

MARINETTE.

Ce sera pour garder quelque chose de vous.

ERASTE.

Quand puis-je rendre grace à cet ange adorable ?

MARINETTE.

Travaillez à vous rendre un pere favorable.

ERASTE,

Mais s'il me rebutoit, dois-je . . . ,

MARINETTE.

Alors comme alors,
Pour vous on employera toutes fortes d'efforts.
D'une façon ou d'autre il faut qu'elle foit vôtre :
Faites votre pouvoir, & nous ferons le nôtre.

ERASTE.

Adieu, nous en fçaurons le fuccès dans ce jour.

[*Erafte relit la lettre tout bas.*]

MARINETTE *à Gros-René.*

Et nous, que dirons-nous auffi de notre amour ?
Tu ne m'en parles point.

GROS-RENE'.

Un hymen qu'on fouhaite,
Entre gens comme nous, eft chofe bientôt faite.
Je te veux ; me veux-tu de même ?

MARINETTE.

Avec plaifir.

GROS-RENE'.

Touche, il fuffit.

MARINETTE.

Adieu, Gros-René, mon défir.

GROS-RENE'.

Adieu, mon aftre.

MARINETTE.

Adieu, beau tifon de ma flâme.

GROS-RENE'.

Adieu, chere cométe, arc-en-ciel de mon ame.

[*Marinette fort.*]
S ij

Le bon Dieu foit loué, nos affaires vont bien ;
Albert n'eſt pas un homme à vous refuſer rien.

ERASTE.

Valere vient à nous.

GROS-RENE'.

Je plains le pauvre hére,
Sçachant ce qui ſe paſſe.

SCENE III.

VALERE, ERASTE, GROS-RENE'.

ERASTE.

H E bien, ſeigneur Valere?

VALERE.

Hé bien, ſeigneur Eraſte ?

ERASTE.

En quel état l'amour ?

VALERE.

En quel état vos feux ?

ERASTE.

Plus forts de jour en jour,

VALERE.

Et mon amour plus fort.

ERASTE.

Pour Lucile ?

VALERE.

Pour elle.

ERASTE.

Certes, je l'avouerai, vous êtes le modéle
D'une rare conftance.

VALERE.

Et votre fermeté
Doit être un rare exemple à la poftérité.

ERASTE.

Pour moi, je fuis peu fait à cet amour auftére,
Qui dans les feuls regards trouve à fe fatisfaire,
Et je ne forme point d'affez beaux fentimens
Pour fouffrir conftamment les mauvais traitemens :
Enfin, quand j'aime bien, j'aime fort que l'on m'aime.

VALERE.

Il eft très-naturel, & j'en fuis bien de même.
Le plus parfait objet, dont je ferois charmé,
N'auroit pas mes tributs, n'en étant point aimé.

ERASTE.

Lucile cependant....

VALERE.

Lucile dans fon ame
Rend tout ce que je veux qu'elle rende à ma flâme.

ERASTE.

Vous étes donc facile à contenter ?

VALERE.

Pas tant
Que vous pourriez penfer.

ERASTE.

Je puis croire pourtant,

Sans trop de vanité, que je fuis en fa grace.

VALERE.

Moi, je fçai que j'y tiens une affez bonne place.

ERASTE.

Ne vous abufez point ; croyez-moi.

VALERE.

               Croyez-moi,
Ne laiffez point dupper vos yeux à trop de foi.

ERASTE.

Si j'ofois vous montrer une preuve affûrée
Que fon cœur .... non votre ame en feroit altérée.

VALERE.

Si je vous ofois moi découvrir en fecret ....
Mais je vous fâcherois, & veux être difcrèt.

ERASTE.

Vrayment vous me pouffez, &, contre mon envie,
Votre préfomption veut que je l'humilie.
Lifez.

VALERE *après avoir lû.*

Ces mots font doux.

ERASTE.

        Vous connoiffez la main?

VALERE.

Oui, de Lucile.

ERASTE.

      Hé bien? cet efpoir fi certain ....

VALERE *riant & s'en allant.*

Adieu, feigneur Erafte.

GROS-RENE'.

Il eſt fou le bon ſire.

Où vient-il donc pour lui de voir le mot pour rire ?

ERASTE.

Certes, il me ſurprend, & j'ignore entre nous,

Quel diable de myſtére eſt caché là-deſſous.

GROS-RENE'.

Son valet vient, je penſe.

ERASTE.

Oui, je le voi paroître.

Feignons, pour le jetter ſur l'amour de ſon maître.

SCENE IV.

ERASTE, MASCARILLE, GROS-RENE'.

MASCARILLE *à part.*

Non, je ne trouve point d'état plus malheureux

Que d'avoir un patron jeune & fort amoureux.

GROS-RENE'.

Bon jour.

MASCARILLE.

Bon jour.

GROS-RENE'.

Où tend Maſcarille à cette heure?

Que fait-il? revient-il? va-t-il? ou s'il demeure?

MASCARILLE.

Non, je ne reviens pas , car je n'ai pas été ;
Je ne vais pas auffi , car je fuis arrêté ;
Et ne demeure point , car tout de ce pas même
Je prétends m'en aller.

ERASTE.

La rigueur eft extrême.

Doucement, Mafcarille.

MASCARILLE,

Ha ! Monfieur , ferviteur.

ERASTE.

Vous nous fuyez bien vîte : hé quoi ? vous fais-je peur ?

MASCARILLE.

Je ne croi pas cela de votre courtoifie.

ERASTE.

Touche ; nous n'avons plus fujet de jaloufie ;
Nous devenons amis , & mes feux que j'éteins ,
Laiffent la place libre à vos heureux deffeins.

MASCARILLE.

Plût à Dieu !

ERASTE.

Gros-René fçait qu'ailleurs je me jette.

GROS-RENE'.

Sans doute : & je te céde auffi la Marinette.

MASCARILLE.

Paffons fur ce point-là ; notre rivalité
N'eft pas pour en venir à grande extrémité :

Mais

Mais eft-ce un coup bien fûr que votre feigneurie
Soit des-énamourée, ou fi c'eft raillerie?

ERASTE.

J'ai fçu qu'en fes amours ton maître étoit trop bien,
Et je ferois un fou de prétendre plus rien
Aux étroites faveurs qu'il a de cette belle.

MASCARILLE.

Certes, vous me plaifez avec cette nouvelle.
Outre qu'en nos projets je vous craignois un peu,
Vous tirez fagement votre épingle du jeu.
Oui, vous avez bien fait de quitter une place
Où l'on vous careffoit pour la feule grimace;
Et mille fois, fçachant tout ce qui fe paffoit,
J'ai plaint le faux efpoir dont on vous repaiffoit.
On offenfe un brave-homme alors que l'on l'abufe;
Mais d'où diantre, après tout, avez-vous fçu la rufe?
Car cet engagement mutuel de leur foi
N'eut pour témoins, la nuit, que deux autres & moi,
Et l'on croit jufqu'ici la chaîne fort fecrette,
Qui rend de nos amans la flâme fatisfaite.

ERASTE.

Hé! que dis-tu?

MASCARILLE.

Je dis que je fuis interdit,
Et ne fçai pas, Monfieur, qui peut vous avoir dit
Que fous ce faux femblant qui trompe tout le monde,
En vous trompant auffi, leur ardeur fans feconde

Tome I. T

D'un fecret mariage a ferré le lien.

ERASTE.

Vous en avez menti.

MASCARILLE.

Monfieur, je le veux bien.

ERASTE.

Vous étes un coquin.

MASCARILLE.

D'accord.

ERASTE.

Et cette audace

Mériteroit cent coups de bâton fur la place.

MASCARILLE.

Vous avez tout pouvoir.

ERASTE.

Ah ! Gros-René.

GROS-RENE'.

Monfieur.

ERASTE.

Je démens un difcours dont je n'ai que trop peur,

[*à Mafcarille.*]

Tu penfes fuir.

MASCARILLE.

Nenni.

ERASTE.

Quoi ? Lucile eft la femme . . . .

MASCARILLE.

Non, Monfieur, je raillois.

ERASTE.

Ha! vous raillez, infâme?

MASCARILLE.

Non, je ne raillois point.

ERASTE.

Il eſt donc vrai?

MASCARILLE.

Non pas!

Je ne dis pas cela.

ERASTE.

Que dis-tu donc?

MASCARILLE.

Hélas!

Je ne dis rien, de peur de mal parler.

ERASTE.

Aſſûre

Ou ſi c'eſt choſe vraye, ou ſi c'eſt impoſture.

MASCARILLE.

C'eſt ce qu'il vous plaira: je ne ſuis pas ici
Pour vous rien conteſter.

ERASTE.

[*Tirant ſon épée.*]

Veux-tu dire? Voici,
Sans marchander, de quoi te délier la langue.

MASCARILLE.

Elle ira faire encor quelque ſotte harangue.

T ij

Hé, de grace, plûtôt, si vous le trouvez bon,
Donnez-moi vîtement quelques coups de bâton,
Et me laissez tirer mes chausses sans murmure.

ERASTE.

Tu mourras, ou je veux que la vérité pure
S'exprime par ta bouche.

MASCARILLE.

Hélas! je la dirai :
Mais peut-être, Monsieur, que je vous fâcherai.

ERASTE.

Parle : mais prends bien garde à ce que tu vas faire.
A ma juste fureur rien ne te peut soustraire,
Si tu mens d'un seul mot en ce que tu diras.

MASCARILLE.

J'y consens, rompez-moi les jambes & les bras,
Faites-moi pis encor, tuez-moi si j'impose,
En tout ce que j'ai dit ici, la moindre chose,

ERASTE,

Ce mariage est vrai ?

MASCARILLE.

Ma langue, en cet endroit,
A fait un pas de clerc dont elle s'apperçoit :
Mais enfin cette affaire est comme vous la dites,
Et c'est après cinq jours de nocturnes visites,
Tandis que vous serviez à mieux couvrir leur jeu,
Que depuis avant-hier ils sont joints de ce nœud,
Et Lucile depuis fait encor moins paroître
La violente amour qu'elle porte à mon maître,

Et veut abfolument que tout ce qu'il verra,
Et qu'en votre faveur fon cœur témoignera,
Il l'impute à l'effet d'une haute prudence,
Qui veut de leurs fecrets ôter la connoiffance.
Si, malgré mes fermens, vous doutez de ma foi,
Gros-René peut venir une nuit avec moi,
Et je lui ferai voir, étant en fentinelle,
Que nous avons dans l'ombre un libre accès chez elle.

ERASTE.

Ote-toi de mes yeux, maraut.

MASCARILLE.

    Et de grand cœur.

C'eft ce que je demande.

     [*Mafcarille fort.*]

ERASTE.

  Hé bien?

GROS-RENE'.

    Hé bien, Monfieur?

Nous en tenons tous deux, fi l'autre eft véritable.

ERASTE.

Las! il ne l'eft que trop, le bourreau déteftable.
Je vois trop d'apparence à tout ce qu'il a dit,
Et ce qu'a fait Valere en voyant cet écrit,
Marque bien leur concert, & que c'eft une baye
Qui fert fans doute aux feux dont l'ingrate le paye.

SCENE V.

ERASTE, MARINETTE, GROS-RENE'.

MARINETTE.

JE viens vous avertir que tantôt sur le soir
Ma maîtreffe au jardin vous permet de la voir.

ERASTE.

Ofes-tu me parler, ame double & traîtreffe?
Va, fors de ma préfence, & dis à ta maîtreffe
Qu'avecque fes écrits elle me laiffe en paix,
Et que voilà l'état, infâme, que j'en fais.

[Il dechire la lettre & fort.]

MARINETTE.

Gros-René, di-moi donc, quelle mouche le pique?

GROS-RENE'.

M'ofes-tu bien encor parler, femelle inique?
Crocodile trompeur, de qui le cœur félon
Eft pire qu'un fatrape, ou bien qu'un leftrigon?
Va, va rendre réponfe à ta bonne maîtreffe,
Et lui di bien & beau, que malgré fa foupleffe,
Nous ne fommes plus fots ni mon maître ni moi,
Et déformais qu'elle aille au diable avecque toi.

MARINETTE *feule*.

Ma pauvre Marinette, es-tu bien éveillée?
De quel démon eft donc leur ame travaillée?
Quoi? faire un tel accueil à nos foins obligeans?
O! que ceci chez nous va furprendre les gens!

Fin du premier Acte.

ACTE SECOND.

SCENE PREMIERE.

ASCAGNE, FROSINE.

FROSINE.

ASCAGNE, je fuis fille à fecret, Dieu merci.

ASCAGNE.

Mais, pour un tel difcours, fommes-nous bien
  ici ?
Prenons garde qu'aucun ne nous vienne furprendre,
Ou que de quelque endroit on ne nous puiffe entendre.

FROSINE.

Nous ferions au logis beaucoup moins fûrement :
Ici de tous côtés on découvre aifément,
Et nous pouvons parler avec toute affûrance.

ASCAGNE.

Hélas, que j'ai de peine à rompre mon filence !

FROSINE.

Ouais ! ceci doit donc être un important fecret.

ASCAGNE.

Trop, puifque je le fie à vous-même à regret,

Et que, fi je pouvois le cacher davantage,
Vous ne le fçauriez point.

FROSINE.

       Ha ! c'eft me faire outrage.
Feindre à s'ouvrir à moi, dont vous avez connu
Dans tous vos intérêts l'efprit fi retenu ?
Moi, nourrie avec vous, & qui tiens fous filence
Des chofes qui vous font de fi grande importance,
Qui fçais . . . .

ASCAGNE.

     Oui, vous fçavez la fecrette raifon
Qui cache aux yeux de tous mon fexe & ma maifon ;
Vous fçavez que dans celle où paffa mon bas âge
Je fuis pour y pouvoir retenir l'héritage
Qui relâchoit ailleurs le jeune Afcagne mort,
Dont mon déguifement fait revivre le fort,
Et c'eft auffi pourquoi ma bouche fe difpenfe
A vous ouvrir mon cœur avec plus d'affûrance.
Mais avant que paffer, Frofine, à ce difcours,
Eclairciffez un doute, où je tombe toujours.
Se pourroit-il qu'Albert ne fçût rien du myftére
Qui mafque ainfi mon fexe, & l'a rendu mon pere ?

FROSINE.

En bonne foi, ce point fur quoi vous me preffez,
Eft une affaire auffi qui m'embarraffe affez :
Le fond de cette intrigue eft pour moi lettre clofe,
Et ma mere ne put m'éclaircir mieux la chofe.

              Quand

Quand il mourut ce fils, l'objet de tant d'amour,
Au deftin de qui même, avant qu'il vint au jour,
Le teftament d'un oncle abondant en richeffes,
D'un foin particulier avoit fait des largeffes ;
Et que fa mere fit un fecret de fa mort,
De fon époux abfent redoutant le tranfport ;
S'il voyoit chez un autre aller tout l'héritage
Dont fa maifon tiroit un fi grand avantage ;
Quand, dis-je, pour cacher un tel évenement,
La fuppofition fut de fon fentiment,
Et qu'on vous prit chez nous où vous étiez nourrie ;
(Votre mere d'accord de cette tromperie,
Qui remplaçoit ce fils à fa garde commis,)
En faveur des préfens le fecret fut promis.
Albert ne l'a point fçû de nous, & pour fa femme
L'ayant plus de douze ans confervé dans fon ame,
Comme le mal fut promt dont on la vit mourir,
Son trépas imprévû ne put rien découvrir ;
Mais cependant je vois qu'il garde intelligence
Avec celle de qui vous tenez la naiffance.
J'ai fçû, qu'en fecret même, il lui faifoit du bien,
Et peut-être cela ne fe fait pas pour rien.
D'autre part, il vous veut porter au mariage,
Et comme il le prétend, c'eft un mauvais langage :
Je ne fçai s'il fçauroit la fuppofition
Sans le déguifement ; mais la digreffion
Tout infenfiblement pourroit trop loin s'étendre :
Revenons au fecret que je brûle d'apprendre.

Tome I.   V

ASCAGNE.

Sçachez donc que l'amour ne sçait point s'abuser,
Que mon sexe à ses yeux n'a pû se déguiser,
Et que ses traits subtils, sous l'habit que je porte,
Ont sçû trouver le cœur d'une fille peu forte :
J'aime enfin.

FROSINE.

Vous aimez ?

ASCAGNE.

Frosine, doucement.
N'entrez pas tout-à-fait dedans l'étonnement ;
Il n'est pas tems encore ; &, ce cœur qui soupire,
A bien, pour vous surprendre, autre chose à vous dire.

FROSINE.

Et quoi ?

ASCAGNE.

J'aime Valere.

FROSINE.

Ha ! vous avez raison.
L'objet de votre amour ! lui dont à la maison
Votre imposture enleve un puissant héritage,
Et, qui de votre sexe ayant le moindre ombrage,
Verroit incontinent ce bien lui retourner !
C'est encore un plus grand sujet de s'étonner.

ASCAGNE.

J'ai de quoi toutefois surprendre plus votre ame ;
Je suis sa femme.

FROSINE.

O Dieux! sa femme!

ASCAGNE.

Oui, sa femme.

FROSINE.

Ha! certes celui-là l'emporte, & vient à bout
De toute ma raison.

ASCAGNE.

Ce n'est pas encor tout.

FROSINE.

Encore?

ASCAGNE.

Je la suis, dis-je, sans qu'il le pense,
Ni qu'il ait de mon sort la moindre connoissance.

FROSINE.

Ho! poussez, je le quitte, & ne raisonne plus,
Tant mes sens coup sûr coup se trouvent confondus.
A ces énigmes-là je ne puis rien comprendre.

ASCAGNE.

Je vais vous l'expliquer, si vous voulez m'entendre.
Valere, dans les fers de ma sœur arrêté,
Me sembloit un amant digne d'être écouté,
Je ne pouvois souffrir qu'on rebutât sa flâme,
Sans qu'un peu d'intérêt touchât pour lui mon ame;
Je voulois que Lucile aimât son entretien,
Je blâmois ses rigueurs, & les blâmai si bien,
Que moi-même j'entrai, sans pouvoir m'en défendre,
Dans tous les sentimens qu'elle ne pouvoit prendre.

V ij

C'étoit, en lui parlant, moi qu'il perfuadoit,
Je me laiffois gagner aux foupirs qu'il perdoit,
Et fes vœux rejettés de l'objet qui l'enflamme,
Etoient, comme vainqueurs, reçus dedans mon ame.
Ainfi mon cœur, Frofine, un peu trop foible, hélas!
Se rendit à des foins qu'on ne lui rendoit pas,
Par un coup réfléchi reçut une bleffure,
Et paya pour un autre avec beaucoup d'ufure.
Enfin, ma chere, enfin l'amour que j'eus pour lui
Se voulut expliquer; mais fous le nom d'autrui,
Dans ma bouche, une nuit, cet amant trop aimable
Crut rencontrer Lucile à fes vœux favorable,
Et je fçus ménager fi bien cet entretien,
Que du déguifement il ne reconnut rien.
Sous ce voile trompeur, qui flatoit fa penfée,
Je lui dis que pour lui mon ame étoit bleffée;
Mais que voyant mon pere en d'autres fentimens,
Je devois une feinte à fes commandemens;
Qu'ainfi de notre amour nous ferions un myftére
Dont la nuit feulement feroit dépofitaire,
Et qu'entre nous, de jour, de peur de rien gâter,
Tout entretien fecret fe devoit éviter,
Qu'il me verroit alors la même indifférence,
Qu'avant que nous euffions aucune intelligence,
Et que de fon côté, de même que du mien,
Gefte, parole, écrit, ne m'en dit jamais rien.
Enfin, fans m'arrêter à toute l'induftrie
Dont j'ai conduit le fil de cette tromperie,

J'ai pouſſé juſqu'au bout un projet ſi hardi,
Et me ſuis aſſûré l'époux que je vous di.

FROSINE.

Ho, ho ! les grands talens que votre eſprit poſſéde !
Diroit-on qu'elle y touche avec ſa mine froide !
Cependant vous avez été bien vîte ici,
Car je veux que la choſe ait d'abord réuſſi,
Ne jugez-vous pas bien, à regarder l'iſſuë,
Qu'elle ne peut long-tems éviter d'être ſçûë ?

ASCAGNE.

Quand l'amour eſt bien fort, rien ne peut l'arrêter,
Ses projets ſeulement vont à ſe contenter,
Et, pourvû qu'il arrive au but qu'il ſe propoſe,
Il croit que tout le reſte après eſt peu de choſe.
Mais enfin aujourd'hui je me découvre à vous,
Afin que vos conſeils.... Mais voici cet époux,

SCENE II.

VALERE, ASCAGNE, FROSINE.

VALERE.

SI vous êtes tous deux en quelque conférence,
Où je vous faſſe tort de mêler ma préſence,
Je me retirerai.

ASCAGNE.

Non, non, vous pouvez bien,
Puiſque vous le faiſiez, rompre notre entretien.

VALERE.

Moi ?

ASCAGNE.

Vous-même.

VALERE.

Et comment ?

ASCAGNE.

Je difois que Valere
Auroit, fi j'étois fille, un peu trop fçû me plaire,
Et que, fi je faifois tous les vœux de fon cœur,
Je ne tarderois guére à faire fon bonheur.

VALERE.

Ces proteftations ne coûtent pas grand'chofe,
Alors qu'à leur effet un pareil fi s'oppofe :
Mais vous feriez bien pris fi quelque évenement
Alloit mettre à l'épreuve un fi doux compliment.

ASCAGNE.

Point du tout : je vous dis que regnant dans votre ame,
Je voudrois de bon cœur couronner votre flâme.

VALERE.

Et fi c'étoit quelqu'une, où par votre fecours
Vous puiffiez être utile au bonheur de mes jours ?

ASCAGNE.

Je pourrois affez mal répondre à votre attente.

VALERE.

Cette confeffion n'eft pas trop obligeante.

ASCAGNE.

Hé, quoi ? vous voudriez, Valere, injuftement,
Qu'étant fille, & mon cœur vous aimant tendrement,
Je m'allaffe engager avec une promeffe
De fervir vos ardeurs pour quelqu'autre maîtreffe ?
Un fi pénible effort pour moi m'eft interdit.

VALERE.

Mais cela n'étant pas ?

ASCAGNE.

Ce que je vous ai dit,
Je l'ai dit comme fille, & vous le devez prendre
Tout de même.

VALERE.

Ainfi donc il ne faut rien prétendre,
Afcagne, à des bontés que vous auriez pour nous,
A moins que le Ciel faffe un grand miracle en vous ;
Bref, fi vous n'étes fille, adieu votre tendreffe,
Il ne vous refte rien qui pour nous s'intéreffe.

ASCAGNE.

J'ai l'efprit délicat plus qu'on ne peut penfer,
Et le moindre fcrupule a de quoi m'offenfer,
Quand il s'agit d'aimer, enfin je fuis fincére.
Je ne m'engage point à vous fervir, Valere,
Si vous ne m'affûrez, au moins abfolument,
Que vous avez pour moi le même fentiment ;
Que pareille chaleur d'amitié vous tranfporte,
Et, que fi j'étois fille, une flâme plus forte

N'outrageroit point celle où je vivrois pour vous.

VALERE.

Je n'avois jamais vû ce fcrupule jaloux ;
Mais tout nouveau qu'il eft, ce mouvement m'oblige,
Et je vous fais ici tout l'aveu qu'il exige.

ASCAGNE.

Mais fans fard ?

VALERE.

Oui, fans fard.

ASCAGNE.

S'il eft vrai, déformais
Vos intérêts feront les miens, je vous promets.

VALERE.

J'ai bien-tôt à vous dire un important myftére,
Où l'effet de ces mots me fera néceffaire.

ASCAGNE.

Et j'ai quelque fecret de même à vous ouvrir,
Où votre cœur pour moi fe pourra découvrir.

VALERE.

Hé, de quelle façon cela pourroit-il être ?

ASCAGNE.

C'eft que j'ai de l'amour qui ne fçauroit paroître,
Et vous pourriez avoir fur l'objet de mes vœux
Un empire à pouvoir rendre mon fort heureux.

VALERE.

Expliquez-vous, Afcagne, & croyez par avance
Que votre heur eft certain, s'il eft en ma puiffance.

ASCAGNE.

ASCAGNE.

Vous promettez ici plus que vous ne croyez.

VALERE.

Non, non, dites l'objet pour qui vous m'employez.

ASCAGNE.

Il n'eſt pas encor tems ; mais c'eſt une perſonne
Qui vous touche de près.

VALERE.

Votre diſcours m'étonne.
Plût à Dieu que ma ſœur . . . .

ASCAGNE.

Ce n'eſt pas la ſaiſon
De m'expliquer, vous dis-je.

VALERE.

Et pourquoi ?

ASCAGNE.

Pour raiſon.
Vous ſçaurez mon ſecret, quand je ſçaurai le vôtre.

VALERE.

J'ai beſoin pour cela de l'aveu de quelque autre.

ASCAGNE.

Ayez-le donc ; & lors, nous expliquant nos vœux,
Nous verrons qui tiendra mieux parole des deux.

VALERE.

Adieu, j'en ſuis content.

Tome I. X

ASCAGNE.

Et moi content, Valere.

[*Valere fort.*]

FROSINE.

Il croit trouver en vous l'affiftance d'un frere.

SCENE III.

LUCILE, ASCAGNE, FROSINE, MARINETTE.

LUCILE *à Marinette les trois premiers vers.*

C'En eft fait ; c'eft ainfi que je puis me venger,
Et, fi cette action a de quoi l'affliger,
C'eft toute la douceur que mon cœur s'y propofe.
Mon frere, vous voyez une métamorphofe.
Je veux chérir Valere après tant de fierté,
Et mes vœux maintenant tournent de fon côté.

ASCAGNE.

Que dites-vous, ma fœur ? comment ? courir au change ?
Cette inégalité me femble trop étrange.

LUCILE.

La vôtre me furprend avec plus de fujet.
De vos foins autrefois Valere étoit l'objet,
Je vous ai vû pour lui m'accufer de caprice,
D'aveugle cruauté, d'orgueil, & d'injuftice ;

Et, quand je veux l'aimer, mon deſſein vous déplaît,
Et je vous voi parler contre ſon intérêt.

ASCAGNE.

Je le quitte, ma ſœur, pour embraſſer le vôtre :
Je ſçai qu'il eſt rangé deſſous les loix d'une autre,
Et ce ſeroit un trait honteux à vos appas,
Si vous le rappelliez, & qu'il ne revint pas.

LUCILE.

Si ce n'eſt que çela, j'aurai ſoin de ma gloire,
Et je ſçai, pour ſon cœur, tout ce que j'en dois croire,
Il s'explique à mes yeux intelligiblement ;
Ainſi découvrez-lui, ſans peur, mon ſentiment :
Ou, ſi vous refuſez de le faire, ma bouche
Lui va faire ſçavoir que ſon ardeur me touche.
Quoi ? mon frere, à ces mots vous reſtez interdit ?

ASCAGNE.

Ha, ma ſœur ! ſi ſur vous je puis avoir crédit,
Si vous êtes ſenſible aux priéres d'un frere,
Quittez un tel deſſein, & n'ôtez point Valere
Aux vœux d'un jeune objet dont l'intérêt m'eſt cher,
Et qui, ſur ma parole, a droit de vous toucher.
La pauvre infortunée aime avec violence,
A moi ſeul de ſes feux elle fait confidence,
Et je vois dans ſon cœur de tendres mouvemens
A domter la fierté des plus durs ſentimens.
Oüi, vous auriez pitié de l'état de ſon ame,
Connoiſſant de quel coup vous menacez ſa flâme,

X ij

Et je reſſens ſi bien la douleur qu'elle aura,
Que je ſuis aſſûré, ma ſœur, qu'elle en mourra,
Si vous lui dérobez l'amant qui peut lui plaire.
Eraſte eſt un parti qui doit vous ſatisfaire,
Et des feux mutuels.....

LUCILE.

Mon frere, c'eſt aſſez.
Je ne ſçai point pour qui vous vous intéreſſez;
Mais, de grace, ceſſons ce diſcours, je vous prie,
Et me laiſſez un peu dans quelque rêverie.

ASCAGNE.

Allez, cruelle ſœur, vous me déſeſpérez
Si vous effectuez vos deſſeins déclarés.

SCENE IV.

LUCILE, MARINETTE.

MARINETTE.

LA réſolution, Madame, eſt aſſez prompte,

LUCILE.

Un cœur ne péſe rien alors que l'on l'affronte,
Il court à ſa vengeance, & ſaiſit promtement
Tout ce qu'il croit ſervir à ſon reſſentiment.
Le traître! faire voir cette inſolence extrême!

MARINETTE.

Vous m'en voyez encor toute hors de moi-même,
Et quoique là-deſſus je rumine ſans fin,
L'avanture me paſſe, & j'y perds mon latin.

Car enfin, aux tranſports d'une bonne nouvelle
Jamais cœur ne s'ouvrit d'une façon plus belle;
De l'écrit obligeant le ſien tout tranſporté
Ne me donnoit pas moins que de la déité,
Et cependant jamais, à cet autre meſſage,
Fille ne fut traitée avecque tant d'outrage.
Je ne ſçai, pour cauſer de ſi grands changemens,
Ce qui s'eſt pû paſſer entre ces courts momens.

LUCILE.

Rien ne s'eſt pû paſſer dont il faille être en peine,
Puiſque rien ne le doit défendre de ma haine.
Quoi ? tu voudrois chercher hors de ſa lâcheté,
La ſecrette raiſon de cette indignité ?
Cet écrit malheureux, dont mon ame s'accuſe,
Peut-il à ſon tranſport ſouffrir la moindre excuſe ?

MARINETTE.

En effet; je comprends que vous avez raiſon,
Et que cette querelle eſt pure trahiſon.
Nous en tenons, Madame; & puis prêtons l'oreille
Aux bons chiens de pendards qui nous chantent merveille,
Qui, pour nous accrocher, feignent tant de langueur;
Laiſſons à leurs beaux mots fondre notre rigueur;
Rendons-nous à leurs vœux, trop foibles que nous ſommes:
Foin de notre ſottiſe, & peſte ſoit des hommes.

LUCILE.

Hé bien, bien qu'il s'en vante, & rie à nos dépens,
Il n'aura pas ſujet d'en triompher long-tems;

Et je lui ferai voir qu'en une ame bien faite
Le mépris suit de près la faveur qu'on rejette.

MARINETTE.

Au moins en pareil cas, est-ce un bonheur bien doux,
Quand on sçait qu'on n'a point d'avantage sur nous.
Marinette eut bon nés, quoi qu'on en puisse dire,
De ne permettre rien un soir qu'on vouloit rire.
Quelqu'autre, sous l'espoir du *matrimonion*,
Auroit ouvert l'oreille à la tentation;
Mais moi, *nescio vos.*

LUCILE.

   Que tu dis de folies,
Et choisis mal ton tems pour de telles saillies!
Enfin je suis touchée au cœur sensiblement;
Et si jamais celui de ce perfide amant
Par un coup de bonheur, dont j'aurois tort, je pense,
De vouloir à présent concevoir l'espérance,
(Car le Ciel a trop pris plaisir de m'affliger,
Pour me donner celui de me pouvoir venger :)
Quand, dis-je, par un sort à mes desirs propice
Il reviendroit m'offrir sa vie en sacrifice,
Détester à mes pieds l'action d'aujourd'hui,
Je te défends sur tout de me parler pour lui.
Au contraire je veux que ton zele s'exprime
A me bien mettre aux yeux la grandeur de son crime,
Et même si mon cœur étoit pour lui tenté
De descendre jamais à quelque lâcheté,

Que ton affection me soit alors sévere,
Et tienne comme il faut la main à ma colere.

MARINETTE.

Vrayment, n'ayez point peur, & laissez faire à nous.
J'ai pour le moins autant de colere que vous,
Et je serois plûtôt fille toute ma vie,
Que mon gros traître aussi me redonnât envie....
S'il vient....

SCENE V.

ALBERT, LUCILE, MARINETTE.

ALBERT.

R Entrez, Lucile, & me faites venir
Le précepteur, je veux un peu l'entretenir,
Et m'informer de lui qui me gouverne Ascagne,
S'il sçait point quel ennui depuis peu l'accompagne.

SCENE VI.

ALBERT *seul*.

E N quel gouffre de soins & de perplexité
Nous jette une action faite sans équité ?
D'un enfant supposé par mon trop d'avarice
Mon cœur depuis long-tems souffre bien le supplice,
Et quand je vois les maux où je me suis plongé,
Je voudrois à ce bien n'avoir jamais songé.

Tantôt je crains de voir, par la fourbe éventée,
Ma famille en opprobre & misere jettée;
Tantôt pour ce fils-là qu'il me faut conserver,
Je crains cent accidens qui peuvent arriver.
S'il advient que dehors quelque affaire m'appelle,
J'appréhende au retour cette triste nouvelle,
Las! vous ne sçavez pas? vous l'a-t-on annoncé?
Votre fils a la fiévre, ou jambe, ou bras cassé:
Enfin, à tous momens, sur quoi que je m'arrête,
Cent sortes de chagrins me roulent dans la tête.
Ah....

SCENE VII.

ALBERT, METAPHRASTE.

METAPHRASTE.

M*Andatum tuum curo diligenter.*

ALBERT.

Maître, j'ai voulu....

METAPHRASTE.

Maître est dit à *magis ter.*
C'est comme qui diroit trois fois plus grand.

ALBERT.

Je meure,
Si je sçavois cela. Mais, soit, à la bonne heure.
Maître, donc....

META-

METAPHRASTE.

Pourſuivez.

ALBERT.

Je veux pourſuivre auſſi ;
Mais ne pourſuivez point, vous, d'interrompre ainſi.
Donc, encore une fois, maître, c'eſt la troiſiéme,
Mon fils me rend chagrin, vous ſçavez que je l'aime,
Et que ſoigneuſement je l'ai toujours nourri.

METAPHRASTE.

Il eſt vrai ; *Filio non poteſt præferri,*
Niſi filius.

ALBERT.

Maître, en diſcourant enſemble,
Ce jargon n'eſt pas fort néceſſaire, me ſemble ;
Je vous crois grand latin, & grand doćteur juré,
Je m'en rapporte à ceux qui m'en ont aſſûré :
Mais dans un entretien qu'avec vous je deſtine,
N'allez point déployer toute votre doćtrine,
Faire le pédagogue, & cent mots me cracher,
Comme ſi vous étiez en chaire pour prêcher.
Mon pere, quoiqu'il eût la tête des meilleures,
Ne m'a jamais rien fait apprendre que mes heures,
Qui, depuis cinquante ans dites journellement,
Ne ſont encor pour moi que du haut allemand.
Laiſſez donc en repos votre ſcience auguſte,
Et que votre langage à mon foible s'ajuſte.

METAPHRASTE.

Soit.

Tome I.   Y

ALBERT.

A mon fils. L'hymen femble lui faire peur,
Et fur quelque parti que je fonde fon cœur,
Pour un pareil lien il eft froid, & recule.

METAPHRASTE.

Peut-être a-t-il l'humeur du frere de Marc-Tulle,
Dont avec Atticus le même fait *fermon*,
Et comme auffi les grecs difent *Atanaton*....

ALBERT.

Mon Dieu, maître éternei, laiffez-là, je vous prie,
Les grecs, les albanois, avec l'Efclavonie,
Et tous ces autres gens dont vous voulez parler;
Eux & mon fils n'ont rien enfemble à démêler.

METAPHRASTE.

Hé bien donc, votre fils?

ALBERT.

    Je ne fçais fi dans l'ame
Il ne fentiroit point une fecrette flâme;
Quelque chofe le trouble, ou je fuis fort déçû,
Et je l'apperçûs hier, fans en être apperçû,
Dans un recoin du bois où nul ne fe retire.

METAPHRASTE.

Dans un lieu reculé du bois, voulez-vous dire?
Un endroit écarté? *Latinè*, *feceffus*;
Virgile l'a dit, *Eft in feceffu locus*....

ALBERT.

Comment auroit-il pû l'avoir dit ce Virgile,
Puifque je fuis certain que dans ce lieu tranquille,

Ame du monde enfin n'étoit lors que nous deux ?

METAPHRASTE.

Virgile eſt nommé là comme un auteur fameux
D'un terme plus choiſi que le mot que vous dites,
Et non comme témoin de ce qu'hier vous vîtes.

ALBERT.

Et moi, je vous dis, moi, que je n'ai pas beſoin
De terme plus choiſi, d'auteur, ni de témoin,
Et qu'il ſuffit ici de mon ſeul témoignage.

METAPHRASTE.

Il faut choiſir pourtant les mots mis en uſage
Par les meilleurs auteurs. *Tu vivendo bonos*,
Comme on dit, *ſcribendo, ſequare peritos*.

ALBERT.

Homme, ou démon, veux-tu m'entendre ſans conteſte ?

METAPHRASTE.

Quintilien en fait le précepte.

ALBERT.

La peſte
Soit du cauſeur !

METAPHRASTE.

Et dit là-deſſus doctement
Un mot, que vous ferez bien aiſe aſſûrément
D'entendre.

ALBERT.

Je ferai le diable qui t'emporte,
Chien d'homme ! Oh ! que je ſuis tenté d'étrange ſorte

De faire fur ce mufle une application !

METAPHRASTE.

Mais qui caufe, Seigneur, votre inflammation ?
Que voulez-vous de moi ?

ALBERT.

                  Je veux que l'on m'écoute,
Vous ai-je dit vingt fois, quand je parle.

METAPHRASTE.

                     Ah ! fans doute.
Vous ferez fatisfait, s'il ne tient qu'à cela,
Je me tais.

ALBERT,

        Vous ferez fagement.

METAPHRASTE.

                Me voilà
Tout prêt de vous oüir.

ALBERT.

        Tant mieux.

METAPHRASTE.

              Que je trépaffe ,
Si je dis plus mot.

ALBERT.

        Dieu vous en faffe la grace.

METAPHRASTE.

Vous n'accuferez point mon caquet déformais.

ALBERT.

Ainfi foit-il.

METAPHRASTE.

Parlez quand vous voudrez.

ALBERT.

J'y vais.

METAPHRASTE.

Et n'appréhendez plus l'interruption nôtre.

ALBERT.

C'est assez dit.

METAPHRASTE.

Je suis exact plus qu'aucun autre.

ALBERT.

Je le crois.

METAPHRASTE.

J'ai promis que je ne dirai rien.

ALBERT.

Suffit.

METAPHRASTE.

Dès à présent je suis muet.

ALBERT.

Fort bien.

METAPHRASTE.

Parlez ; courage ; au moins je vous donne audience.
Vous ne vous plaindrez pas de mon peu de silence :
Je ne défferre pas la bouche seulement.

ALBERT *à part.*

Le traître !

METAPHRASTE.

Mais de grace, achevez vîtement ;

Depuis long-tems j'écoute ; il est bien raisonnable
Que je parle à mon tour.

ALBERT.

>   Donc, bourreau détestable ....

METAPHRASTE.

Hé, bon Dieu ! voulez-vous que j'écoute à jamais ?
Partageons le parler du moins, ou je m'en vais.

ALBERT.

Ma patience est bien ....

METAPHRASTE.

>   Quoi ? voulez-vous poursuivre ?

Ce n'est pas encor fait ? *per Jovem* ! je suis yvre.

ALBERT.

Je n'ai pas dit ....

METAPHRASTE.

>   Encor ? Bon Dieu ! que de discours !

Rien n'est-il suffisant d'en arrêter le cours ?

ALBERT *à part*.

J'enrage.

METAPHRASTE.

>   Derechef ? ô l'étrange torture !

Hé ! laissez-moi parler un peu, je vous conjure.
Un sot qui ne dit mot, ne se distingue pas
D'un sçavant qui se taît.

ALBERT.

>   Parbleu, tu te tairas.

SCENE VIII.

METAPHRASTE *seul.*

D'Où vient fort à propos cette fentence expreffe
D'un philofophe : parle, afin qu'on te connoiffe.
Doncques fi de parler le pouvoir m'eft ôté,
Pour moi, j'aime autant perdre auffi l'humanité,
Et changer mon effence en celle d'une bête.
Me voilà pour huit jours avec un mal de tête.
Oh! que les grands parleurs par moi font déteftés!
Mais quoi! fi les fçavans ne font pas écoutés,
Si l'on veut que toujours ils ayent la bouche clofe,
Il faut donc renverfer l'ordre de chaque chofe,
Que les poules dans peu dévorent les renards,
Que les jeunes enfans remontrent aux vieillards,
Qu'à pourfuivre les loups les agnelets s'ébattent,
Qu'un fou faffe les loix, que les femmes combattent,
Que par les criminels les juges foient jugés,
Et par les écoliers les maîtres fuftigés,
Que le malade au fain préfente le remede,
Que le liévre craintif....

SCENE IX.

ALBERT, METAPHRASTE.

[*Albert sonne aux oreilles de Metaphraste une cloche de mulet, qui le fait fuir.*]

METAPHRASTE *fuyant.*

Miséricorde, à l'aide.

Fin du second Acte.

Blondel In. & sculp

ACTE

ACTE TROISIÉME.

SCENE PREMIERE.

MASCARILLE.

E Ciel par fois feconde un deffein téméraire,
Et l'on fort comme on peut d'une méchante
 affaire.
Pour moi, qu'une imprudence a trop fait
 difcourir,
Le reméde plus promt où j'ai fçû recourir
C'eft de pouffer ma pointe, & dire en diligence
A notre vieux patron toute la manigance.
Son fils, qui m'embarraffe, eft un évaporé :
L'autre diable, difant ce que j'ai déclaré,
Gâre une irruption fur notre fripperie :
Au moins, avant qu'on puiffe échauffer fa furie,
Quelque chofe de bon nous pourra fuccéder,
Et les vieillards entr'eux fe pourront accorder.
C'eft ce qu'on va tenter, & de la part du nôtre,
Sans perdre un feul moment, je m'en vais trouver l'autre.

      [*Il frappe à la porte d'Albert.*]

Tome I.   Z

SCENE II.

ALBERT, MASCARILLE.

ALBERT.

Qui frappe?

MASCARILLE.

Amis.

ALBERT.

Oh, oh, qui te peut amener,

Mascarille?

MASCARILLE.

Je viens, Monsieur, pour vous donner
Le bon jour.

ALBERT.

Ah! vrayment, tu prends beaucoup de peine.
De tout mon cœur, bon jour. [*Il s'en va.*]

MASCARILLE.

La replique est soudaine.
Quel homme brusque! [*Il heurte.*]

ALBERT.

Encor?

MASCARILLE.

Vous n'avez pas ouï,

Monsieur.....

ALBERT.

Ne m'as-tu pas donné le bon jour?

MASCARILLE.

Oui.

ALBERT.

Hé bien, bon jour, te dis-je.

[*Il s'en va, Mafcarille l'arrête.*]

MASCARILLE.

Oui ; mais je viens encore
Vous faluer au nom du feigneur Polidore.

ALBERT.

Ah ! c'eft un autre fait. Ton maître t'a chargé
De me faluer ?

MASCARILLE.

Oui.

ALBERT.

Je lui fuis obligé ;
Va, que je lui fouhaite une joye infinie.

[*Il s'en va.*]

MASCARILLE.

Cet homme eft ennemi de la cérémonie.

[*Il heurte.*]

Je n'ai pas achevé, Monfieur, fon compliment,
Il voudroit vous prier d'une chofe inftamment.

ALBERT.

Hé bien, quand il voudra, je fuis à fon fervice.

MASCARILLE *l'arrêtant.*

Attendez, & fouffrez qu'en deux mots je finiffe.
Il fouhaite un moment, pour vous entretenir
D'une affaire importante, & doit ici venir.

Z ij

ALBERT.

Hé quelle est-elle encor l'affaire qui l'oblige
A me vouloir parler ?

MASCARILLE.

Un grand secret, vous dis-je,
Qu'il vient de découvrir en ce même moment,
Et qui sans doute importe à tous deux grandement.
Voilà mon ambassade.

SCENE III.

ALBERT seul.

O Juste Ciel ! je tremble :
Car enfin nous avons peu de commerce ensemble.
Quelque tempête va renverser mes desseins,
Et ce secret sans doute est celui que je crains.
L'espoir de l'intérêt m'a fait quelque infidéle,
Et voilà sur ma vie une tache éternelle.
Ma fourbe est découverte. Oh ! que la vérité
Se peut cacher long-tems avec difficulté,
Et qu'il eût mieux valu pour moi, pour mon estime,
Suivre les mouvemens d'une peur légitime,
Par qui je me suis vû tenté plus de vingt fois
De rendre à Polidore un bien que je lui dois,
De prévenir l'éclat où ce coup-ci m'expose,
Et faire qu'en douceur passât toute la chose.
Mais, hélas ! ç'en est fait, il n'est plus de saison,
Et ce bien par la fraude entré dans ma maison,

N'en fera point tiré, que dans cette fortie
Il n'entraîne du mien la meilleure partie.

SCENE IV.

POLIDORE, ALBERT.

POLIDORE *les quatre premiers vers fans voir Albert.*

S'Etre ainfi marié fans qu'on en ait fçû rien !
Puiffe cette action fe termimer à bien !
Je ne fçais qu'en attendre, & je crains fort du pere
Et la grande richeffe, & la jufte colere.
Mais je l'apperçois feul.

ALBERT.

Ciel, Polidore vient !

POLIDORE.

Je tremble à l'aborder.

ALBERT.

La crainte me retient.

POLIDORE.

Par où lui débuter ?

ALBERT.

Quel fera mon langage ?

POLIDORE.

Son ame eft toute émûë.

ALBERT.

Il change de vifage.

POLIDORE.

Je vois, feigneur Albert, au trouble de vos yeux
Que vous fçavez déjà qui m'améne en ces lieux.

ALBERT.

Hélas ! oui.

POLIDORE.

La nouvelle a droit de vous furprendre,
Et je n'euffe pas crû ce que je viens d'apprendre.

ALBERT.

J'en dois rougir de honte, & de confufion.

POLIDORE.

Je trouve condamnable une telle action,
Et je ne prétends point excufer le coupable.

ALBERT.

Dieu fait miféricorde au pécheur miférable.

POLIDORE.

C'eft ce qui doit par vous être confidéré.

ALBERT.

Il faut être chrétien.

POLIDORE.

Il eft très-affûré.

ALBERT.

Grace, au nom de Dieu, grace, ô feigneur Polidore !

POLIDORE.

Hé ! c'eft moi qui de vous préfentement l'implore.

ALBERT.

Afin de l'obtenir je me jette à genoux.

POLIDORE.

Je dois en cet état être plûtôt que vous.

ALBERT.

Prenez quelque pitié de ma triste avanture.

POLIDORE.

Je suis le suppliant dans une telle injure.

ALBERT.

Vous me fendez le cœur avec cette bonté.

POLIDORE.

Vous me rendez confus de tant d'humilité.

ALBERT.

Pardon, encore un coup.

POLIDORE.

Hélas! pardon, vous-même.

ALBERT.

J'ai de cette action une douleur extrême.

POLIDORE.

Et moi, j'en suis touché de même au dernier point.

ALBERT.

J'ose vous conjurer qu'elle n'éclate point.

POLIDORE.

Hélas! seigneur Albert, je ne veux autre chose.

ALBERT.

Conservons mon honneur.

POLIDORE.

Hé! oui, je m'y dispose.

ALBERT.

Quant au bien qu'il faudra, vous-même en résoudrez.

POLIDORE.

Je ne veux de vos biens que ce que vous voudrez :

De tous ces intérêts je vous ferai le maître,
Et je suis trop content si vous le pouvez être.

ALBERT.

Ah, quel homme de Dieu! quel excès de douceur!

POLIDORE.

Quelle douceur, vous-même, après un tel malheur!

ALBERT.

Que puissiez-vous avoir toutes choses prospéres!

POLIDORE.

Le bon Dieu vous maintienne!

ALBERT.

Embrassons-nous en freres.

POLIDORE.

J'y consens de grand cœur, & me réjouis fort
Que tout soit terminé par un heureux accord.

ALBERT.

J'en rends graces au Ciel.

POLIDORE.

Il ne vous faut rien feindre,
Votre ressentiment me donnoit lieu de craindre;
Et Lucile tombée en faute avec mon fils,
Comme on vous voit puissant, & de biens, & d'amis....

ALBERT.

Hé! que parlez-vous-là de faute & de Lucile?

POLIDORE.

Soit, ne commençons point un discours inutile.
Je veux bien que mon fils y trempe grandement,
Même, si cela fait à votre allégement,

J'avouerai

J'avouerai qu'à lui feul en eft toute la faute,
Que votre fille avoit une vertu trop haute
Pour avoir jamais fait ce pas contre l'honneur
Sans l'incitation d'un méchant fuborneur,
Que le traître a féduit fa pudeur innocente,
Et de votre conduite ainfi détruit l'attente.
Puifque la chofe eft faite, & que, felon mes vœux,
Un efprit de douceur nous met d'accord tous deux,
Ne ramentevons rien, & réparons l'offenfe
Par la folemnité d'une heureufe alliance.

ALBERT à part.

O Dieu! quelle méprife, & qu'eft-ce qu'il m'apprend!
Je rentre ici d'un trouble en un autre auffi grand.
Dans ces divers tranfports je ne fçai que répondre,
Et, fi je dis un mot, j'ai peur de me confondre.

POLIDORE.

A quoi penfez-vous-là, feigneur Albert?

ALBERT.

A rien.

Remettons, je vous prie, à tantôt l'entretien.
Un mal fubit me prend qui veut que je vous laiffe.

SCENE V.

POLIDORE feul.

JE lis dedans fon ame, & vois ce qui le preffe.
A quoi que fa raifon l'eût déjà difpofé,
Son déplaifir n'eft pas encor tout appaifé.

Tome I. A a

L'image de l'affront lui revient, & fa fuite
Tâche à me déguifer le trouble qui l'agite.
Je prends part à fa honte, & fon deuil m'attendrit.
Il faut qu'un peu de tems remette fon efprit.
La douleur trop contrainte aifément fe redouble.
Voici mon jeune fou d'où nous vient tout ce trouble.

SCENE VI.
POLIDORE, VALERE.
POLIDORE.

ENfin, le beau mignon, vos bons déportemens
Troubleront les vieux jours d'un pere à tous momens,
Tous les jours vous ferez de nouvelles merveilles,
Et nous n'aurons jamais autre chofe aux oreilles.

VALERE.

Que fais-je tous les jours qui foit fi criminel?
En quoi mériter tant le courroux paternel?

POLIDORE.

Je fuis un étrange homme, & d'un humeur terrible
D'accufer un enfant fi fage & fi paifible.
Las! il vit comme un faint, & dedans la maifon
Du matin jufqu'au foir il eft en oraifon.
Dire qu'il pervertit l'ordre de la nature,
Et fait du jour la nuit; ô la grande impofture!
Qu'il n'a confidéré pere, ni parenté,
En vingt occafions, horrible fauffeté!
Que de fraîche mémoire un furtif hyménée
A la fille d'Albert a joint fa deftinée

Sans craindre de la fuite un défordre puiffant,
On le prend pour un autre, & le pauvre innocent
Ne fçait pas feulement ce que je lui veux dire.
Ah! chien, que j'ai reçû du Ciel pour mon martire,
Te croiras-tu toujours? & ne pourrai-je pas
Te voir être une fois fage avant mon trépas?

VALERE *feul & rêvant.*

D'où peut venir ce coup? mon ame embarraffée
Ne voit que Mafcarille où jetter fa penfée;
Il ne fera pas homme à m'en faire un aveu.
Il faut ufer d'adreffe, & me contraindre un peu
Dans ce jufte courroux.

SCENE VII.
VALERE, MASCARILLE.

VALERE.

Mafcarille, mon pere
Que je viens de trouver, fçait toute notre affaire.

MASCARILLE.

Il la fçait?

VALERE.

Oui.

MASCARILLE.

D'où, diantre, a-t-il pû la fçavoir?

VALERE.

Je ne fçais point fur qui ma conjecture affeoir;

A a ij

Mais enfin d'un fuccès cette affaire eft fuivie
Dont j'ai tous les fujets d'avoir l'ame ravie.
Il ne m'en a pas dit un mot qui fût fâcheux,
Il excufe ma faute, il approuve mes feux,
Et je voudrois fçavoir qui peut être capable
D'avoir pû rendre ainfi fon efprit fi traitable.
Je ne puis t'exprimer l'aife que j'en reçoi.

MASCARILLE.

Et que me diriez-vous, Monfieur, fi c'étoit moi
Qui vous eût procuré cette heureufe fortune ?

VALERE.

Bon, bon, tu voudrois bien ici m'en donner d'une.

MASCARILLE.

C'eft moi, vous dis-je, moi, dont le patron le fçait,
Et qui vous ai produit ce favorable effet.

VALERE.

Mais, là, fans te railler ?

MASCARILLE.

                Que le diable m'emporte
Si je fais raillerie, & s'il n'eft de la forte.

VALERE *mettant l'épée à la main.*

Et qu'il m'entraîne, moi, fi tout préfentement
Tu n'en vas recevoir le jufte payement.

MASCARILLE.

Ah! Monfieur, qu'eft-ceci ? je défens la furprife.

VALERE.

C'eft la fidélité que tu m'avois promife ?

Sans ma feinte, jamais tu n'eufles avoué
Le trait que j'ai bien crû que tu m'avois joué.
Traître, de qui la langue à caufer trop habile
D'un pere contre moi vient d'échauffer la bile,
Qui me perds tout-à-fait ; il faut fans difcourir
Que tu meures.

MASCARILLE.

Tout beau, mon ame, pour mourir,
N'eft pas en bon état. Daignez, je vous conjure,
Attendre le fuccès qu'aura cette avanture.
J'ai de fortes raifons qui m'ont fait révéler
Un hymen que vous-même aviez peine à celer ;
C'étoit un coup d'état, & vous verrez l'iffuë
Condamner la fureur que vous avez conçûë.
De quoi vous fâchez-vous, pourvû que vos fouhaits
Se trouvent par mes foins pleinement fatisfaits,
Et voyent mettre à fin la contrainte où vous êtes ?

VALERE.

Et fi tous ces difcours ne font que des fornettes ?

MASCARILLE.

Toujours ferez-vous lors à tems pour me tuer.
Mais enfin mes projets pourront s'effectuer.
Dieu fera pour les fiens, &, content dans la fuite,
Vous me remercierez de ma rare conduite.

VALERE.

Nous verrons. Mais Lucile . . . .

MASCARILLE.

Alte ; fon pere fort.

SCENE VIII.

ALBERT, VALERE, MASCARILLE.

ALBERT *les cinq premiers vers fans voir Valere.*

PLus je reviens du trouble où j'ai donné d'abord,
Plus je me fens piqué de ce difcours étrange
Sur qui ma peur prenoit un fi dangereux change :
Car Lucile foûtient que c'eft une chanfon,
Et m'a parlé d'un air à m'ôter tout foupçon.
Ah ! Monfieur, eft-ce vous, de qui l'audace infigne
Met en jeu mon honneur, & fait ce conte indigne ?

MASCARILLE.

Seigneur Albert, prenez un ton un peu plus doux,
Et contre votre gendre ayez moins de courroux.

ALBERT.

Comment gendre, coquin ? tu portes bien la mine
De pouffer les refforts d'une telle machine,
Et d'en avoir été le premier inventeur.

MASCARILLE.

Je ne vois ici rien à vous mettre en fureur.

ALBERT.

Trouves-tu beau, di-moi, de diffamer ma fille,
Et faire un tel fcandale à toute une famille ?

MASCARILLE.

Le voilà prêt de faire en tout vos volontés.

ALBERT.

Que voudrois-je, finon qu'il dit des verités ?

Si quelque intention le preſſoit pour Lucile,
La recherche en pouvoit être honnête & civile,
Il falloit l'attaquer du côté du devoir,
Il falloit de ſon pere implorer le pouvoir,
Et non pas recourir à cette lâche feinte,
Qui porte à la pudeur une ſenſible atteinte.

MASCARILLE.

Quoi! Lucile n'eſt pas ſous des liens ſecrets
A mon maître?

ALBERT.

Non, traître, & n'y ſera jamais.

MASCARILLE.

Tout doux : & s'il eſt vrai que ce ſoit choſe faite,
Voulez-vous l'approuver cette chaîne ſecrette?

ALBERT.

Et, s'il eſt conſtant, toi, que cela ne ſoit pas,
Veux-tu te voir caſſer les jambes & les bras?

VALERE.

Monſieur, il eſt aiſé de vous faire paroître
Qu'il dit vray.

ALBERT.

Bon, voilà l'autre encor, digne maître
D'un ſemblable valet. O les menteurs hardis!

MASCARILLE.

D'homme d'honneur, il eſt ainſi que je le dis.

VALERE.

Quel feroit notre but de vous en faire accroire ?

ALBERT *à part.*

Ils s'entendent tous deux comme larrons en foire.

MASCARILLE.

Mais venons à la preuve, & fans nous quereller,
Faites fortir Lucile & la laiffez parler.

ALBERT.

Et fi le démenti par elle vous en refte ?

MASCARILLE.

Elle n'en fera rien, Monfieur, je vous protefte.
Promettez à leurs vœux votre confentement,
Et je veux m'expofer au plus dur châtiment,
Si de fa propre bouche elle ne vous confeffe
Et la foi qui l'engage, & l'ardeur qui la preffe.

ALBERT.

Il faut voir cette affaire.　　[*Il va frapper à fa porte.*]

MASCARILLE *à Valere.*

Allez, tout ira bien.

ALBERT.

Holà, Lucile, un mot.

VALERE *à Mafcarille.*

Je crains . . . .

MASCARILLE.

Ne craignez rien.

SCENE

SCENE IX.

LUCILE, ALBERT, VALERE, MASCARILLE.

MASCARILLE.

Seigneur Albert, au moins filence. Enfin, Madame,
Toute chofe confpire au bonheur de votre ame,
Et monfieur votre pere, averti de vos feux,
Vous laiffe votre époux, & confirme vos vœux ;
Pourvû que, banniffant toutes craintes frivoles,
Deux mots de votre aveu confirment nos paroles.

LUCILE.

Que me vient donc conter ce coquin affûré ?

MASCARILLE.

Bon, me voilà déjà d'un beau titre honoré.

LUCILE.

Sçachons un peu, Monfieur, quelle belle faillie
Fait ce conte galant qu'aujourd'hui l'on publie ?

VALERE.

Pardon, charmant objet, un valet a parlé,
Et j'ai vû, malgré moi, notre hymen révélé.

LUCILE.

Notre hymen ?

VALERE.

On fçait tout, adorable Lucile,
Et vouloir déguifer eft un foin inutile.

Tome I.   B b

LUCILE.

Quoi! l'ardeur de mes feux vous a fait mon époux?

VALERE.

C'eſt un bien qui me doit faire mille jaloux ;
Mais j'impute bien moins ce bonheur de ma flâme
A l'ardeur de vos feux, qu'aux bontés de votre ame.
Je ſçais que vous avez ſujet de vous fâcher,
Que c'étoit un ſecret que vous vouliez cacher,
Et j'ai de mes tranſports forcé la violence
A ne point violer votre expreſſe défenſe ;
Mais . . . .

MASCARILLE.

Hé bien, oui, c'eſt moi ; le grand mal que voilà.

LUCILE.

Eſt-il une impoſture égale à celle-là ?
Vous l'oſez ſoûtenir en ma préſence même,
Et penſez m'obtenir par ce beau ſtratagême ?
O le plaiſant amant ! dont la galante ardeur,
Veut bleſſer mon honneur au défaut de mon cœur,
Et que mon pere, émû de l'éclat d'un ſot conte,
Paye avec mon hymen qui me couvre de honte.
Quand tout contribueroit à votre paſſion,
Mon pere, les deſtins, mon inclination,
On me verroit combattre en ma juſte colere
Mon inclination, les deſtins & mon pere,
Perdre même le jour avant que de m'unir
A qui, par ce moyen, auroit crû m'obtenir.

Allez ; & fi mon fexe avecque bienféance
Se pouvoit emporter à quelque violence,
Je vous apprendrois bien à me traiter ainfi.

VALERE *à Mafcarille.*

C'en eft fait ; fon courroux ne peut être adouci.

MASCARILLE.

Laiffez-moi lui parler. Hé ! Madame, de grace,
A quoi bon maintenant toute cette grimace ?
Quelle eft votre penfée, & quel bourru tranfport,
Contre vos propres vœux vous fait roidir fi fort ?
Si monfieur votre pere étoit homme farouche,
Paffe : mais il permet que la raifon le touche,
Et lui-même m'a dit qu'une confeffion
Vous va tout obtenir de fon affection.
Vous fentez, je croi bien, quelque petite honte
A faire un libre aveu de l'amour qui vous domte ;
Mais, s'il vous a fait perdre un peu de liberté,
Par un bon mariage on voit tout rajufté ;
Et, quoi que l'on reproche au feu qui vous confomme,
Le mal n'eft pas fi grand que de tuer un homme.
On fçait que la chair eft fragile quelque fois,
Et qu'une fille enfin n'eft ni caillou ni bois.
Vous n'avez pas été fans doute la premiere,
Et vous ne ferez pas, que je crois, la derniere.

LUCILE.

Quoi ! vous pouvez oüir ces difcours effrontés,
Et vous ne dites mot à ces indignités ?

ALBERT.

Que veux-tu que je die ? une telle avanture
Me met tout hors de moi.

MASCARILLE.

Madame, je vous jure
Que déjà vous devriez avoir tout confeſſé.

LUCILE.

Et quoi donc confeſſé ?

MASCARILLE.

Quoi ? ce qui s'eſt paſſé
Entre mon maître & vous ; la belle raillerie !

LUCILE.

Et que s'eſt-il paſſé, monſtre d'effronterie,
Entre ton maître & moi ?

MASCARILLE.

Vous devez, que je croi,
En ſçavoir un peu plus de nouvelles que moi,
Et pour vous cette nuit fut trop douce, pour croire
Que vous puiſſiez ſi vîte en perdre la mémoire.

LUCILE.

C'eſt trop ſouffrir, mon pere, un impudent valet.

[*Elle lui donne un ſoufflet.*]

SCENE X.

ALBERT, VALERE, MASCARILLE.

MASCARILLE.

JE crois qu'elle me vient de donner un foufflet.

ALBERT.

Va, coquin, fcélerat, fa main vient fur ta jouë
De faire une action dont fon pere la louë.

MASCARILLE.

Et, nonobftant cela, qu'un diable en cet inftant
M'emporte, fi j'ai dit rien que de très-conftant.

ALBERT.

Et, nonobftant cela, qu'on me coupe une oreille,
Si tu portes fort loin une audace pareille.

MASCARILLE.

Voulez-vous deux témoins qui me juftifieront?

ALBERT.

Veux-tu deux de mes gens qui te bâtonneront?

MASCARILLE.

Leur rapport doit au mien donner toute créance.

ALBERT.

Leurs bras peuvent du mien réparer l'impuiffance.

MASCARILLE.

Je vous dis que Lucile agit par honte ainfi.

ALBERT.

Je te dis que j'aurai raifon de tout ceci.

MASCARILLE.

Connoiffez-vous Ormin ce gros notaire habile ?

ALBERT.

Connois-tu bien Grimpant le bourreau de la ville ?

MASCARILLE.

Et Simon le tailleur jadis fi recherché ?

ALBERT.

Et la potence mife au milieu du marché ?

MASCARILLE.

Vous verrez confirmer par eux cet hyménée.

ALBERT.

Tu verras achever par eux ta deftinée.

MASCARILLE.

Ce font eux qu'ils ont pris pour témoins de leur foi.

ALBERT.

Ce font eux qui dans peu me vengeront de toi.

MASCARILLE.

Et ces yeux les ont vû s'entredonner parole.

ALBERT.

Et ces yeux te verront faire la capriole.

MASCARILLE.

Et, pour figne, Lucile avoit un voile noir.

ALBERT.

Et, pour figne, ton front nous le fait affez voir.

MASCARILLE.

Oh ! l'obftiné vieillard.

ALBERT.

Oh ! le fourbe damnable !
Va, rend grace à mes ans qui me font incapable
De punir fur le champ l'affront que tu me fais;
Tu n'en perds que l'attente, & je te le promets.

SCENE XI.

VALERE, MASCARILLE.

VALERE.

HE bien, ce beau fuccès que tu devois produire....

MASCARILLE.

J'entends à demi mot ce que vous voulez dire :
Tout s'arme contre moi, pour moi de tous côtés
Je vois coups de bâtons, & gibets apprêtés.
Auffi, pour être en paix dans ce défordre extrême,
Je me vais d'un rocher précipiter moi-même,
Si, dans le défefpoir dont mon cœur eft outré,
Je puis en rencontrer d'affez haut à mon gré.
Adieu, Monfieur.

VALERE.

Non, non, ta fuite eft fuperfluë,
Si tu meurs, je prétends que ce foit à ma vûë.

MASCARILLE.

Je ne fçaurois mourir quand je fuis regardé,
Et mon trépas ainfi fe verroit retardé.

VALERE.

Sui-moi, traître, fui-moi ; mon amour en furie
Te fera voir fi c'eſt matiére à raillerie.

MASCARILLE *feul*.

Malheureux Maſcarille ! à quels maux aujourd'hui
Te vois-tu condamné pour le péché d'autrui !

Fin du troiſiéme Acte.

ACTE

ACTE QUATRIÉME.

SCENE PREMIERE.

ASCAGNE, FROSINE.

FROSINE.

L'Avanture eſt fâcheuſe.

ASCAGNE.

     Ah! ma chere Froſine,
Le ſort abſolument a conclu ma ruine :
  Cette affaire venuë au point où la voilà,
N'eſt pas abſolument pour en demeurer là,
Il faut qu'elle paſſe outre ; & Lucile, & Valere,
Surpris des nouveautés d'un ſemblable myſtére,
Voudront chercher un jour dans ces obſcurités
Par qui tous mes projets ſe verront avortés.
Car enfin, ſoit qu'Albert ait part au ſtratagême,
Ou qu'avec tout le monde on l'ait trompé lui-même,
S'il arrive une fois que mon ſort éclairci
Mette ailleurs tout le bien dont le ſien a groſſi,
Jugez s'il aura lieu de ſouffrir ma préſence :
Son intérêt détruit me laiſſe à ma naiſſance ;

Tome I.   Cc

C'eſt fait de ſa tendreſſe ; & quelque ſentiment
Où pour ma fourbe alors pût être mon amant,
Voudra-t-il avouer pour épouſe, une fille
Qu'il verra ſans appui de bien & de famille ?

FROSINE.

Je trouve que c'eſt-là raiſonner comme il faut,
Mais ces réflexions devoient venir plûtôt.
Qui vous a juſqu'ici caché cette lumiére ?
Il ne falloit pas être une grande ſorciére
Pour voir, dès le moment dé vos deſſeins pour lui,
Tout ce que votre eſprit ne voit que d'aujourd'hui ;
L'action le diſoit ; & dès que je l'ai ſçûë,
Je n'en ai prévû guére une meilleure iſſuë.

ASCAGNE.

Que dois-je faire enfin ? mon trouble eſt ſans pareil :
Mettez-vous en ma place, & me donnez conſeil.

FROSINE.

Ce doit être à vous-même, en prenant votre place,
A me donner conſeil deſſus cette diſgrace :
Car je ſuis maintenant vous, & vous étes moi :
Conſeillez-moi, Froſine, au point où je me voi.
Quel reméde trouver ? dites, je vous en prie.

ASCAGNE.

Hélas ! ne traitez point ceci de raillerie ;
C'eſt prendre peu de part à mes cuiſans ennuis
Que de rire, & de voir les termes où j'en ſuis.

FROSINE.

Afcagne, tout de bon, votre ennui m'eft fenfible,
Et pour vous en tirer je ferois mon poffible.
Mais que puis-je après tout ? je vois fort peu de jour
A tourner cette affaire au gré de votre amour.

ASCAGNE.

Si rien ne peut m'aider, il faut donc que je meure.

FROSINE.

Ah ! pour cela, toujours il eft affez bonne heure.
La mort eft un reméde à trouver quand on veut,
Et l'on s'en doit fervir le plus tard que l'on peut.

ASCAGNE.

Non, non, Frofine, non, fi vos confeils propices
Ne conduifent mon fort parmi ces précipices,
Je m'abandonne toute aux traits du défefpoir.

FROSINE.

Sçavez-vous ma penfée ? il faut que j'aille voir
La.... mais Erafte vient, qui pourroit nous diftraire.
Nous pourrons en marchant parler de cette affaire;
Allons, retirons-nous.

SCENE II.
ERASTE, GROS-RENE'.

ERASTE.

ENcore rebuté ?

GROS-RENE'.

Jamais ambaffadeur ne fut moins écouté.

C c ij

A peine ai-je voulu lui porter la nouvelle
Du moment d'entretien que vous souhaitiez d'elle,
Qu'elle m'a répondu, tenant son quant-à-moi,
Va, va, je fais état de lui comme de toi,
Di-lui qu'il se promene ; & sur ce beau langage,
Pour suivre son chemin m'a tourné le visage ;
Et Marinette aussi, d'un dédaigneux museau,
Lâchant un, laisse-nous, beau valet de carreau,
M'a planté là comme elle ; & mon sort & le vôtre
N'ont rien à se pouvoir reprocher l'un à l'autre.

ERASTE.

L'ingrate ! recevoir avec tant de fierté
Le promt retour d'un cœur justement emporté !
Quoi ! le premier transport d'un amour qu'on abuse
Sous tant de vrai-semblance, est indigne d'excuse,
Et ma plus vive ardeur en ce moment fatal
Devoit être insensible au bonheur d'un rival ?
Tout autre n'eût pas fait même chose en ma place,
Et se fût moins laissé surprendre à tant d'audace ?
De mes justes soupçons suis-je sorti trop tard ?
Je n'ai point attendu de sermens de sa part,
Et lorsque tout le monde encor ne sçait qu'en croire,
Ce cœur impatient lui rend toute sa gloire,
Il cherche à s'excuser, & le sien voit si peu
Dans ce profond respect la grandeur de mon feu ?
Loin d'assûrer une ame, & lui fournir des armes,
Contre ce qu'un rival lui veut donner d'alarmes,

L'ingrate m'abandonne à mon jaloux tranſport,
Et rejette de moi, meſſage, écrit, abord?
Ah! ſans doute, un amour a peu de violence
Qu'eſt capable d'éteindre une ſi foible offenſe,
Et ce dépit ſi promt à s'armer de rigueur,
Découvre aſſez pour moi tout le fond de ſon cœur,
Et de quel prix doit être à préſent à mon ame
Tout ce dont ſon caprice a pû flater ma flâme.
Non, je ne prétends plus demeurer engagé
Pour un cœur où je vois le peu de part que j'ai,
Et puiſque l'on témoigne une froideur extrême
A conſerver les gens, je veux faire de même.

GROS-RENE'.

Et moi de même auſſi. Soyons tous deux fâchés,
Et mettons notre amour au rang des vieux péchés.
Il faut apprendre à vivre à ce ſexe volage,
Et lui faire ſentir que l'on a du courage.
Qui ſouffre ſes mépris, les veut bien recevoir.
Si nous avions l'eſprit de nous faire valoir,
Les femmes n'auroient pas la parole ſi haute ;
Oh! qu'elles nous ſont bien fiéres par notre faute!
Je veux être pendu, ſi nous ne les verrions
Sauter à notre cou plus que nous ne voudrions,
Sans tous ces vils devoirs, dont la plûpart des hommes
Les gâtent tous les jours dans le ſiécle où nous ſommes.

ERASTE.

Pour moi, ſur toute choſe, un mépris me ſurprend ;
Et pour punir le ſien par un autre auſſi grand,

Je veux mettre en mon cœur une nouvelle flâme.

GROS-RENE'.

Et moi, je ne veux plus m'embarraſſer de femme ;
A toutes je renonce, & crois, en bonne foi,
Que vous feriez fort bien de faire comme moi.
Car, voyez-vous ? la femme eſt, comme on dit, mon maître,
Un certain animal difficile à connoître,
Et de qui la nature eſt fort encline au mal,
Et comme un animal eſt toujours animal,
Et ne ſera jamais qu'animal, quand ſa vie
Dureroit cent mille ans ; auſſi, ſans repartie,
La femme eſt toûjours femme, & jamais ne ſera
Que femme, tant qu'entier le monde durera.
D'où vient qu'un certain grec dit que ſa tête paſſe
Pour un ſable mouvant : car goûtez bien, de grace,
Ce raiſonnement-ci, lequel eſt des plus forts.
Ainſi que la tête eſt comme le chef du corps,
Et que le corps ſans chef eſt pire qu'une bête,
Si le chef n'eſt pas bien d'accord avec la tête,
Que tout ne ſoit pas bien réglé par le compas,
Nous voyons arriver de certains embarras .
La partie brutale alors veut prendre empire
Deſſus la ſenſitive, & l'on voit que l'un tire
A dia, l'autre à hurhaut ; l'un demande du mou,
L'autre du dur ; enfin tout va ſans ſçavoir où ;
Pour montrer qu'ici bas, ainſi qu'on l'interpréte,
La tête d'une femme eſt comme une girouette .

Au haut d'une maifon, qui tourne au premier vent ;
C'eft pourquoi le coufin Ariftote fouvent
La compare à la mer ; d'où vient qu'on dit qu'au monde
On ne peut rien trouver de fi ftable que l'onde.
Or, par comparaifon ; car la comparaifon
Nous fait diftinctement comprendre une raifon,
Et nous aimons bien mieux, nous autres gens d'étude,
Une comparaifon qu'une fimilitude.
Par comparaifon donc, mon maître, s'il vous plaît,
Comme on voit que la mer, quand l'orage s'accroît,
Vient à fe courroucer, le vent fouffle & ravage,
Les flots contre les flots font un remu-ménage
Horrible, & le vaiffeau, malgré le nautonnier,
Va tantôt à la cave, & tantôt au grenier :
Ainfi quand une femme a fa tête fantafque,
On voit une tempête en forme de bourafque,
Qui veut compétiter par de certains ... propos,
Et lors un ... certain vent, qui par ... de certains flots,
De ... certaine façon, ainfi qu'un banc de fable ...
Quand ... les femmes enfin ne valent pas le diable.

ERASTE.

C'eft fort bien raifonner.

GROS-RENE'.

Affez bien, Dieu merci ;
Mais je les voi, Monfieur, qui paffent par ici.
Tenez-vous ferme au moins.

ERASTE.

> Ne te mets pas en peine.

GROS-RENE'.

J'ai bien peur que ſes yeux reſſerrent votre chaîne.

SCENE III.

LUCILE, ERASTE, MARINETTE, GROS-RENE'.

MARINETTE.

JE l'apperçois encor ; mais ne vous rendez point.

LUCILE.

Ne me ſoupçonne pas d'être foible à ce point.

MARINETTE.

Il vient à nous.

ERASTE.

> Non, non, ne croyez pas, Madame,
Que je revienne encor vous parler de ma flâme.
C'en eſt fait ; je me veux guérir, & connois bien
Ce que de votre cœur a poſſédé le mien.
Un courroux ſi conſtant pour l'ombre d'une offenſe
M'a trop bien éclairci de votre indifférence,
Et je dois vous montrer que les traits du mépris
Sont ſenſibles ſur tout aux généreux eſprits.
Je l'avouerai, mes yeux obſervoient dans les vôtres,
Des charmes qu'ils n'ont point trouvés dans tous les autres,

Et

Et le raviſſement où j'étois de mes fers,
Les auroit préférés à des ſcéptres offerts :
Oui, mon amour pour vous ſans doute étoit extrême,
Je vivois tout en vous ; & je l'avouerai même,
Peut-être qu'après tout j'aurai, quoi qu'outragé,
Aſſez de peine encor à m'en voir dégagé :
Poſſible que, malgré la cure qu'elle eſſaye,
Mon ame ſaignera long-tems de cette playe,
Et qu'affranchi d'un joug qui faiſoit tout mon bien,
Il faudra me réſoudre à n'aimer jamais rien.
Mais enfin, il n'importe, & puiſque votre haine
Chaſſe un cœur tant de fois que l'amour vous ramene,
C'eſt la derniere ici des importunités
Que vous aurez jamais de mes vœux rebutés.

LUCILE.

Vous pouvez faire aux miens la grace toute entiére,
Monſieur, & m'épargner encor cette derniére.

ERASTE.

Hé bien, Madame, hé bien, ils feront ſatisfaits.
Je romps avecque vous, & j'y romps pour jamais.
Puiſque vous le voulez, que je perde la vie
Lorſque de vous parler je reprendrai l'envie.

LUCILE.

Tant mieux ; c'eſt m'obliger.

ERASTE.

Non, non, n'ayez pas peur
Que je fauſſe parole ; euſſai-je un foible cœur

Tome I. D d

Jufques à n'en pouvoir effacer votre image,
Croyez que vous n'aurez jamais cet avantage
De me voir revenir.

LUCILE.

Ce feroit bien en vain.

ERASTE.

Moi-même de cent coups je percerois mon fein,
Si j'avois jamais fait cette baffeffe infigne
De vous revoir, après ce traitement indigne.

LUCILE.

Soit ; n'en parlons donc plus.

ERASTE.

Oui, oui, n'en parlons plus,
Et pour trancher ici tous propos fuperflus,
Et vous donner, ingrate, une preuve certaine
Que je veux fans retour fortir de votre chaîne,
Je ne veux rien garder, qui puiffe retracer
Ce que de mon efprit il me faut effacer.
Voici votre portrait, il préfente à la vûë
Cent charmes merveilleux dont vous étes pourvûë,
Mais il cache fous eux cent défauts auffi grands,
Et c'eft un impofteur enfin que je vous rends.

GROS-RENE'.

Bon.

LUCILE.

Et moi, pour vous fuivre au deffein de tout rendre,
Voilà le diamant que vous m'avez fait prendre.

MARINETTE.

Fort bien.

ERASTE.

Il est à vous encor ce brasselet.

LUCILE.

Et cette agathe à vous qu'on fit mettre en cachet.

ERASTE *lit.*

Vous m'aimez d'une amour extrême,
Eraste, & de mon cœur voulez être éclairci,
Si je n'aime Eraste de même,
Au moins aimai-je fort qu'Eraste m'aime ainsi.

LUCILE.

Vous m'assûriez par-là d'agréer mon service ;
C'est une fausseté digne de ce supplice.

[*Il déchire la lettre.*]

LUCILE *lit.*

J'ignore le destin de mon amour ardente,
Et jusqu'à quand je souffrirai :
Mais je sçais, ô beauté charmante,
Que toujours je vous aimerai.

ERASTE.

Voilà qui m'assûroit à jamais de vos feux ;
Et la main, & la lettre, ont menti toutes deux.

[*Elle déchire la lettre.*]

GROS-RENE'.

Poussez.

D d ij

ERASTE.

Elle eſt de vous ? ſuffit, même fortune.

MARINETTE *à Lucile.*

Ferme.

LUCILE.

J'aurois regret d'en épargner aucune.

GROS-RENE' *à Eraſte.*

N'ayez pas le dernier.

MARINETTE *à Lucile.*

Tenez-bon juſqu'au bout.

LUCILE.

Enfin voilà le reſte.

ERASTE.

Et, grace au ciel, c'eſt tout.

Je ſois exterminé, ſi je ne tiens parole.

LUCILE.

Me confonde le Ciel, ſi la mienne eſt frivole,

ERASTE.

Adieu donc.

LUCILE.

Adieu donc.

MARINETTE *à Lucile.*

Voilà qui va des mieux,

GROS-RENE' *à Eraſte.*

Vous triomphez.

MARINETTE *à Lucile.*

Allons, ôtez-vous de ſes yeux.

GROS-RENE' *à Erafte.*

Retirez-vous, après cet effort de courage.

MARINETTE *à Lucile.*

Qu'attendez-vous encor?

GROS-RENE' *à Erafte.*

Que faut-il davantage?

ERASTE.

Ah! Lucile, Lucile, un cœur comme le mien
Se fera regretter, & je le fçais fort bien.

LUCILE.

Erafte, Erafte, un cœur fait comme eft fait le vôtre,
Se peut facilement réparer par un autre.

ERASTE.

Non, non, cherchez par tout, vous n'en aurez jamais
De fi paffionné pour vous, je vous promets.
Je ne dis pas cela pour vous rendre attendrie;
J'aurois tort d'en former encore quelqu'envie.
Mes plus ardens refpects n'ont pû vous obliger,
Vous avez voulu rompre; il n'y faut plus fonger:
Mais perfonne après moi, quoi qu'on vous faffe entendre,
N'aura jamais pour vous de paffion fi tendre.

LUCILE.

Quand on aime les gens, on les traite autrement,
On fait de leur perfonne un meilleur jugement.

ERASTE.

Quand on aime les gens, on peut de jaloufie,
Sur beaucoup d'apparence, avoir l'ame faifie:

Mais alors qu'on les aime, on ne peut en effet
Se réſoudre à les perdre ; & vous, vous l'avez fait.

LUCILE.

La pure jalouſie eſt plus reſpectueuſe.

ÉRASTE.

On voit d'un œil plus doux une offenſe amoureuſe.

LUCILE.

Non, votre cœur, Eraſte, étoit mal enflammé.

ERASTE.

Non, Lucile, jamais vous ne m'avez aimé.

LUCILE.

Hé ! je crois que cela foiblement vous ſoucie :
Peut-être en feroit-il beaucoup mieux pour ma vie.
Si je .... mais laiſſons-là ces diſcours ſuperflus :
Je ne dis point quels ſont mes penſers là-deſſus.

ERASTE.

Pourquoi ?

LUCILE.

Par la raiſon que nous rompons enſemble,
Et que cela n'eſt plus de ſaiſon ce me ſemble.

ERASTE.

Nous rompons ?

LUCILE.

Oui vrayment ; quoi n'en eſt-ce pas fait ?

ERASTE.

Et vous voyez cela d'un eſprit ſatisfait ?

LUCILE.

Comme vous.

ERASTE.

Comme moi ?

LUCILE.

Sans doute. C'eſt foibleſſe
De faire voir aux gens que leur perte nous bleſſe.

ERASTE.

Mais, cruelle, c'eſt vous qui l'avez bien voulu.

LUCILE.

Moi ? point du tout ; c'eſt vous qui l'avez réſolu.

ERASTE.

Moi ? je vous ai crû-là faire un plaiſir extrême.

LUCILE.

Point, vous avez voulu vous contenter vous-même.

ERASTE.

Mais ſi mon cœur encor revouloit ſa priſon,
Si, tout fâché qu'il eſt, il demandoit pardon ?

LUCILE.

Non, non, n'en faites rien ; ma foibleſſe eſt trop grande,
J'aurois peur d'accorder trop-tôt votre demande.

ERASTE.

Ah ! vous ne pouvez pas trop-tôt me l'accorder,
Ni moi ſur cette peur trop-tôt le demander ;
Conſentez-y, Madame ; une flamme ſi belle
Doit, pour votre intérêt, demeurer immortelle.

Je le demande enfin, me l'accorderez-vous
Ce pardon obligeant ?

LUCILE.

Remenez-moi chez nous.

SCENE IV.

MARINETTE, GROS-RENE'.

MARINETTE.

OH ! la lâche perſonne !

GROS-RENE'.

Ah ! le foible courage !

MARINETTE.

J'en rougis de dépit.

GROS-RENE'.

J'en ſuis gonflé de rage.
Ne t'imagine pas que je me rende ainſi.

MARINETTE.

Et ne penſe pas, toi, trouver ta duppe auſſi.

GROS-RENE'.

Vien, vien frotter ton nés auprès de ma colére.

MARINETTE.

Tu nous prends pour une autre ; & tu n'as pas affaire
A ma ſotte maîtreſſe. Ardez le beau muſeau
Pour nous donner envie encore de ſa peau !
Moi, j'aurois de l'amour pour ta chienne de face ?
Moi, je te chercherois ? ma foi l'on t'en fricaſſe.

Des

Des filles comme nous.

G R O S-R E N E'.

       Oui ? tu le prends par là ?

Tien, tien, fans y chercher tant de façon, voilà
Ton beau galant de neige, avec ta nompareille,
Il n'aura plus l'honneur d'être fur mon oreille.

M A R I N E T T E.

Et toi, pour te montrer que tu m'es à mépris,
Voilà ton demi-cent d'épingles de Paris
Que tu me donnas hier avec tant de fanfare.

G R O S-R E N E'.

Tien encor ton couteau, la piéce eft riche & rare ;
Il te coûta fix blancs, lorfque tu m'en fis don.

M A R I N E T T E.

Tien tes cifeaux, avec ta chaîne de léton.

G R O S-R E N E'.

J'oubliois d'avant hier ton morceau de fromage.
Tien, je voudrois pouvoir rejetter le potage
Que tu me fis manger pour n'avoir rien à toi.

M A R I N E T T E.

Je n'ai point maintenant de tes lettres fur moi ;
Mais j'en ferai du feu jufques à la derniere.

G R O S-R E N E'.

Et des tiennes, tu fçais ce que j'en fçaurai faire.

M A R I N E T T E.

Prend garde à ne venir jamais me reprier.

G R O S-R E N E'.

Pour couper tout chemin à nous rapatrier,

Tome I.   E e

Il faut rompre la paille. Une paille rompuë
Rend, entre gens d'honneur, une affaire concluë.
Ne fai point les doux yeux ; je veux être fâché.

MARINETTE.

Ne me lorgne point toi, j'ai l'esprit trop touché.

GROS-RENE'.

Romps ; voilà le moyen de ne s'en plus dédire ;
Romps ; tu ris, bonne bête !

MARINETTE.

     Oui, car tu me fais rire.

GROS-RENE'.

La peste soit ton ris ; voilà tout mon courroux
Déja dulcifié. Qu'en dis-tu ? romprons-nous,
Ou ne romprons-nous pas ?

MARINETTE.

    Voi.

GROS-RENE'.

      Voi toi.

MARINETTE.

       Voi toi-même.

GROS-RENE'.

Est-ce que tu consens que jamais je ne t'aime ?

MARINETTE.

Moi ? ce que tu voudras.

GROS-RENE'.

    Ce que tu voudras, toi.

Di.

MARINETTE.

Je ne dirai rien.

GROS-RENE'.

Ni moi non plus.

MARINETTE.

Ni moi.

GROS-RENE'.

Ma foi nous ferons mieux de quitter la grimace.
Touche, je te pardonne.

MARINETTE.

Et moi, je te fais grace.

GROS-RENE'.

Mon Dieu ! qu'à tes appas je fuis acoquiné !

MARINETTE.

Que Marinette eft fotte après fon Gros-René.

Fin du quatriéme Acte.

E e ij

ACTE CINQUIÉME.

SCENE PREMIERE.

MASCARILLE.

D Ès que l'obſcurité regnera dans la ville,
Je me veux introduire au logis de Lucile ;
Va vîte de ce pas préparer pour tantôt,
Et la lanterne ſourde, & les armes qu'il faut.
Quand il m'a dit ces mots, il m'a ſemblé d'en-
tendre
Va vîtement chercher un licou pour te pendre,
Venez-ça, mon patron ; car dans l'étonnement
Où m'a jetté d'abord un tel commandement,
Je n'ai pas eu le tems de vous pouvoir répondre ;
Mais je vous veux ici parler, & vous confondre :
Défendez-vous donc bien, & raiſonnons ſans bruit.
Vous voulez, dites-vous, aller voir cette nuit
Lucile ? Oui, Maſcarille. Et que penſez-vous faire ?
Une action d'amant qui ſe veut ſatisfaire.
Une action d'un homme à fort petit cerveau,
Que d'aller ſans beſoin riſquer ainſi ſa peau.

Mais tu fçais quel motif à ce deſſein m'appelle,
Lucile eſt irritée. Hé bien, tant pis pour elle.
Mais l'amour veut que j'aille appaiſer ſon eſprit.
Mais l'amour eſt un ſot qui ne ſçait ce qu'il dit:
Nous garantira-t-il cet amour, je vous prie,
D'un rival, ou d'un pere, ou d'un frere en furie?
Penſes-tu qu'aucun d'eux ſonge à nous faire mal?
Oui, vraiment, je le penſe; & ſur tout, ce rival.
Maſcarille, en tout cas, l'eſpoir où je me fonde,
Nous irons bien armés, & ſi quelqu'un nous gronde,
Nous nous chamaillerons. Oui? voilà juſtement
Ce que votre valet ne prétend nullement:
Moi chamailler? bon Dieu! ſuis-je un Roland, mon maître,
Ou quelque Ferragus? c'eſt fort mal me connoître.
Quand je viens à ſonger, moi qui me ſuis ſi cher,
Qu'il ne faut que deux doigts d'un miſerable fer
Dans le corps, pour vous mettre un humain dans la biére,
Je ſuis ſcandaliſé d'une étrange maniére.
Mais tu ſeras armé de pied-en-cap. Tant pis,
J'en ſerai moins leger à gagner le taillis,
Et de plus, il n'eſt point d'armure ſi bien jointe,
Où ne puiſſe gliſſer une vilaine pointe.
Oh! tu ſeras ainſi tenu pour un poltron.
Soit: pourvû que toûjours je branle le menton.
A table comptez-moi, ſi vous voulez pour quatre;
Mais comptez-moi pour rien, s'il s'agit de ſe battre:
Enfin, ſi l'autre monde a des charmes pour vous,
Pour moi je trouve l'air de celui-ci fort doux.

Je n'ai pas grande faim de mort ni de blessure,
Et vous ferez le sot tout seul, je vous assûre.

SCENE II.

VALERE, MASCARILLE.

VALERE.

JE n'ai jamais trouvé de jour plus ennuyeux.
Le soleil semble s'être oublié dans les Cieux,
Et, jusqu'au lit qui doit recevoir sa lumiére,
Je vois rester encore une telle carriére,
Que je crois que jamais il ne l'achévera,
Et que de sa lenteur mon ame enragera.

MASCARILLE.

Et cet empressement pour s'en aller dans l'ombre,
Pêcher vîte à tâtons quelque sinistre encombre . . . .
Vous voyez que Lucile entiére en ses rebuts . . . .

VALERE.

Ne me fai point ici de contes superflus.
Quand j'y devrois trouver cent embûches mortelles,
Je sens de son courroux des gênes trop cruelles;
Et je veux l'adoucir ou terminer mon sort.
C'est un point résolu.

MASCARILLE.

J'approuve ce transport:

Mais le mal eſt, Monſieur, qu'il faudra s'introduire
En cachette.

VALERE.

Fort bien.

MASCARILLE.

Et j'ai peur de vous nuire.

VALERE.

Et comment ?

MASCARILLE.

Une toux me tourmente à mourir,
Dont le bruit importun vous fera découvrir :
De moment en moment. . . . [Il touſſe] vous voyez le ſupplice.

VALERE.

Ce mal te paſſera, prend du jus de réglice.

MASCARILLE.

Je ne crois pas, Monſieur, qu'il ſe veuille paſſer.
Je ſerois ravi, moi, de ne vous point laiſſer ;
Mais j'aurois un regret mortel, ſi j'étois cauſe
Qu'il fût à mon cher maître arrivé quelque choſe.

SCENE III.

VALERE, LA RAPIERE, MASCARILLE.

LA RAPIERE.

Monſieur, de bonne part je viens d'être informé,
Qu'Eraſte eſt contre vous fortement animé,

Et qu'Albert parle aussi de faire pour sa fille
Rouer jambes & bras à votre Mascarille.

MASCARILLE.

Moi ? je ne suis pour rien dans tout cet embarras.
Qu'ai-je fait pour me voir rouer jambes & bras ?
Suis-je donc gardien, pour employer ce stile,
De la virginité des filles de la ville ?
Sur la tentation ai-je quelque crédit,
Et puis-je mais, chétif, si le cœur leur en dit ?

VALERE.

Oh! qu'ils ne feront pas si méchans qu'ils le disent!
Et, quelque belle ardeur que ses feux lui produisent,
Eraste n'aura pas si bon marché de nous.

LA RAPIERE.

S'il vous faisoit besoin, mon bras est tout à vous,
Vous sçavez de tout tems que je suis un bon frere.

VALERE.

Je vous suis obligé, monsieur de la Rapiére.

LA RAPIERE.

J'ai deux amis aussi que je vous puis donner,
Qui contre tous venans font gens à dégaîner,
Et sur qui vous pourrez prendre toute assûrance.

MASCARILLE.

Acceptez-les, Monsieur.

VALERE.

C'est trop de complaisance.

LA

LA RAPIERE.

Le petit Gille encore eût pû nous affifter
Sans le trifte accident qui vient de nous l'ôter.
Monfieur, le grand dommage ! & l'homme de fervice !
Vous avez fçû le tour que lui fit la Juftice ;
Il mourut en Céfar, &, lui caffant les os,
Le bourreau ne lui put faire lâcher deux mots.

VALERE.

Monfieur de la Rapiere, un homme de la forte
Doit être regretté ; mais, quant à votre efcorte,
Je vous rends grace.

LA RAPIERE.

Soit ; mais foyez averti
Qu'il vous cherche, & vous peut faire un mauvais parti.

VALERE.

Et moi, pour vous montrer combien je l'appréhende,
Je lui veux, s'il me cherche, offrir ce qu'il demande ;
Et par toute la ville aller préfentement,
Sans être accompagné que de lui feulement.

SCENE IV.

VALERE, MASCARILLE,

MASCARILLE.

QUoi ! Monfieur, vous voulez tenter Dieu ? Quelle audace !
Las ! vous voyez tous deux comme l'on nous menace.
Combien de tous côtés....

VALERE.

Que regardes-tu là ?

MASCARILLE.

C'eſt qu'il ſent le bâton du côté que voilà.
Enfin, ſi maintenant ma prudence en eſt crüe,
Ne nous obſtinons point à reſter dans la ruë ;
Allons nous renfermer.

VALERE.

Nous renfermer ? faquin ,
Tu m'oſes propoſer un acte de coquin ?
Sus ; ſans plus de diſcours, réſous-toi de me ſuivre.

MASCARILLE.

Hé ! Monſieur, mon cher maître, il eſt ſi doux de vivre !
On ne meurt qu'une fois ; & c'eſt pour ſi long-tems . . . . .

VALERE.

Je m'en vais t'aſſommer de coups, ſi je t'entends.
Aſcagne vient ici, laiſſons-le ; il faut attendre
Quel parti de lui-même il réſoudra de prendre.
Cependant avec moi vien prendre à la maiſon
Pour nous frotter . . . .

MASCARILLE.

Je n'ai nulle démangeaiſon,
Que maudit ſoit l'amour, & les filles maudites ,
Qui veulent en tâter, puis font les chatemites !

SCENE V.

ASCAGNE, FROSINE.

ASCAGNE.

ESt-il bien vrai, Frosine, & ne rêvai-je point ?
De grace, contez-moi bien tout de point en point.

FROSINE.

Vous en sçaurez assez le détail, laissez faire.
Ces sortes d'incidens ne sont pour l'ordinaire
Que redits trop de fois de moment en moment.
Suffit que vous sçachiez, qu'après ce testament
Qui vouloit un garçon pour tenir sa promesse,
De la femme d'Albert la derniere grossesse
N'accoucha que de vous, & que lui, dessous-main,
Ayant depuis long-tems concerté son dessein,
Fit son fils de celui d'Ignés la bouquetiére
Qui vous donna pour sienne à nourrir à ma mere.
La mort ayant ravi ce petit innocent
Quelques dix mois après, Albert étant absent,
La crainte d'un époux & l'amour maternelle
Firent l'événement d'une ruse nouvelle.
Sa femme en secret lors se rendit son vrai sang,
Vous devintes celui qui tenoit votre rang,
Et la mort de ce fils mis dans votre famille,
Se couvrit pour Albert de celle de sa fille.
Voilà de votre sort un myftére éclairci
Que votre feinte mere a caché jusqu'ici.

F f ij

Elle en dit des raifons, & peut en avoir d'autres
Par qui fes intérêts n'étoient pas tous les vôtres.
Enfin cette vifite où j'efpérois fi peu,
Plus qu'on ne pouvoit croire, a fervi votre feu.
Cette Ignés vous relâche, & par votre autre affaire
L'éclat de fon fecret devenu néceffaire,
Nous en avons nous deux votre pere informé,
Un billet de fa femme a le tout confirmé ;
Et pouffant plus avant encore notre pointe,
Quelque peu de fortune à notre adreffe jointe,
Aux intérêts d'Albert, de Polidore après
Nous avons ajufté fi bien les intérêts,
Si doucement à lui déployé ces myftéres
Pour n'effaroucher pas d'abord trop les affaires ;
Enfin, pour dire tout, mené fi prudemment
Son efprit pas à pas à l'accommodement,
Qu'autant que votre pere il montre de tendreffe
A confirmer les nœuds qui font votre allégreffe.

ASCAGNE.

Ah ! Frofine, la joye où vous m'acheminez, . . . ,
Hé ! que ne dois-je point à vos foins fortunés !

FROSINE.

Au refte, le bon-homme eft en humeur de rire,
Et pour fon fils encor nous défend de rien dire.

SCENE VI.

POLIDORE, ASCAGNE, FROSINE.

POLIDORE.

Pprochez-vous, ma fille, un tel nom m'eft permis,
Et j'ai fçû le fecret que cachoient ces habits.
Vous avez fait un trait, qui, dans fa hardieffe
Fait briller tant d'efprit & tant de gentilleffe,
Que je vous en excufe, & tiens mon fils heureux
Quand il fçaura l'objet de fes foins amoureux.
Vous valez tout un monde; & c'eft moi qui l'affûre.
Mais le voici; prenons plaifir de l'avanture.
Allez faire venir tous vos gens promtement.

ASCAGNE.

Vous obéir fera mon premier compliment.

SCENE VII.

POLIDORE, VALERE, MASCARILLE.

MASCARILLE à *Valere*.

Es difgraces fouvent font du Ciel révélées,
J'ai fongé cette nuit de perles défilées,
Et d'œufs caffés; Monfieur, un tel fonge m'abbat.

VALERE.

Chien de poltron!

POLIDORE.

Valere, il s'apprête un combat

Où toute ta valeur te fera néceſſaire.
Tu vas avoir en tête un puiſſant adverſaire.

MASCARILLE.

Et perſonne, Monſieur, qui ſe veuille bouger
Pour retenir des gens qui ſe vont égorger ?
Pour moi je le veux bien ; mais au moins, s'il arrive
Qu'un funeſte accident de votre fils vous prive,
Ne m'en accuſez point.

POLIDORE.

                   Non, non, en cet endroit,
Je le pouſſe moi-même à faire ce qu'il doit.

MASCARILLE.

Pere dénaturé !

VALERE.

           Ce ſentiment, mon pere,
Eſt d'un homme de cœur, & je vous en révére.
J'ai dû vous offenſer, & je ſuis criminel
D'avoir fait tout ceci ſans l'aveu paternel ;
Mais, à quelque dépit que ma faute vous porte,
La nature toujours ſe montre la plus forte,
Et votre honneur fait bien, quand il ne veut pas voir
Que le tranſport d'Eraſte ait de quoi m'émouvoir.

POLIDORE.

On me faiſoit tantôt redouter ſa menace ;
Mais les choſes depuis ont bien changé de face ;
Et, ſans le pouvoir fuir, d'un ennemi plus fort
Tu vas être attaqué.

MASCARILLE.

           Point de moyen d'accord ?

VALERE.

Moi, le fuir? Dieu m'en garde. Et qui donc pourroit-ce être?

POLIDORE.

Afcagne.

VALERE.

Afcagne?

POLIDORE.

Oui, tu le vas voir paroître.

VALERE.

Lui, qui de me fervir m'avoit donné fa foi?

POLIDORE.

Oui, c'eft lui qui prétend avoir affaire à toi;
Et qui veut, dans le champ où l'honneur vous appelle,
Qu'un combat feul à feul vuide votre querelle.

MASCARILLE.

C'eft un brave homme, il fçait que les cœurs généreux
Ne mettent point les gens en compromis pour eux.

POLIDORE.

Enfin d'une impofture ils te rendent coupable,
Dont le reffentiment m'a paru raifonnable;
Si bien qu'Albert & moi fommes tombés d'accord
Que tu fatisferois Afcagne fur ce tort:
Mais aux yeux d'un chacun, & fans nulles remifes,
Dans les formalités en pareil cas requifes.

VALERE.

Et Lucile, mon pere, a d'un cœur endurci....

POLIDORE.

Lucile époufe Erafte, & te condamne auffi:

Et, pour convaincre mieux tes difcours d'injuftice,
Veut qu'à tes propres yeux cet hymen s'accompliffe.

VALERE.

Ah! c'eft une impudence à me mettre en fureur :
Elle a donc perdu fens, foi, confcience, honneur?

SCENE VIII.

ALBERT, POLIDORE, LUCILE, ERASTE, VALERE, MASCARILLE.

ALBERT.

HE bien? les combattans? On amene le nôtre.
Avez-vous difpofé le courage du vôtre?

VALERE.

Oui, oui, me voilà prêt, puifqu'on m'y veut forcer,
Et, fi j'ai pû trouver fujet de balancer,
Un refte de refpect en pouvoit être caufe,
Et non pas la valeur du bras que l'on m'oppofe ;
Mais c'eft trop me pouffer, ce refpect eft à bout,
A toute extrémité mon efprit fe réfout,
Et l'on fait voir un trait de perfidie étrange
Dont il faut hautement que mon amour fe venge. *[à Lucile.]*
Non pas que cet amour prétende encor à vous ;
Tout fon feu fe réfout en ardeur de courroux ;
Et, quand j'aurai rendu votre honte publique,
Votre coupable hymen n'aura rien qui me pique.
Allez, ce procédé, Lucile, eft odieux,
A peine en puis-je croire au rapport de mes yeux ;

C'eft

C'eſt de toute pudeur ſe montrer ennemie,
Et vous devriez mourir d'une telle infamie.

LUCILE.

Un ſemblable diſcours me pourroit affliger,
Si je n'avois en main qui m'en ſçaura venger.
Voici venir Aſcagne, il aura l'avantage
De vous faire changer bien vîte de langage,
Et ſans beaucoup d'effort.

SCENE DERNIERE.

ALBERT, POLIDORE, ASCAGNE, LUCILE, ERASTE, VALERE, FROSINE, MARINETTE, GROS-RENE, MASCARILLE.

VALERE.

IL ne le fera pas,
Quand il joindroit au ſien encor vingt autres bras.
Je le plains de défendre une ſœur criminelle ;
Mais, puiſque ſon erreur me veut faire querelle,
Nous le ſatisferons, & vous, mon brave ; auſſi.

ERASTE.

Je prenois intérêt tantôt à tout ceci ;
Mais enfin, comme Aſcagne a pris ſur lui l'affaire,
Je ne veux plus en prendre, & je le laiſſe faire.

VALERE.

C'eſt bien fait ; la prudence eſt toujours de ſaiſon.
Mais ....

ERASTE.

Il ſçaura pour tous vous mettre à la raiſon.

VALERE.

Lui ?

POLIDORE.

Ne t'y trompes pas, tu ne ſçais pas encore
Quel étrange garçon eſt Aſcagne.

ALBERT.

Il l'ignore ;
Mais il pourra dans peu le lui faire ſçavoir.

VALERE.

Sus donc que maintenant il me le faſſe voir.

MARINETTE.

Aux yeux de tous ?

GROS-RENE'.

Cela ne ſeroit pas honnête.

VALERE.

Se moque-t-on de moi ? Je caſſerai la tête
A quelqu'un des rieurs. Enfin voyons l'effet.

ASCAGNE.

Non, non, je ne ſuis pas ſi méchant qu'on me fait,
Et dans cette avanture où chacun m'intéreſſe,
Vous allez voir plûtôt éclater ma foibleſſe,

Connoître que le Ciel, qui difpofe de nous,
Ne me fit pas un cœur pour tenir contre vous,
Et qu'il vous réfervoit pour victoire facile,
De finir le deftin du frere de Lucile.
Oui, bien loin de vanter le pouvoir de mon bras,
Afcagne va par vous recevoir le trépas :
Mais il veut bien mourir, fi fa mort néceffaire
Peut avoir maintenant de quoi vous fatisfaire,
En vous donnant pour femme en préfence de tous
Celle qui juftement ne peut être qu'à vous.

VALERE.

Non, quand toute la terre après fa perfidie,
Et les traits effrontés . . . .

ASCAGNE.

Ah ! fouffrez que je die,
Valere, que le cœur qui vous eft engagé,
D'aucun crime envers vous ne peut être chargé ;
Sa flâme eft toujours pure, & fa conftance extrême ;
Et j'en prends à témoin votre pere lui-même.

POLIDORE.

Oui, mon fils, c'eft affez rire de ta fureur,
Et je vois qu'il eft tems de te tirer d'erreur.
Celle à qui par ferment ton ame eft attachée ;
Sous l'habit que tu vois à tes yeux eft cachée ;
Un intérêt de bien, dès fes plus jeunes ans,
Fit ce déguifement qui trompe tant de gens,
Et depuis peu l'amour en a fçû faire un autre,
Qui t'abufa, joignant leur famille à la nôtre.

Ne va point regarder à tout le monde aux yeux.
Je te fais maintenant un difcours férieux.
Oui c'eft elle, en un mot, dont l'adreffe fubtile
La nuit reçût ta foi fous le nom de Lucile,
Et qui, par ce reffort qu'on ne comprenoit pas,
A femé parmi vous un fi grand embarras.
Mais, puifqu'Afcagne ici fait place à Dorothée,
Il faut voir de vos feux toute impofture ôtée,
Et qu'un nœud plus facré donne force au premier.

ALBERT.

Et c'eft-là juftement ce combat fingulier
Qui devoit envers nous réparer votre offenfe,
Et pour qui les édits n'ont point fait de défenfe,

POLIDORE.

Un tel événement rend tes efprits confus ;
Mais en vain tu voudrois balancer là-deffus.

VALERE.

Non, non, je ne veux pas fonger à m'en défendre,
Et fi cette avanture a lieu de me furprendre,
La furprife me flate, & je me fens faifir
De merveille à la fois, d'amour & de plaifir :
Se peut-il que ces yeux . . . .

ALBERT.

     Cet habit, cher Valere,
Souffre mal les difcours que vous lui pourriez faire.
Allons lui faire en prendre un autre, & cependant
Vous fçaurez le détail de tout cet incident.

VALERE.

Vous, Lucile, pardon, si mon ame abusée ....

LUCILE.

L'oubli de cette injure est une chose aisée.

ALBERT.

Allons, ce compliment se fera bien chez nous,
Et nous aurons loisir de nous en faire tous.

ERASTE.

Mais vous ne songez pas, en tenant ce langage,
Qu'il reste encore ici des sujets de carnage.
Voilà bien à tous deux notre amour couronné ;
Mais de son Mascarille, & de mon Gros-René,
Par qui doit Marinette être ici possédée,
Il faut que par le sang l'affaire soit vuidée.

MASCARILLE.

Nenni, nenni, mon sang dans mon corps sied trop bien.
Qu'il l'épouse en repos, cela ne me fait rien.
De l'humeur que je sçais la chere Marinette,
L'hymen ne ferme pas la porte à la fleurette.

MARINETTE.

Et tu crois que de toi je ferois mon galant ?
Un mari, passe encor, tel qu'il est on le prend,
On n'y va pas chercher tant de cérémonie :
Mais il faut qu'un galant soit fait à faire envie.

GROS-RENE'.

Ecoute, quand l'hymen aura joint nos deux peaux,
Je prétends qu'on soit sourde à tous les damoiseaux.

MASCARILLE.

Tu crois te marier pour toi tout feul, compere ?

GROS-RENE'.

Bien entendu, je veux une femme févere,
Ou je ferai beau bruit.

MASCARILLE.

Hé ! mon Dieu, tu feras
Comme les autres font, & tu t'adouciras.
Ces gens, avant l'hymen, fi fâcheux & critiques,
Dégénerent fouvent en maris pacifiques.

MARINETTE.

Va, va, petit mari, ne crains rien de ma foi,
Les douceurs ne feront que blanchir contre moi ;
Et je te dirai tout.

MASCARILLE.

Oh ! la fine pratique !
Un mari confident !

MARINETTE.

Taifez-vous, as de pique.

ALBERT.

Pour la troifiéme fois, allons-nous-en chez nous,
Pourfuivre en liberté des entretiens fi doux.

FIN.

Inv. et dessiné par F. Boucher.

Gravé par Lau. Cars.

LES PRECIEUSES RIDICULES

LES
PRÉCIEUSES
RIDICULES,
COMÉDIE.

PRÉFACE

PRÉFACE.

C'EST une chose étrange qu'on imprime les gens malgré eux. Je ne vois rien de si injuste, & je pardonnerois toute autre violence plûtôt que celle-là.

Ce n'est pas que je veuille faire ici l'auteur modeste, & méprifer par honneur ma comédie. J'offenferois mal-à-propos tout Paris, si je l'accufois d'avoir pû applaudir à une fottife ; comme le public est le juge abfolu de ces fortes d'ouvrages, il y auroit de l'impertinence à moi de le démentir ; & quand j'aurois eu la plus mauvaife opinion du monde de mes Précieufes ridicules avant leur repréfentation, je dois croire maintenant qu'elles valent quelque chofe, puifque tant de gens enfemble en ont dit du bien. Mais comme une grande partie des graces qu'on y a trouvées, dépendent de l'action, & du ton de voix, il m'importoit qu'on ne les dépouillât pas de ces ornemens, & je trouvois que le fuccès qu'elles avoient eu dans la repréfentation étoit affez beau pour en demeurer-là. J'avois réfolu, dis-je, de ne les faire voir qu'à la chandelle, pour ne point donner lieu à quelqu'un de dire le proverbe ; & je ne voulois pas qu'elles fautaffent du théatre de Bourbon, dans la gallerie du palais. Cependant je n'ai pû l'éviter, & je fuis tombé dans la difgrace de voir une copie dérobée de ma piéce entre les mains des libraires, accompagnée d'un privilége obtenu par furprife. J'ai eu beau crier, ô tems ! ô mœurs ! on m'a fait voir une néceffité pour moi d'être imprimé, ou d'avoir un procès ; & le dernier mal est encore pire que le premier. Il faut donc fe laiffer aller à la deftinée, & confentir à une chofe qu'on ne laifferoit pas de faire fans moi.

Tome I.   H h

Mon Dieu, l'étrange embarras, qu'un livre à mettre au jour,
& qu'un auteur est neuf la premiere fois qu'on l'imprime ! Encore
si l'on m'avoit donné du tems, j'aurois pû mieux songer à moi, &
j'aurois pris toutes les précautions que messieurs les auteurs, à présent
mes confreres, ont coûtume de prendre en semblables occasions. Outre
quelque grand seigneur, que j'aurois été prendre malgré lui, pour
protecteur de mon ouvrage, & dont j'aurois tenté la liberalité par
une épître dédicatoire bien fleurie ; j'aurois tâché de faire une belle
& docte préface, & je ne manque point de livres qui m'auroient
fourni tout ce qu'on peut dire de sçavant sur la tragédie & la
comédie ; l'étimologie de toutes deux, leur origine, leur définition, &
le reste. J'aurois parlé aussi à mes amis, qui, pour la recommandation
de ma piece, ne m'auroient pas refusé, ou des vers françois ou des
vers latins. J'en ai même qui m'auroient loué en grec, & l'on
n'ignore pas qu'une louange en grec est d'une merveilleuse efficace
à la tête d'un livre. Mais on me met au jour sans me donner le
loisir de me reconnoître, & je ne puis même obtenir la liberté de
dire deux mots, pour justifier mes intentions sur le sujet de cette
comédie. J'aurois voulu faire voir qu'elle se tient par tout dans les
bornes de la satire honnête, & permise ; que les plus excéllentes
choses sont sujettes à être copiées par de mauvais singes, qui méritent
d'être bernés ; que ces vicieuses imitations de ce qu'il y a de plus
parfait, ont été de tout tems la matiére de la comédie, & que par
la même raison, que les véritables sçavans, & les vrais braves ne se
sont point encore avisés de s'offenser du Docteur de la comédie, &
du Capitan, non plus que les juges, les princes & les rois, de voir
Trivelin, ou quelque autre sur le théatre, faire ridiculement le
juge, le prince, ou le roi : aussi les véritables précieuses auroient tort

de se piquer, lorsqu'on joue les ridicules, qui les imitent mal. Mais enfin, comme j'ai dit, on ne me laisse pas le tems de respirer, & monsieur de Luines veut m'aller faire relier de ce pas : à la bonne heure, puisque Dieu l'a voulu.

ACTEURS.

LA GRANGE,

DU CROISI,

GORGIBUS, bon bourgeois.

MADELON, fille de Gorgibus, précieuse ridicule.

CATHOS, niéce de Gorgibus, précieuse ridicule.

MAROTTE, servante des précieuses ridicules.

ALMANZOR, laquais des précieuses ridicules.

LE MARQUIS DE MASCARILLE, valet de la Grange.

LE VICOMTE DE JODELET, valet de du Croisi.

LUCILE, voisine de Gorgibus.

CELIMENE, voisine de Gorgibus.

DEUX PORTEURS DE CHAISE.

VIOLONS.

La scene est à Paris, dans la maison de Gorgibus.

LES
PRÉCIEUSES
RIDICULES,
COMÉDIE.

SCENE PREMIERE.
LA GRANGE, DU CROISI.

DU CROISI.

Eigneur la Grange.

LA GRANGE.

Quoi?

DU CROISI.

Regardez-moi un peu fans rire.

LA GRANGE.

Hé bien?

DU CROISI.

Que dites-vous de notre vifite? en êtes-vous fort fatisfait?

LA GRANGE.

A votre avis, avons-nous fujet de l'être tous deux?

DU CROISI.

Pas tout-à-fait, à dire vrai.

LA GRANGE.

Pour moi je vous avoue que j'en fuis tout fcandalifé. A-t-on jamais vû, dites-moi, deux pecques provinciales faire plus les renchéries que celles-là, & deux hommes traités avec plus de mépris que nous? A peine ont-elles pû fe réfoudre à nous faire donner des fiéges. Je n'ai jamais vû tant parler à l'oreille qu'elles ont fait entr'elles, tant bâiller, tant fe frotter les yeux, & demander tant de fois, quelle heure eft-il? Ont-elles répondu que, oui, & non, à tout ce que nous avons pû leur dire? & ne m'avouerez-vous pas enfin que, quand nous aurions été les dernieres perfonnes du monde, on ne pouvoit nous faire pis qu'elles ont fait?

DU CROISI.

Il me femble que vous prenez la chofe fort à cœur.

LA GRANGE.

Sans doute je l'y prends, & de telle façon, que je me veux venger de cette impertinence. Je connois ce qui nous a fait méprifer. L'air précieux n'a pas feulement infecté Paris, il s'eft auffi répandu dans les provinces, & nos donzelles ridicules en ont humé leur bonne part. En un mot, c'eft un ambigu de précieufe & de coquette que leur perfonne. Je vois ce qu'il faut être pour en être bien reçû, &, fi vous m'en croyez, nous leur jouerons tous deux une piéce qui leur fera voir leur fottife, & pourra leur apprendre à connoître un peu mieux leur monde.

DU CROISI.

Et comment encore ?

LA GRANGE.

J'ai un certain valet, nommé Mascarille, qui passe, au senti-
ment de beaucoup de gens, pour une maniére de bel esprit;
car il n'y a rien à meilleur marché que le bel esprit maintenant. C'est un extravagant qui s'est mis dans la tête de vouloir faire l'homme de condition. Il se pique ordinairement
de galanterie, & de vers, & dédaigne les autres valets, jufqu'à les appeller brutaux.

DU CROISI.

Hé bien, qu'en prétendez-vous faire ?

LA GRANGE.

Ce que j'en prétends faire ? il faut.... mais fortons d'ici auparavant.

SCENE II.

GORGIBUS, DU CROISI, LA GRANGE.

GORGIBUS.

HE bien, vous avez vû ma niéce & ma fille ? les affaires
iront-elles bien ? Quel est le résultat de cette visite ?

LA GRANGE.

C'est une chose que vous pourrez mieux apprendre d'elles
que de nous. Tout ce que nous pouvons vous dire, c'est que
nous vous rendons grace de la faveur que vous nous avez
faite, & demeurons vos très-humbles serviteurs.

DU CROISI.

Vos très-humbles ferviteurs.

GORGIBUS *feul.*

Ouais ; il femble qu'ils fortent mal fatisfaits d'ici ? d'où pourroit venir leur mécontentement ? il faut fçavoir un peu ce que c'eft. Hola.

SCENE III.

GORGIBUS, MAROTTE.

MAROTTE.

Que défirez-vous, Monfieur ?

GORGIBUS.

Où font vos maîtreffes ?

MAROTTE.

Dans leur cabinet.

GORGIBUS.

Que font-elles ?

MAROTTE.

De la pommade pour les lévres.

GORGIBUS.   [*feul.*]

C'eft trop pommadé : dites leur qu'elles defcendent. Ces pendardes-là avec leur pommade ont, je penfe, envie de me ruiner. Je ne vois par tout que blancs d'œufs, lait virginal, & mille autres brimborions que je ne connois point. Elles ont ufé, depuis que nous fommes ici, le lard d'une douzaine de cochons, pour le moins, & quatre valets vivroient tous les jours des pieds de mouton qu'elles employent.

SCENE

SCENE IV.

MADELON, CATHOS, GORGIBUS.

GORGIBUS.

IL est bien nécessaire, vrayment, de faire tant de dépense pour vous graisser le museau. Dites-moi un peu ce que vous avez fait à ces messieurs, que je les vois sortir avec tant de froideur ? Vous avois-je pas commandé de les recevoir comme des personnes que je vous voulois donner pour maris ?

MADELON.

Et quelle estime, mon pere, voulez-vous que nous fassions du procédé irrégulier de ces gens-là ?

CATHOS.

Le moyen, mon oncle, qu'une fille un peu raisonnable se pût accommoder de leur personne ?

GORGIBUS.

Et qu'y trouvez-vous à redire ?

MADELON.

La belle galanterie que la leur ! quoi, débuter d'abord par le mariage !

GORGIBUS.

Et par où veux-tu donc qu'ils débutent, par le concubinage ? N'est-ce pas un procédé, dont vous avez sujet de vous louer toutes deux, aussi-bien que moi ? Est-il rien de plus obligeant que cela ? & ce lien sacré où ils aspirent, n'est-il pas un témoignage de l'honnêteté de leurs intentions ?

Tome I.   I i

MADELON.
Ah! mon pere, ce que vous dites-là, eft du dernier bourgeois. Cela me fait honte de vous oüir parler de la forte, & vous devriez un peu vous faire apprendre le bel air des chofes.

GORGIBUS.
Je n'ai que faire ni d'air, ni de chanfon. Je te dis que le mariage eft une chofe facrée, & que c'eft faire en honnêtes gens que de débuter par-là.

MADELON.
Mon Dieu, que fi tout le monde vous reffembloit, un roman feroit bien-tôt fini ! la belle chofe que ce feroit fi d'abord Cyrus époufoit Mandane, & qu'Aronce de plein piéd fût marié à Clélie !

GORGIBUS.
Que me vient conter celle-ci ?

MADELON.
Mon pere, voilà ma coufine qui vous dira auffi-bien que moi que le mariage ne doit jamais arriver qu'après les autres avantures. Il faut qu'un amant, pour être agréable, fçache débiter les beaux fentimens, pouffer le doux, le tendre & le paffion-né, & que fa recherche foit dans les formes. Premiérement, il doit voir au Temple, ou à la promenade, ou dans quelque cérémonie publique, la perfonne dont il devient amoureux: ou bien être conduit fatalement chez elle par un parent ou un ami, & fortir de là tout rêveur & mélancolique. Il cache un tems fa paffion à l'objet aimé, & cependant lui rend plufieurs vifites, où l'on ne manque jamais de mettre fur le tapis une queftion galante qui exercé les efprits de l'affemblée.

Le jour de la déclaration arrive, qui se doit faire ordinairement dans une allée de quelque jardin, tandis que la compagnie s'est un peu éloignée, & cette déclaration est suivie
d'un promt courroux qui paroît à notre rougeur, & qui pour
un tems bannit l'amant de notre présence. Ensuite il trouve
moyen de nous appaiser, & de nous accoutumer insensible-
ment au discours de sa passion, & de tirer de nous cet aveu
qui fait tant de peine. Après cela viennent les avantures; les
rivaux qui se jettent à la traverse d'une inclination établie,
les persécutions des peres, les jalousies conçuës sur de fausses
apparences, les plaintes, les désespoirs, les enlévemens, &
ce qui s'ensuit. Voilà comme les choses se traitent dans les
belles maniéres, & ce sont des régles, dont en bonne galanterie on ne sçauroit se dispenser ; mais en venir de but en
blanc à l'union conjugale, ne faire l'amour qu'en faisant le
contrat de mariage, & prendre justement le roman par la
queuë! Encore un coup, mon pere, il ne se peut rien de plus
marchand que ce procédé ; & j'ai mal au cœur de la seule
vision que cela me fait.

GORGIBUS.

Quel diable de jargon entends-je ici ? voici bien du haut stile.

CATHOS.

En effet, mon oncle, ma cousine donne dans le vray de la
chose. Le moyen de bien recevoir des gens qui sont tout-
à-fait incongrus en galanterie ? je m'en vais gager qu'ils n'ont
jamais vû la carte de Tendre, & que billets doux, petits soins,
billets galans & jolis vers, sont des terres inconnuës pour eux.
Ne voyez-vous pas que toute leur personne marque cela, &

qu'ils n'ont point cet air qui donne d'abord bonne opinion des gens ? venir en vifite amoureufe avec une jambe toute unie, un chapeau défarmé de plumes, une tête irréguliére en cheveux, & un habit qui fouffre une indigence de rubans ; mon Dieu, quels amans font-ce-là ! Quelle frugalité d'ajufte-ment, & quelle féchereffe de converfation! On n'y dure point, on n'y tient pas. J'ai remarqué encore que leurs rabats ne font pas de la bonne faifeufe, & qu'il s'en faut plus d'un grand demi-pied, que leurs haut-de-chauffes ne foient affez larges.

GORGIBUS.

Je penfe qu'elles font folles toutes deux, & je ne puis rien comprendre à ce baragouin. Cathos, & vous Madelon . . . .

MADELON.

Hé! de grace, mon pere, défaites-vous de ces noms étranges, & nous appellez autrement.

GORGIBUS.

Comment, ces noms étranges ? ne font-ce pas vos noms de batême ?

MADELON.

Mon Dieu, que vous êtes vulgaire ! pour moi un de mes étonnemens, c'eft que vous ayez pû faire une fille fi fpirituelle que moi. A-t-on jamais parlé, dans le beau ftile, de Cathos ni de Madelon, & ne m'avouerez-vous pas que ce feroit affez d'un de ces noms pour décrier le plus beau roman du monde ?

CATHOS.

Il eft vrai, mon oncle, qu'une oreille un peu délicate pâtit furieufement à entendre prononcer ces mots-là ; & le nom de

Polixène que ma coufine a choifi, & celui d'Aminte que je
me fuis donné, ont une grace dont il faut que vous demeu-
riez d'accord.

GORGIBUS.

Ecoutez, il n'y a qu'un mot qui ferve. Je n'entends point
que vous ayez d'autres noms que ceux qui vous ont été donnés par vos parrains & vos marraines, & pour ces meffieurs
dont il eft queftion, je connois leurs familles & leurs
biens, & je veux réfolument que vous vous difpofiez à les
recevoir pour maris. Je me laffe de vous avoir fur les bras, &
la garde de deux filles eft une charge un peu trop pefante
pour un homme de mon âge.

CATHOS.

Pour moi, mon oncle, tout ce que je vous puis dire, c'eft
que je trouve le mariage une chofe tout-à-fait choquante.
Comment eft-ce qu'on peut fouffrir la penfée de coucher
contre un homme vrayment nud?

MADELON.

Souffrez que nous prenions un peu haleine parmi le beau
monde de Paris, où nous ne faifons que d'arriver. Laiffez-
nous faire à loifir le tiffu de notre roman, & n'en preffez point
tant la conclufion.

[à part.]   ### GORGIBUS.   [haut.]

Il n'en faut point douter; elles font achevées. Encore un
coup, je n'entends rien à toutes ces balivernes, je veux être
maître abfolu; & pour trancher toutes fortes de difcours, ou
vous ferez mariées toutes deux avant qu'il foit peu, ou, ma foi,
vous ferez religieufes; j'en fais un bon ferment.

SCENE V.

CATHOS, MADELON.

CATHOS.

MOn Dieu, ma chere, que ton pere a la forme enfoncée dans la matiere ! que ſon intelligence eſt épaiſſe, & qu'il fait ſombre dans ſon ame !

MADELON.

Que veux-tu, ma chere ? j'en ſuis en confuſion pour lui. J'ai peine à me perſuader que je puiſſe être véritablement ſa fille, & je crois que quelque avanture un jour me viendra développer une naiſſance plus illuſtre.

CATHOS.

Je le croirois bien, oui : il y a toutes les apparences du monde; & pour moi, quand je me regarde auſſi . . . . .

SCENE VI.

CATHOS, MADELON, MAROTTE.

MAROTTE.

VOilà un laquais qui demande ſi vous étes au logis, & dit que ſon maître vous veut venir voir.

MADELON.

Apprenez, ſotte, à vous énoncer moins vulgairement. Dites, voilà un néceſſaire qui demande ſi vous étes en commodité d'être viſibles.

MAROTTE.

Dame, je n'entends point le latin, & je n'ai pas appris, comme vous, la filophie dans le Cyre.

MADELON.

L'impertinente ! le moyen de fouffrir cela ! & qui eft-il, le maître de ce laquais ?

MAROTTE.

Il me l'a nommé le marquis de Mafcarille.

MADELON.

Ah ma chere ! un marquis ! un marquis ! Oui, allez dire qu'on peut nous voir. C'eft fans doute un bel efprit, qui a oüi parler de nous.

CATHOS.

Affûrément, ma chere.

MADELON.

Il faut le recevoir dans cette falle baffe, plûtôt qu'en notre chambre. Ajuftons un peu nos cheveux au moins, & foûtenons notre réputation. Vîte, venez nous tendre ici dedans le confeiller des graces.

MAROTTE.

Par ma foi, je ne fçai point quelle bête c'eft là, il faut parler chrétien, fi vous voulez que je vous entende.

CATHOS.

Apportez-nous le miroir, ignorante que vous étes, & gardez-vous bien d'en falir la glace, par la communication de votre image.

[Elles fortent.]

SCENE VII.

MASCARILLE, DEUX PORTEURS.

MASCARILLE.

Holà, porteurs, holà. Là, là, là, là, là, là. Je penfe que ces marauds-là ont deffein de me brifer à force de heurter contre les murailles & les pavés.

1. PORTEUR.

Dame, c'eft que la porte eft étroite. Vous avez voulu auffi que nous foyons entrés jufqu'ici.

MASCARILLE.

Je le crois bien. Voudriez-vous, faquins, que j'expofaffe l'embonpoint de mes plumes, aux inclémences de la faifon pluvieufe, & que j'allaffe imprimer mes fouliers en bouë? allez, ôtez votre chaife d'ici.

2. PORTEUR.

Payez-nous donc, s'il vous plaît, Monfieur.

MASCARILLE.

Hé?

2. PORTEUR.

Je dis, Monfieur, que vous nous donniez de l'argent, s'il vous plaît.

MASCARILLE *lui donnant un foufflet.*

Comment, coquin, demander de l'argent à une perfonne de ma qualité?

2. PORTEUR.

2. PORTEUR.

Eſt-ce ainſi qu'on paye les pauvres gens, & votre qualité nous donne-t-elle à dîner ?

MASCARILLE.

Ah, ah, je vous apprendrai à vous connoître. Ces canailles-là s'oſent jouer à moi.

1. PORTEUR *prenant un des bâtons de ſa chaiſe.*

Ça, payez-nous vîtement.

MASCARILLE.

Quoi ?

1. PORTEUR.

Je dis que je veux avoir de l'argent tout-à-l'heure.

MASCARILLE.

Il eſt raiſonnable, celui-là.

1. PORTEUR.

Vîte donc.

MASCARILLE.

Oui-dà, tu parles comme il faut, toi ; mais l'autre eſt un coquin, qui ne ſçait ce qu'il dit. Tien, es-tu content ?

1. PORTEUR.

Non, je ne ſuis pas content, vous avez donné un ſoufflet à mon camarade, & . . . . [*levant ſon bâton.*]

MASCARILLE.

Doucement, tien, voilà pour le ſoufflet. On obtient tout de moi quand on s'y prend de la bonne façon. Allez, venez me reprendre tantôt pour aller au louvre au petit coucher.

Tome I. 				K k

SCENE VIII.

MAROTTE, MASCARILLE.

MAROTTE.

MOnfieur, voilà mes maîtreffes qui vont venir tout-à-l'heure.

MASCARILLE.

Qu'elles ne fe preffent point, je fuis ici pofté commodément pour attendre.

MAROTTE.

Les voici.

SCENE IX.

MADELON, CATHOS, MASCARILLE, ALMANZOR.

MASCARILLE *après avoir falué.*

MEfdames, vous ferez furprifes, fans doute, de l'audace de ma vifite ; mais votre réputation vous attire cette méchante affaire, & le mérite a pour moi des charmes fi puiffans, que je cours par tout après lui.

MADELON.

Si vous pourfuivez le mérite, ce n'eft pas fur nos terres que vous devez chaffer.

CATHOS.

Pour voir chez nous le mérite, il a fallu que vous l'y ayiez amené.

MASCARILLE.

Ah! je m'infcris en faux contre vos paroles. La renommée accufe jufte en contant ce que vous valez ; & vous allez faire pic, repic, & capot tout ce qu'il y a de galant dans Paris.

MADELON.

Votre complaifance pouffe un peu trop avant la liberalité de fes louanges, & nous n'avons garde, ma coufine & moi, de donner de notre férieux dans le doux de votre flaterie.

CATHOS.

Ma chere, il faudroit faire donner des fiéges.

MADELON.

Holà, Almanzor?

ALMANZOR.

Madame.

MADELON.

Vîte, voiturez-nous ici les commodités de la converfation.

MASCARILLE.

Mais, au moins, y a-t-il fûreté ici pour moi ?

CATHOS. [*Almanzor fort.*]

Que craignez-vous ?

MASCARILLE.

Quelque vol de mon cœur, quelque affaffinat de ma franchife. Je vois ici deux yeux qui ont la mine d'être de fort mauvais garçons, de faire infulte aux libertés, & de traiter une ame de turc à maure. Comment diable! d'abord qu'on les approche, ils fe mettent fur leur garde meurtriére ? Ah ! par ma foi, je m'en défie, & je m'en vais gagner au piéd, ou je

K k ij

veux caution bourgeoise qu'ils ne me feront point de mal.

MADELON.

Ma chére, c'est le caractére enjoué.

CATHOS.

Je vois bien que c'est un Amilcar.

MADELON.

Ne craignez rien, nos yeux n'ont point de mauvais desseins ;
& votre cœur peut dormir en assûrance sur leur prud'hommie.

CATHOS.

Mais de grace, Monsieur, ne soyez pas inexorable à ce fauteuil qui vous tend les bras il y a un quart d'heure, contentez
un peu l'envie qu'il a de vous embrasser.

MASCARILLE *après s'être peigné, & avoir ajusté ses canons.*

Hé bien, Mesdames, que dites-vous de Paris ?

MADELON.

Hélas ! qu'en pourrions-nous dire ? Il faudroit être l'antipode
de la raison, pour ne pas confesser que Paris est le grand
bureau des merveilles, le centre du bon goût, du bel esprit,
& de la galanterie.

MASCARILLE.

Pour moi, je tiens que hors de Paris, il n'y a point de salut
pour les honnêtes gens.

CATHOS.

C'est une vérité incontestable.

MASCARILLE.

Il y fait un peu crotté ; mais nous avons la chaise.

MADELON.

Il est vray que la chaise est un retranchement merveilleux

contre les infultes de la bouë & du mauvais tems.

MASCARILLE.

Vous recevez beaucoup de vifites ? Quel bel efprit eft des vôtres?

MADELON.

Hélas ! nous ne fommes pas encore connuës ; mais nous fommes en paffe de l'être, & nous avons une amie particuliére qui nous a promis d'amener ici tous ces meffieurs du recueil des pieces choifies.

CATHOS.

Et certains autres qu'on nous a nommés auffi pour être les arbitres fouverains des belles chofes.

MASCARILLE.

C'eft moi qui ferai votre affaire mieux que perfonne ; ils me rendent tous vifite, & je puis dire que je ne me léve jamais fans une demi-douzaine de beaux efprits.

MADELON.

Hé ! mon Dieu, nous vous ferons obligées de la derniere obligation, fi vous nous faites cette amitié : car enfin, il faut avoir la connoiffance de tous ces meffieurs-là, fi l'on veut être du beau monde. Ce font eux qui donnent le branle à la réputation dans Paris ; & vous fçavez qu'il y en a tel, dont il ne faut que la feule fréquentation, pour vous donner bruit de connoiffeufe, quand il n'y auroit rien autre chofe que cela. Mais pour moi ce que je confidére particuliérement, c'eft que par le moyen de ces vifites fpirituelles, on eft inftruit de cent chofes qu'il faut fçavoir de néceffité, & qui font de l'effence du bel efprit. On apprend par là chaque jour les petites nouvelles galantes, les jolis commerces de profe ou de vers. On fçait à point nommé, un tel a compofé la plus jolie piéce du monde fur un tel fujet ; une telle a fait des paroles fur un tel air ; celui-ci a fait un madrigal fur une jouiffance ; celui-là a compofé des ftances fur une infidélité ; monfieur un tel écrivit hier au foir un fixain à mademoifeille une telle, dont elle lui a envoyé la réponfe ce matin fur les huit heures ; un tel auteur a fait un tel deffein ; celui-là eft à la troifiéme partie de fon roman ; cet autre met fes ouvrages fous la preffe. C'eft là ce qui vous fait valoir dans les compagnies, & fi l'on ignore ces chofes, je ne donnerois pas un clou de tout l'efprit qu'on peut avoir.

CATHOS.

En effet, je trouve que c'eft renchérir fur le ridicule, qu'une perfonne fe pique d'efprit & ne fçache pas jufqu'au moindre petit quatrain qui fe fait chaque jour ; & pour moi j'aurois toutes les hontes du monde, s'il falloit qu'on vint à me demander fi j'aurois vû quelque chofe de nouveau, que je n'aurois pas vû.

MASCARILLE.

Il eft vrai qu'il eft honteux de n'avoir pas des premiers tout ce qui fe fait ; mais ne vous mettez pas en peine, je veux établir chez vous une académie de beaux efprits, & je vous promets qu'il ne fe fera pas un bout de vers dans Paris, que vous ne fçachiez par cœur avant tous les autres. Pour moi, tel que vous me voyez, je m'en efcrime un peu quand je veux, & vous verrez courir de ma façon dans les belles ruelles de Paris, deux cent chanfons, autant de fonnets, quatre cens

épigrammes, & plus de mille madrigaux, fans compter les
énigmes & les portraits.

MADELON.

Je vous avoue que je fuis furieufement pour les portraits ; je
ne vois rien de fi galant que cela.

MASCARILLE.

Les portraits font difficiles, & demandent un efprit profond.
Vous en verrez de ma maniére, qui ne vous déplairont pas.

CATHOS.

Pour moi, j'aime terriblement les énigmes.

MASCARILLE.

Cela exerce l'efprit, & j'en ai fait quatre encore ce matin
que je vous donnerai à deviner.

MADELON.

Les madrigaux font agréables, quand ils font bien tournés.

MASCARILLE.

C'eft mon talent particulier, & je travaille à mettre en madrigaux toute l'hiftoire romaine.

MADELON.

Ah ! certes, cela fera du dernier beau ; j'en retiens un exemplaire au moins, fi vous les faites imprimer.

MASCARILLE.

Je vous en promets à chacune un, & des mieux reliés. Cela
eft au-deffous de ma condition ; mais je le fais feulement pour
donner à gagner aux libraires qui me perfécutent.

MADELON.

Je m'imagine que le plaifir eft grand de fe voir imprimé.

MASCARILLE.

Sans doute ; mais à propos, il faut que je vous die un impromptu que je fis hier chez une duchesse de mes amies que je fus visiter ; car je suis diablement fort sur les impromptus.

CATHOS.

L'impromptu est justement la pierre de touche de l'esprit.

MASCARILLE.

Ecoutez donc.

MADELON.

Nous y sommes de toutes nos oreilles.

MASCARILLE.

Oh, oh ! je n'y prenois pas garde,
Tandis que, sans songer à mal, je vous regarde,
Votre œil en tapinois me dérobe mon cœur,
Au voleur, au voleur, au voleur, au voleur.

CATHOS.

Ah, mon Dieu ! voilà qui est poussé dans le dernier galant.

MASCARILLE.

Tout ce que je fais a l'air cavalier, cela ne sent point le pédant.

MADELON.

Il en est éloigné de plus de deux mille lieuës.

MASCARILLE.

Avez-vous remarqué ce commencement, *oh, oh !* voilà qui est extraordinaire, *oh, oh !* Comme un homme qui s'avise tout d'un coup, *oh, oh !* La surprise, *oh, oh !*

MADELON.

Oui, je trouve ce, *oh, oh,* admirable.

MASCARILLE.

MASCARILLE.

Il femble que cela ne foit rien.

CATHOS.

Ah, mon Dieu, que dites-vous? ce font-là de ces fortes de chofes qui ne fe peuvent payer.

MADELON.

Sans doute, & j'aimerois mieux avoir fait ce *oh , oh ,* qu'un poëme épique.

MASCARILLE.

Tudieu, vous avez le goût bon.

MADELON.

Hé ! je ne l'ai pas tout-à-fait mauvais.

MASCARILLE.

Mais n'admirez-vous pas auffi, *je n'y prenois pas garde, je n'y prenois pas garde ,* je ne m'appercevois pas de cela : façon de parler naturelle , *je n'y prenois pas garde. Tandis que , fans fonger à mal.* Tandis qu'innocemment , fans malice , comme un pauvre mouton , *Je vous regarde ;* c'eft-à-dire, je m'amufe à vous confidérer, je vous obferve, je vous contemple. *Votre œil en tapinois* .... Que vous femble de ce mot, *tapinois?* n'eft-il pas bien choifi ?

CATHOS.

Tout-à-fait bien.

MASCARILLE.

Tapinois, en cachette, il femble que ce foit un chat qui vienne de prendre une fouris. *Tapinois.*

MADELON.

Il ne fe peut rien de mieux.

MASCARILLE.

Me dérobe mon cœur, me l'emporte, me le ravit. *Au voleur, au voleur, au voleur, au voleur.* Ne diriez-vous pas que c'est un homme qui crie & court après un voleur pour le faire arrêter. *Au voleur, au voleur, au voleur, au voleur.*

MADELON.

Il faut avouer que cela a un tour spirituel & galant.

MASCARILLE.

Je veux vous dire l'air que j'ai fait dessus.

CATHOS.

Vous avez appris la musique ?

MASCARILLE.

Moi ? point du tout.

CATHOS.

Et comment donc cela se peut-il ?

MASCARILLE.

Les gens de qualité sçavent tout, sans avoir jamais rien appris.

MADELON.

Assûrément, ma chére.

MASCARILLE.

Ecoutez si vous trouverez l'air à votre goût : *hem, hem, la, la, la, la, la.* La brutalité de la saison a furieusement outragé la délicatesse de ma voix ; mais il n'importe, c'est à la cavaliére. [*Il chante.*]

Oh, oh! je n'y prenois pas, &c.

CATHOS.

Ah ! que voilà un air qui est passionné ; est-ce qu'on n'en meurt point ?

MADELON.

Il y a de la chromatique là-dedans.

MASCARILLE.

Ne trouvez-vous pas la penſée bien exprimée dans le chant ? *au voleur*, *au voleur*. Et puis comme ſi l'on crioit bien fort, *au*, *au*, *au*, *au*, *au voleur*. Et tout d'un coup comme une perſonne éſſoufflée, *au voleur*.

MADELON.

C'eſt-là ſçavoir le fin des choſes, le grand fin, le fin du fin. Tout eſt merveilleux, je vous aſſûre ; je ſuis enthouſiaſmée de l'air & des paroles.

CATHOS.

Je n'ai encore rien vû de cette force-là.

MASCARILLE.

Tout ce que je fais me vient naturellement, c'eſt ſans étude.

MADELON.

La nature vous à traité en vraye mere paſſionnée, & vous en êtes l'enfant gâté.

MASCARILLE.

A quoi donc paſſez-vous le tems, Meſdames ?

CATHOS.

A rien du tout.

MADELON.

Nous avons été juſqu'ici dans un jeûne effroyable de divertiſſemens.

MASCARILLE.

Je m'offre à vous mener l'un de ces jours à la comédie, ſi vous voulez ; auſſi-bien on en doit jouer une nouvelle, que je ferai bien aife que nous voyions enfemble.

MADELON.

Cela n'eft pas de refus.

MASCARILLE.

Mais je vous demande d'applaudir comme il faut, quand
nous ferons là : car je me fuis engagé de faire valoir la piéce,
& l'auteur m'en eft venu prier encore ce matin. C'eft la cou-
tume ici, qu'à nous autres gens de condition, les auteurs
viennent lire leurs piéces nouvelles, pour nous engager à
les trouver belles, & leur donner de la réputation ; & je
vous laiffe à penfer, fi, quand nous difons quelque chofe,
le parterre ofe nous contredire. Pour moi, j'y fuis fort exact ;
& quand j'ai promis à quelque poëte, je crie toujours, voilà
qui eft beau, devant que les chandelles foient allumées.

MADELON.

Ne m'en parlez point, c'eft un admirable lieu que Paris ; il
s'y paffe cent chofes tous les jours, qu'on ignore dans les
provinces, quelque fpirituelle qu'on puiffe être.

CATHOS.

C'eft affez ; puifque nous fommes inftruites, nous ferons notre devoir de nous écrier comme il faut, fur tout ce qu'on
dira.

MASCARILLE.

Je ne fçai fi je me trompe ; mais vous avez toute la mine d'a-
voir fait quelque comédie.

MADELON.

Hé ! il pourroit être quelque chofe de ce que vous dites.

MASCARILLE.

Ah ! ma foi, il faudra que nous la voyions. Entre nous, j'en ai compofé une que je veux faire repréfenter.

CATHOS.

Hé, à quels comédiens la donnerez-vous ?

MASCARILLE.

Belle demande ! aux comédiens de l'hôtel de Bourgogne ; il n'y a qu'eux qui foient capables de faire valoir les chofes ; les autres font des ignorans qui récitent comme l'on parle ; ils ne fçavent pas faire ronfler les vers, & s'arrêter au bel endroit ; & le moyen de connoître où eft le beau vers, fi le comédien ne s'y arrête, & ne vous avertit par-là qu'il faut faire le brou haha ?

CATHOS.

En effet, il y a maniére de faire fentir aux auditeurs les beautés d'un ouvrage, & les chofes ne valent que ce qu'on les fait valoir.

MASCARILLE.

Que vous femble de ma petite oye ? la trouvez-vous congruante à l'habit ?

CATHOS.

Tout-à-fait.

MASCARILLE.

Le ruban en eft bien choifi ?

MADELON.

Furieufement bien. C'eft perdrigeon tout pur.

MASCARILLE.

Que dites-vous de mes canons ?

MADELON.

Ils ont tout-à-fait bon air.

MASCARILLE.

Je puis me vanter au moins, qu'ils ont un grand quartier plus que tous ceux qu'on fait.

MADELON.

Il faut avouer que je n'ai jamais vû porter si haut l'élégance de l'ajustement.

MASCARILLE.

Attachez un peu sur ces gants la réfléxion de votre odorat.

MADELON.

Ils sentent terriblement bon.

CATHOS.

Je n'ai jamais respiré une odeur mieux conditionnée.

MASCARILLE.

Et celle-là ? [*Il donne à sentir les cheveux poudrés de sa perruque.*]

MADELON.

Elle est tout-à-fait de qualité ; le sublime en est touché délicieusement.

MASCARILLE.

Vous ne me dites rien de mes plumes, comment les trouvez-vous ?

CATHOS.

Effroyablement belles.

MASCARILLE.

Sçavez-vous que le brin me coûte un louis d'or ? Pour moi j'ai cette manie, de vouloir donner généralement sur tout ce qu'il y a de plus beau.

MADELON.

Je vous affure que nous fimpatifons vous & moi. J'ai une délicateffe furieufe pour tout ce que je porte , & jufqu'à mes chauffettes, je ne puis rien fouffrir qui ne foit de la bonne faifeufe.

MASCARILLE *s'écriant brufquement.*

Ahi , ahi , ahi , doucement ; Dieu me damne, Mefdames, c'eft fort mal en ufer ; j'ai à me plaindre de votre procédé ; cela n'eft pas honnête.

CATHOS.

Qu'eft-ce donc ! Qu'avez-vous ?

MASCARILLE.

Quoi ! toutes deux contre mon cœur, en même tems ? m'attaquer à droit & à gauche ? Ah ! c'eft contre le droit des gens, la partie n'eft pas égale, & je m'en vais crier au meurtre.

CATHOS.

Il faut avouer qu'il dit les chofes d'une maniere particuliére.

MADELON.

Il a un tour admirable dans l'efprit.

CATHOS.

Vous avez plus de peur que de mal , & votre cœur crie avant qu'on l'écorche.

MASCARILLE.

Comment diable ! il eft écorché depuis la tête jufqu'aux piéds.

SCENE X.

CATHOS, MADELON, MASCARILLE, MAROTTE.

MAROTTE.

M Adame, on demande à vous voir.

MADELON.

Qui?

MAROTTE.

Le vicomte de Jodelet.

MASCARILLE.

Le vicomte de Jodelet?

MAROTTE.

Oui, Monſieur.

CATHOS.

Le connoiſſez-vous?

MASCARILLE.

C'eſt mon meilleur ami.

MADELON.

Faites entrer vîtement.

MASCARILLE.

Il y a quelque tems que nous ne nous ſommes vûs, & je ſuis ravi de cette avanture.

CATHOS.

Le voici.

SCENE

SCENE XI.

CATHOS, MADELON, JODELET, MASCARILLE, MAROTTE, ALMANZOR.

MASCARILLE.

AH, Vicomte!

JODELET [s'embraffant l'un l'autre.]

Ah, Marquis!

MASCARILLE.

Que je fuis aife de te rencontrer!

JODELET.

Que j'ai de joye de te voir ici!

MASCARILLE.

Baife-moi donc encore un peu, je te prie.

MADELON à Cathos.

Ma toute bonne, nous commençons d'être connuës, voilà le beau monde qui prend le chemin de nous venir voir.

MASCARILLE.

Mefdames, agréez que je vous préfente ce gentil-homme-ci; fur ma parole, il eft digne d'être connu de vous.

JODELET.

Il eft jufte de venir vous rendre ce qu'on vous doit, & vos attraits exigent leurs droits feigneuriaux fur toutes fortes de perfonnes.

MADELON.

C'eft pouffer vos civilités jufqu'aux derniers confins de la flaterie.

Tome I.　　　　　　　　　　　M m

CATHOS.

Cette journée doit être marquée dans notre almanach comme une journée bien-heureuſe.

MADELON *à Almanzor.*

Allons, petit garçon, faut-il toujours vous répéter les choſes? voyez-vous pas qu'il faut le ſurcroît d'un fauteuil?

MASCARILLE.

Ne vous étonnez pas de voir le vicomte de la ſorte, il ne fait que ſortir d'une maladie qui lui a rendu le viſage pâle, comme vous le voyez.

JODELET.

Ce ſont fruits des veilles de la cour, & des fatigues de la guerre.

MASCARILLE.

Sçavez-vous, Meſdames, que vous voyez dans le vicomte un des vaillans hommes du ſiecle? c'eſt un brave à trois poils.

JODELET.

Vous ne m'en devez rien, Marquis, & nous ſçavons ce que vous ſçavez faire auſſi.

MASCARILLE.

Il eſt vrai que nous nous ſommes vûs tous deux dans l'occaſion.

JODELET.

Et dans des lieux où il faiſoit fort chaud.

MASCARILLE *regardant Cathos & Madelon.*

Oui, mais non pas ſi chaud qu'ici. Hi, hi, hi.

JODELET.

Notre connoiſſance s'eſt faite à l'armée, & la premiere fois

que nous nous vîmes, il commandoit un régiment de cava-
lerie fur les galéres de Malthe.

MASCARILLE.

Il eſt vrai ; mais vous étiez pourtant dans l'emploi avant que
j'y fuſſe, & je me ſouviens que je n'étois que petit officier
encore, que vous commandiez deux mille chevaux.

JODELET.

La guerre eſt une belle choſe ; mais, ma foi, la cour récom-
penſe bien mal aujourd'hui les gens de ſervice comme nous.

MASCARILLE.

C'eſt ce qui fait que je veux pendre l'épée au croc.

CATHOS.

Pour moi, j'ai un furieux tendre pour les hommes d'épée.

MADELON.

Je les aime auſſi : mais je veux que l'eſprit aſſaiſonne la bravoure.

MASCARILLE.

Te ſouvient-il, Vicomte, de cette demi-lune que nous em-
portâmes ſur les ennemis au ſiége d'Arras ?

JODELET.

Que veux-tu dire avec ta demi-lune ? c'étoit bien une lune
toute entiére.

MASCARILLE.

Je penſe que tu as raiſon.

JODELET.

Il m'en doit bien ſouvenir, ma foi : j'y fus bleſſé à la jambe
d'un coup de grenade, dont je porte encore les marques.
Tâtez un peu, de grace, vous ſentirez quel coup c'étoit-là.

CATHOS *après avoir touché l'endroit.*

Il eſt vrai que la cicatrice eſt grande.

MASCARILLE.

Donnez-moi un peu votre main, & tâtez celui-ci : là, juſtement au derriere de la tête. Y étes-vous ?

MADELON.

Oui, je ſens quelque choſe.

MASCARILLE.

C'eſt un coup de mouſquet que je reçûs la derniere campagne que j'ai faite.

JODELET *découvrant ſa poitrine.*

Voici un coup qui me perça de part en part à l'attaque de
Graveline.

MASCARILLE *mettant la main ſur le bouton de ſon haut de*

Je vais vous montrer une furieuſe playe.   [*chauſſe.*

MADELON.

Il n'eſt pas néceſſaire nous le croyons ſans y regarder.

MASCARILLE.

Ce ſont des marques honorables qui font voir ce qu'on eſt.

CATHOS.

Nous ne doutons point de ce que vous étes.

MASCARILLE.

Vicomte, as-tu là ton caroſſe ?

JODELET,

Pourquoi ?

MASCARILLE.

Nous menerions promener ces dames hors des portes, &
leur donnerions un cadeau.

MADELON.

Nous ne sçaurions sortir aujourd'hui.

MASCARILLE.

Ayons donc les violons pour danser.

JODELET.

Ma foi, c'est bien avisé.

MADELON.

Pour cela nous y consentons : mais il faut donc quelque sur-croît de compagnie.

MASCARILLE.

Hola, Champagne, Picard, Bourguignon, Casquaret, Basque, la Verdure, Lorrain, Provençal, la Violette. Au diable soient tous les laquais. Je ne pense pas qu'il y ait gentilhomme en France plus mal servi que moi. Ces canailles me laissent toujours seul.

MADELON.

Almanzor, dites aux gens de monsieur le marquis, qu'ils aillent querir des violons, & nous faites venir ces messieurs & ces dames d'ici-près, pour peupler la solitude de notre bal.

[*Almanzor sort.*]   **MASCARILLE.**

Vicomte, que dis-tu de ces yeux ?

JODELET.

Mais toi-même, Marquis, que t'en semble ?

MASCARILLE.

Moi ? je dis que nos libertés auront peine à sortir d'ici les les brayes nettes. Au moins, pour moi, je reçois d'étranges secousses, & mon cœur ne tient qu'à un filet.

MADELON.

Que tout ce qu'il dit eſt naturel ! il tourne les choſes le plus agréablement du monde.

CATHOS.

Il eſt vray qu'il fait une furieuſe dépenſe en eſprit.

MASCARILLE.

Pour vous montrer que je ſuis véritable , je veux faire un impromptu là-deſſus. [*Il médite.*]

CATHOS.

Hé ! je vous en conjure de toute la dévotion de mon cœur , que nous oyions quelque choſe qu'on ait fait pour nous.

JODELET.

J'aurois envie d'en faire autant : mais je me trouve un peu incommodé de la veine poëtique , pour la quantité de ſaignées que j'y ai faites ces jours paſſés.

MASCARILLE.

Que diable eſt-ce là ? je fais toujours bien le premier vers : mais j'ai peine à faire les autres. Ma foi , ceci eſt un peu trop preſſé , je vous ferai un impromptu à loiſir , que vous trouverez le plus beau du monde.

JODELET.

Il a de l'eſprit comme un démon.

MADELON.

Et du galant , & du bien tourné.

MASCARILLE.

Vicomte, di-moi un peu, y a-t-il long-tems que tu n'as vû la comteſſe ?

JODELET.

Il y a plus de trois femaines que je ne lui ai rendu vifite.

MASCARILLE.

Sçais-tu bien que le duc m'eft venu voir ce matin, & m'a voulu mener à la campagne courir un cerf avec lui.

MADELON.

Voici nos amies qui viennent.

SCENE XII.

LUCILE, CELIMENE, CATHOS, MADELON, MASCARILLE, JODELET, MAROTTE, ALMANZOR, VIOLONS.

MADELON.

MOn Dieu, mes chéres, nous vous demandons pardon. Ces meffieurs ont eu fantaifie de nous donner les ames des piéds, & nous vous avons envoyé querir pour remplir les vuides de notre affemblée.

LUCILE.

Vous nous avez obligées fans doute.

MASCARILLE.

Ce n'eft ici qu'un bal à la hâte ; mais l'un de ces jours nous vous en donnerons un dans les formes. Les violons font-ils venus ?

ALMANZOR.

Oui, Monfieur, ils font ici.

CATHOS.

Allons donc, mes chéres, prenez place.

MASCARILLE *danfant lui feul comme par prélude.*

La, la, la, la, la, la, la, la.

MADELON.

Il a la taille tout-à-fait élegante.

CATHOS.

Et a la mine de danfer proprement.

MASCARILLE *ayant pris Madelon pour danfer.*

Ma franchife va danfer la courante auffi-bien que mes piéds.
En cadence, violons, en cadence. O quels ignorans ! il n'y
a pas moyen de danfer avéc eux. Le diable vous emporte, ne
fçauriez-vous jouer en mefure ? La, la, la, la, la, la, la, la.
Ferme. O violons de village !

JODELET *danfant enfuite.*

Holà, ne preffez pas fi fort la cadence, je ne fais que fortir de
maladie.

SCENE XIII.

DU CROISI, LA GRANGE, CATHOS,
MADELON, LUCILE, CELIMENE,
JODELET, MASCARILLE, MAROTTE,
VIOLONS.

LA GRANGE *un bâton à la main.*

AH, ah, coquins, que faites-vous ici ? il y a trois heures
que nous vous cherchons.

MAS-

MASCARILLE *se sentant battre.*

Ahi, ahi, ahi, vous ne m'aviez pas dit que les coups en se-
roient aussi.

JODELET.

Ahi, ahi, ahi.

LA GRANGE.

C'est bien à vous, infame que vous êtes, à vouloir faire
l'homme d'importance.

DU CROISI.

Voilà qui vous apprendra à vous connoître.

SCENE XIV.

CATHOS, MADELON, LUCILE, CELIMENE, MASCARILLE, JODELET, MAROTTE, VIOLONS.

MADELON.

Que veut donc dire ceci ?

JODELET.

C'est une gageure.

CATHOS.

Quoi ! vous laisser battre de la sorte ?

MASCARILLE.

Mon Dieu, je n'ai pas voulu faire semblant de rien : car je suis
violent, & je me serois emporté.

MADELON.

Endurer un affront comme celui-là, en notre présence ?

Tome I. N n

MASCARILLE.

Ce n'eſt rien, ne laiſſons pas d'achever. Nous nous connoiſ-
ſons il y a longtems, & entre amis on ne va pas ſe piquer
pour ſi peu de choſe.

SCENE XV.

DU CROISI, LA GRANGE, MADELON,
CATHOS, LUCILE, CELIMENE,
MASCARILLE, JODELET, MAROTTE,
VIOLONS.

LA GRANGE.

MA foi, marauds, vous ne vous rirez pas de nous, je
vous promets. Entrez, vous autres.

[*Trois ou quatre ſpadaſſins entrent.*]

MADELON.

Quelle eſt donc cette audace, de venir nous troubler de la
ſorte dans notre maiſon ?

DU CROISI.

Comment, Meſdames, nous endurerons que nos laquais
ſoient mieux reçus que nous ? qu'ils viennent vous faire l'a-
mour à nos dépens, & vous donner le bal ?

MADELON.

Vos laquais?

LA GRANGE.

Oui, nos laquais; & cela n'eſt ni beau ni honnête de nous
les débaucher, comme vous faites.

MADELON.

O Ciel, quelle infolence !

LA GRANGE.

Mais ils n'auront pas l'avantage de fe fervir de nos habits pour vous donner dans la vûë ; & fi vous les voulez aimer, ce fera, ma foi, pour leurs beaux yeux. Vîte qu'on les dépouille fur le champ.

JODELET.

Adieu notre braverie.

MASCARILLE.

Voilà le marquifat & la vicomté à bas.

DU CROISI.

Ah, ah, coquins, vous avez l'audace d'aller fur nos brifées ! Vous irez chercher autre part de quoi vous rendre agréables aux yeux de vos belles, je vous en affûre.

LA GRANGE.

C'eft trop que de nous fupplanter, & de nous fupplanter avec nos propres habits.

MASCARILLE.

Ó fortune, quelle eft ton inconftance !

DU CROISI.

Vîte, qu'on leur ôte jufqu'à la moindre chofe.

LA GRANGE.

Qu'on emporte toutes ces hardes, dépêchez. Maintenant, Mefdames, en l'état qu'ils font, vous pouvez continuer vos amours avec eux tant qu'il vous plaira ; nous vous laifferons toute forte de liberté pour cela, & nous vous proteftons, monfieur & moi, que nous n'en ferons aucunement jaloux.

SCENE XVI.

MADELON, CATHOS, JODELET, MASCARILLE, VIOLONS.

CATHOS.

AH! quelle confusion!

MADELON.

Je créve de dépit.

UN DES VIOLONS *à Mascarille.*

Qu'eft-ce donc que ceci? Qui nous payera nous autres?

MASCARILLE.

Demandez à monfieur le vicomte.

UN DES VIOLONS *à Jodelet.*

Qui eft-ce qui nous donnera de l'argent?

JODELET.

Demandez à monfieur le marquis.

SCENE XVII.

GORGIBUS, MADELON, CATHOS, JODELET, MASCARILLE, VIOLONS.

GORGIBUS.

AH! coquines que vous étes, vous nous mettez dans de beaux draps blancs à ce que je vois, & je viens d'apprendre de belles affaires vrayment, de ces meffieurs & de ces dames qui fortent.

MADELON.

Ah! mon pere, c'eſt une piéce ſanglante qu'ils nous ont faite.

GORGIBUS.

Oui, c'eſt une piéce ſanglante ; mais qui eſt un effet de votre impertinence, infames. Ils ſe ſont reſſentis du traitement que vous leur avez fait ; & cependant, malheureux que je ſuis, il faut que je boive l'affront.

MADELON.

Ah! je jure que nous en ferons vengées, ou que je mourrai en la peine. Et vous, marauds, oſez-vous vous tenir ici après votre inſolence?

MASCARILLE.

Traiter comme cela un marquis ? Voilà ce que c'eſt que du monde, la moindre diſgrace nous fait mépriſer de ceux qui nous chériſſoient. Allons, camarade, allons chercher fortune autre part ; je vois bien qu'on n'aime ici que la vaine appa-rence, & qu'on n'y conſidére point la vertu toute nuë.

SCENE DERNIERE.

GORGIBUS, MADELON, CATHOS, VIOLONS.

UN DES VIOLONS.

Monſieur, nous entendons que vous nous contentiez à leur défaut, pour ce que nous avons joué ici.

GORGIBUS les battant.

Oui, oui, je vous vais contenter, & voici la monnoye dont

je vous veux payer. Et vous, pendardes, je ne fçai qui me tient que je ne vous en faffe autant ; nous allons fervir de fable & de rifée à tout le monde, & voilà ce que vous vous êtes attiré par vos extravagances. Allez vous cacher, vilaines, allez vous cacher pour jamais. [*feul.*] Et vous, qui étes caufe de leur folie, fottes billevefées, pernicieux amufemens des efprits oififs, romans, vers, chanfons, fonnets & fonnettes, puiffiez-vous être à tous les diables.

F I N.

Inv. et dessiné par F. Boucher.

Gravé par Laur. Cars.

LE COCU IMAGINAIRE *page* 299.

SGANARELLE,

OU

LE COCU

IMAGINAIRE,

COMÉDIE.

ACTEURS.

GORGIBUS, bourgeois.

CÉLIE, fille de Gorgibus.

LÉLIE, amant de Célie.

GROS-RENÉ, valet de Lélie.

SGANARELLE, bourgeois, & cocu imaginaire.

LA FEMME de Sganarelle.

VILLEBREQUIN, pere de Valére.

LA SUIVANTE de Célie.

UN PARENT de la femme de Sganarelle.

La scene est dans une place publique.

SGANARELLE.

SGANARELLE,

O U

LE COCU IMAGINAIRE,

C O M É D I E.

ACTE PREMIER.

SCENE PREMIERE.

GORGIBUS, CELIE, LA SUIVANTE *de Célie.*

CELIE *fortant toute éplorée.*

H! n'efpérez jamais que mon cœur y confente.

GORGIBUS.

Que marmotez-vous-là, petite impertinente ?
Vous prétendez choquer ce que j'ai réfolu ?
Je n'aurai pas fur vous un pouvoir abfolu,
Et, par fottes raifons, votre jeune cervelle
Voudroit régler ici la raifon paternelle ?

Tome I.   O o

Qui de nous deux à l'autre a droit de faire loi ?
A votre avis, qui mieux, ou de vous, ou de moi,
O fotte, peut juger ce qui vous eft utile ?
Par la corbleu, gardez d'échauffer trop ma bile ;
Vous pourriez éprouver, fans beaucoup de longueur,
Si mon bras fçait encor montrer quelque vigueur.
Votre plus court fera, madame la mutine,
D'accepter fans façons l'époux qu'on vous deftine.
J'ignore, dites-vous, de quelle humeur il eft,
Et dois auparavant confulter, s'il vous plaît :
Informé du grand bien qui lui tombe en partage,
Dois-je prendre le foin d'en fçavoir davantage ?
Et cet époux, ayant vingt mille bons ducats,
Pour être aimé de vous, doit-il manquer d'appas ?
Allez, tel qu'il puiffe être, avecque cette fomme
Je vous fuis caution qu'il eft très-honnête homme.

CELIE.

Hélas !

GORGIBUS.

Hé bien hélas ! que veut dire ceci ?
Voyez le bel hélas qu'elle nous donne ici !
Hé ! que fi la colére une fois me tranfporte,
Je vous ferai chanter hélas de belle forte.
Voilà, voilà le fruit de ces empreffemens
Qu'on vous voit nuit & jour à lire vos romans ;
De quolibets d'amour votre tête eft remplie,
Et vous parlez de Dieu, bien moins que de Clélie.

Jettez-moi dans le feu tous ces méchans écrits,
Qui gâtent tous les jours tant de jeunes efprits ;
Lifez-moi comme il faut, au lieu de ces fornettes,
Les quatrains de Pibrac, & les doctes tablettes
Du confeiller Matthieu, l'ouvrage eft de valeur,
Et plein de beaux dictons à réciter par cœur.
La guide des pécheurs eft encore un bon livre ;
C'eft-là qu'en peu de tems on apprend à bien vivre ;
Et fi vous n'aviez lû que ces moralités,
Vous fçauriez un peu mieux fuivre mes volontés.

CELIE.

Quoi ! vous prétendez donc, mon pere, que j'oublie
La conftante amitié que je dois à Lélie ?
J'aurois tort, fi fans vous je difpofois de moi ;
Mais vous-même à fes vœux engageâtes ma foi.

GORGIBUS.

Lui fût-elle engagée encore davantage,
Un autre eft furvenu, dont le bien l'en dégage.
Lélie eft fort bien fait ; mais apprend qu'il n'eft rien
Qui ne doive céder au foin d'avoir du bien,
Que l'or donne aux plus laids certain charme pour plaire,
Et que fans lui le refte eft une trifte affaire.
Valere, je crois bien, n'eft pas de toi chéri ;
Mais, s'il ne l'eft amant, il le fera mari.
Plus que l'on ne le croit, ce nom d'époux engage,
Et l'amour eft fouvent un fruit du mariage.
Mais fuis-je pas bien fat de vouloir raifonner,
Où de droit abfolu j'ai pouvoir d'ordonner ?

Oo ij

Tréve donc, je vous prie, à vos impertinences.

Que je n'entende plus vos fottes doléances.

Ce gendre doit venir vous vifiter ce foir,

Manquez un peu, manquez à le bien recevoir ;

Si je ne vous lui vois faire fort bon vifage,

Je vous . . . . Je ne veux pas en dire davantage.

SCENE II.

CELIE, LA SUIVANTE de Célie.

LA SUIVANTE.

Uoi ! refufer, Madame, avec cette rigueur

Ce que tant d'autres gens voudroient de tout leur cœur ?

A des offres d'hymen répondre par des larmes,

Et tarder tant à dire un oui fi plein de charmes ?

Hélas ! que ne veut-on aufli me marier !

Ce ne feroit pas moi qui fe feroit prier ;

Et, loin qu'un pareil oui me donnât de la peine,

Croyez que j'en dirois bien vîte une douzaine.

Le précepteur qui fait répéter la leçon

A votre jeune frere, a fort bonne raifon

Lorfque, nous difcourant dês chofes de la terre,

Il dit que la femelle eft ainfi que le lierre,

Qui croît beau tant qu'à l'arbre il fe tient bien ferré,

Et ne profite point s'il en eft féparé,

Il n'eft rien de plus vray, ma très-chére maîtreffe,

Et je l'éprouve en moi, chétive pécherefle,

Le bon Dieu faſſe paix à mon pauvre Martin ;
Mais j'avois, lui vivant, le teint d'un chérubin,
L'embonpoint merveilleux, l'œil gay, l'ame contente,
Et maintenant je ſuis ma commere dolente.
Pendant cet heureux tems, paſſé comme un éclair,
Je me couchois ſans feu dans le fort de l'hyver ;
Sécher même les draps, me ſembloit ridicule ;
Et je tremble à préſent dedans la canicule.
Enfin il n'eſt rien tel, Madame, croyez-moi,
Que d'avoir un mari la nuit auprès de ſoi,
Ne fut-ce que pour l'heur d'avoir qui vous ſaluë
D'un, Dieu vous ſoit en aide, alors qu'on éternuë.

CELIE.

Peux-tu me conſeiller de commettre un forfait,
D'abandonner Lélie, & prendre ce mal-fait?

LA SUIVANTE.

Votre Lélie auſſi n'eſt ma foi qu'une bête,
Puiſque ſi hors de tems ſon voyage l'arrête ;
Et la grande longueur de ſon éloignement
Me le fait ſoupçonner de quelque changement.

CELIE *lui montrant le portrait de Lélie.*

Ah! ne m'accable point par ce triſte préſage.
Vois attentivement les traits de ce viſage,
Ils jurent à mon cœur d'éternelles ardeurs ;
Je veux croire après tout qu'ils ne ſont pas menteurs,
Et que, comme c'eſt lui que l'art y repréſente,
Il conſerve à mes feux une amitié conſtante.

LA SUIVANTE.

Il eſt vray que ces traits marquent un digne amant,
Et que vous avez lieu de l'aimer tendrement.

CELIE.

Et cependant il faut.... Ah! ſoutien-moi.

[*Laiſſant tomber le portrait de Lélie.*]

LA SUIVANTE.

Madame,

D'où vous pourroit venir.... Ah! bons Dieux, elle pâme.
Hé! vîte, holà quelqu'un.

SCENE III.

CELIE, SGANARELLE, LA SUIVANTE
de Célie.

SGANARELLE.

Qu'eſt-ce donc? me voilà.

LA SUIVANTE.

Ma maîtreſſe ſe meurt.

SGANARELLE.

Quoi! n'eſt-ce que cela?
Je croyois tout perdu de crier de la ſorte;
Mais approchons pourtant. Madame, étes-vous morte?
Ouais? elle ne dit mot.

LA SUIVANTE.

Je vais faire venir
Quelqu'un pour l'emporter, veuillez la ſoutenir.

SCENE IV.

CELIE, SGANARELLE, LA FEMME
de Sganarelle,

SGANARELLE *en paſſant la main ſur le ſein de Célie.*

Elle eſt froide par tout, & je ne ſçais qu'en dire.
Approchons-nous pour voir ſi ſa bouche reſpire.
Ma foi, je ne ſçais pas ; mais j'y trouve encor moi
Quelque ſigne de vie.

LA FEMME *de Sganarelle regardant par la fenêtre.*

Ah! qu'eſt-ce que je voi ?
Mon mari, dans ſes bras .... Mais je m'en vais deſcendre,
Il me trahit ſans doute, & je veux le ſurprendre.

SGANARELLE.

Il faut ſe dépêcher de l'aller ſecourir,
Certes elle auroit tort de ſe laiſſer mourir.
Aller en l'autre monde eſt très-grande ſottiſe,
Tant que dans celui-ci l'on peut être de miſe.

[*Il la porte chez elle.*]

SCENE V.

LA FEMME *de Sganarelle ſeule.*

Il s'eſt ſubitement éloigné de ces lieux,
Et ſa fuite a trompé mon déſir curieux :
Mais de ſa trahiſon je ne ſuis plus en doute,
Et le peu que j'ai vû me la découvre toute.
Je ne m'étonne plus de l'étrange froideur
Dont je le vois répondre à ma pudique ardeur ;

Il réferve, l'ingrat, fes careffes à d'autres,
Et nourrit leurs plaifirs par le jeûne des nôtres.
Voilà de nos maris le procédé commun ;
Ce qui leur eft permis leur devient importun,
Dans les commencemens ce font toutes merveilles,
Ils témoignent pour nous des ardeurs nompareilles ;
Mais les traîtres bien-tôt fe laffent de nos feux,
Et portent autre part ce qu'ils doivent chez eux.
Ah ! que j'ai de dépit que la loi n'autorife
A changer de mari comme on fait de chemife.
Cela feroit commode, & j'en fçais telle ici
Qui, comme moi, ma foi, le voudroit bien auffi.

[*En ramaffant le portrait que Célie avoit laiffé tomber.*]

Mais quel eft ce bijou que le fort me préfente ?
L'émail en eft fort beau, la gravûre charmante,
Ouvrons.

SCENE VI.

SGANARELLE, LA FEMME *de Sganarelle.*

SGANARELLE *fe croyant feul.*

On la croyoit morte, & ce n'étoit rien.
Il n'en faut plus qu'autant, elle fe porte bien.
Mais j'apperçois ma femme.

LA FEMME *de Sganarelle fe croyant feule.*

O Ciel ! c'eft mignature,
Et voilà d'un bel homme une vive peinture !

SGA-

SGANARELLE *à part, & regardant sur l'épaule de sa*
Que confidére-t-elle avec attention ?　　　　　　　*[femme.*
Ce portrait, mon honneur, ne nous dit rien de bon.
D'un fort vilain foupçon je me fens l'ame émuë.

LA FEMME *de Sganarelle fans appercevoir fon mari.*
Jamais rien de plus beau ne s'offrit à ma vuë ;
Le travail plus que l'or s'en doit encor prifer.
Oh, que cela fent bon !

SGANARELLE *à part.*
　　　　　Quoi, pefte, le baifer ?
Ah ! j'en tiens.

LA FEMME *de Sganarelle pourfuit.*
　　　　　Avouons qu'on doit être ravie
Quand d'un homme ainfi fait on fe peut voir fervie,
Et que, s'il en contoit avec attention,
Le panchant feroit grand à la tentation.
Ah ! que n'ai-je un mari d'une auffi bonne mine,
Au lieu de mon pelé, de mon ruftre . . . .

SGANARELLE *lui arrachant le portrait.*
　　　　　　　　Ah ! mâtine,
Nous vous y furprenons en faute contre nous,
En diffamant l'honneur de votre cher époux.
Donc, à votre calcul, ô ma trop digne femme,
Monfieur, tout bien compté, ne vaut pas bien madame ?
Et, de par Belzébut qui vous puiffe emporter,
Quel plus rare parti pourriez-vous fouhaiter ?
Peut-on trouver en moi quelque chofe à redire ?
Cette taille, ce port, que tout le monde admire,

Tome I.　　　　　　　　　　　　P p

Ce visage, si propre à donner de l'amour,
Pour qui mille beautés soupirent nuit & jour;
Bref, en tout & par tout, ma personne charmante
N'est donc pas un morceau dont vous soyez contente?
Et pour rassasier votre appétit gourmand,
Il faut joindre au mari le ragoût d'un galand?

LA FEMME *de Sganarelle.*

J'entends à demi mot où va la raillerie,
Tu crois par ce moyen....

SGANARELLE.

A d'autres, je vous prie:
La chose est avérée, & je tiens dans mes mains
Un bon certificat du mal dont je me plains.

LA FEMME *de Sganarelle.*

Mon courroux n'a déja que trop de violence,
Sans le charger encor d'une nouvelle offense,
Ecoute, ne croi pas retenir mon bijou,
Et songe un peu....

SGANARELLE.

Je songe à te rompre le cou.
Que ne puis-je, aussi bien que je tiens la copie,
Tenir l'original!

LA FEMME *de Sganarelle.*

Pourquoi?

SGANARELLE.

Pour rien, ma mie.
Doux objet de mes vœux, j'ai grand tort de crier,
Et mon front de vos dons vous doit remercier.

[*Regardant le portrait de Lélie.*]

Le voilà le beau fils, le mignon de couchette,
Le malheureux tison de ta flâme secrette,
Le drôle avec lequel....

LA FEMME *de Sganarelle.*

Avec lequel ? Poursui.

SGANARELLE.

Avec lequel, te dis-je ... & j'en créve d'ennui.

LA FEMME *de Sganarelle.*

Que me veut donc conter par là ce maître yvrogne ?

SGANARELLE.

Tu ne m'entends que trop, madame la carogne.
Sganarelle est un nom qu'on ne me dira plus,
Et l'on va m'appeller seigneur Cornélius :
J'en suis pour mon honneur ; mais à toi qui me l'ôtes,
Je t'en ferai du moins pour un bras ou deux côtes.

LA FEMME *de Sganarelle.*

Et tu m'oses tenir de semblables discours ?

SGANARELLE.

Et tu m'oses jouer de ces diables de tours ?

LA FEMME *de Sganarelle.*

Et quels diables de tours ? Parle donc sans rien feindre.

SGANARELLE.

Ah ! cela ne vaut pas la peine de se plaindre.
D'un panache de cerf sur le front me pourvoir,
Hélas ! voilà vrayment un beau venez-y voir.

LA FEMME *de Sganarelle.*

Donc après m'avoir fait la plus sensible offense
Qui puisse d'une femme exciter la vengeance,
Tu prends d'un feint courroux le vain amusement,
Pour prévenir l'effet de mon ressentiment ?
D'un pareil procedé l'insolence est nouvelle,
Celui qui fait l'offense est celui qui querelle.

SGANARELLE.

Hé, la bonne effrontée ! A voir ce fier maintien,
Ne la croiroit-on pas une femme de bien ?

LA FEMME *de Sganarelle.*

Va, poursui ton chemin, cajole tes maîtresses,
Adresse-leur tes vœux, & fai-leur des caresses ;
Mais rend-moi mon portrait, sans te jouer de moi.

[*Elle lui arrache le portrait & s'enfuit.*]

SGANARELLE.

Oui, tu crois m'échaper, je l'aurai malgré toi,

Fin du premier Acte.

ACTE SECOND.

SCENE PREMIERE.

LELIE, GROS-RENÉ.

GROS-RENE'.

ENFIN nous y voici : mais, Monſieur, ſi je l'oſe,
Je voudrois vous prier de me dire une choſe.

LELIE.

Hé bien, parle.

GROS-RENE'.

Avez-vous le diable dans le corps,
Pour ne pas ſuccomber à de pareils efforts ?
Depuis huit jours entiers avec vos longues traites
Nous ſommes à piquer des chiennes de mazettes,
De qui le train maudit nous a tant ſecoués
Que je m'en ſens pour moi tous les membres roués;
Sans préjudice encor d'un accident bien pire,
Qui m'afflige un endroit que je ne veux pas dire :
Cependant, arrivé, vous ſortez bien & beau
Sans prendre de repos, ni manger un morceau.

LELIE.

Ce grand empreſſement n'eſt pas digne de blâme,
De l'hymen de Célie on alarme mon ame;

Tu fçais que je l'adore, & je veux être inftruit,
Avant tout autre foin, de ce funefte bruit.

GROS-RENE'.

Oui; mais un bon repas vous feroit néceffaire
Pour s'aller éclaircir, Monfieur, de cette affaire;
Et votre cœur, fans doute, en deviendroit plus fort
Pour pouvoir réfifter aux attaques du fort.
J'en juge par moi-même; & la moindre difgrace,
Lorfque je fuis à jeun, me faifit, me terraffe;
Mais quand j'ai bien mangé, mon ame eft ferme à tout,
Et les plus grands revers n'en viendroient pas à bout.
Croyez-moi, bourrez-vous, & fans réferve aucune,
Contre les coups que peut vous porter la fortune;
Et, pour fermer chez vous l'entrée à la douleur,
De vingt verres de vin entourez votre cœur.

LELIE.

Je ne fçaurois manger.

GROS-RENE' *bas à part.*

[*haut.*]   Si-fait bien moi, je meure.
Votre dîné pourtant feroit prêt tout-à-l'heure.

LELIE.

Tai-toi; je te l'ordonne.

GROS-RENE'.

Ah, quel ordre inhumain!

LELIE.

J'ai de l'inquiétude, & non pas de la faim.

GROS-RENE'.

Et moi j'ai de la faim, & de l'inquiétude
De voir qu'un sot amour fait toute votre étude.

LELIE.

Laisse-moi m'informer de l'objet de mes vœux,
Et, sans m'importuner, va manger si tu veux.

GROS-RENE'.

Je ne réplique point à ce qu'un maître ordonne.

SCENE II.

LELIE seul.

NOn, non, à trop de peur mon ame s'abandonne;
Le pere m'a promis; & la fille a fait voir
Des preuves d'un amour qui soutient mon espoir.

SCENE III.

SGANARELLE, LELIE.

SGANARELLE sans voir Lélie, & tenant dans ses mains
le portrait.

NOus l'avons, & je puis voir à l'aise la trogne
Du malheureux pendard qui cause ma vergogne;
Il ne m'est point connu.

LELIE à part.

Dieux! qu'apperçois-je ici?
Et si c'est mon portrait, que dois-je croire aussi?

SGANARELLE *fans voir Lélie.*

Ah! pauvre Sganarelle, à quelle deftinée
Ta réputation eft-elle condamnée?
Faut....

[*Appercevant Lélie qui le regarde, il fe tourne d'un autre côté.*]

LELIE *à part.*

Ce gage ne peut, fans alarmer ma foi,
Etre forti des mains qui le tenoient de moi.

SGANARELLE *à part.*

Faut-il que déformais à deux doigts on te montre,
Qu'on te mette en chanfons, &, qu'en toute rencontre,
On te rejette au nez le fcandaleux affront
Qu'une femme mal née imprime fur ton front?

LELIE *à part.*

Me trompai-je?

SGANARELLE *à part.*

Ah! truande, as-tu bien le courage
De m'avoir fait cocu dans la fleur de mon âge?
Et, femme d'un mari qui peut paffer pour beau,
Faut-il qu'un marmouzet, un maudit étourneau ....

LELIE *à part, & regardant encore le portrait que tient
Sganarelle.*

Je ne m'abufe point, c'eft mon portrait lui-même.

SGANARELLE *lui tourne le dos.*

Cet homme eft curieux.

LELIE *à part.*

Ma furprife eft extrême.

SGA-

SGANARELLE *à part.*

A qui donc en a-t-il ?

LELIE *à part.*

Je le veux accoster.

[*haut.*]　　[*Sganarelle veut s'éloigner.*]

Puis-je .... Hé! de grace, un mot.

SGANARELLE *à part, s'éloignant encore.*

Que me veut-il conter ?

LELIE.

Puis-je obtenir de vous, de sçavoir l'avanture
Qui fait dedans vos mains trouver cette peinture ?

SGANARELLE *à part.*

D'où lui vient ce désir ? Mais je m'avise ici ....

[*Il examine Lélie & le portrait qu'il tient.*]

Ah! ma foi me voilà de son trouble éclairci,
Sa surprise à présent n'étonne plus mon ame,
C'est mon homme, ou plûtôt, c'est celui de ma femme.

LELIE.

Retirez-moi de peine, & dites d'où vous vient ....

SGANARELLE.

Nous sçavons, Dieu merci, le souci qui vous tient,
Ce portrait qui vous fâche est votre ressemblance,
Il étoit en des mains de votre connoissance,
Et ce n'est pas un fait qui soit secret pour nous
Que les douces ardeurs de la dame & de vous.
Je ne sçai pas si j'ai, dans sa galanterie,
L'honneur d'être connu de votre seigneurie,

Tome I.　　　　　　　　　　　　　　Q q

Mais faites-moi celui de ceffer déformais
Un amour qu'un mari peut trouver fort mauvais,
Et fongez que les nœuds du facré mariage ....

LELIE.

Quoi! celle, dites-vous, dont vous tenez ce gage ....

SGANARELLE.

Eft ma femme, & je fuis fon mari.

LELIE.

Son mari?

SGANARELLE.

Oui fon mári, vous dis-je, & mari très-marri;
Vous en fçavez la caufe, & je m'en vais l'apprendre
Sur l'heure à fes parens.

SCENE IV.

LELIE feul.

AH! que viens-je d'entendre?
On me l'avoit bien dit, & que c'étoit de tous
L'homme le plus mal fait qu'elle avoit pour époux.
Ah! quand mille fermens de ta bouche infidéle
Ne m'auroient pas promis une flâme éternelle,
Le feul mépris d'un choix fi bas & fi honteux
Devoit bien foutenir l'intérêt de mes feux,
Ingrate; & quelque bien.... Mais ce fenfible outrage,
Se mêlant aux travaux d'un affez long voyage,

Me donne tout à coup un choc si violent,
Que mon cœur devient foible, & mon corps chancelant.

SCENE V.

LELIE, LA FEMME *de Sganarelle.*

LA FEMME *de Sganarelle se croyant seule.*

[appercevant Lélie.]

MAlgré moi mon perfide… Hélas! quel mal vous presse?
Je vous vois prêt, Monsieur, à tomber en foiblesse.

LELIE.

C'est un mal qui m'a pris assez subitement.

LA FEMME *de Sganarelle.*

Je crains ici pour vous l'évanouissement ;
Entrez dans cette salle, en attendant qu'il passe.

LELIE.

Pour un moment ou deux j'accepte cette grace.

SCENE VI.

SGANARELLE, UN PARENT
de la femme de Sganarelle.

LE PARENT.

D'Un mari sur ce point j'approuve le souci :
Mais c'est prendre la chévre un peu bien vîte aussi ;
Et tout ce que de vous je viens d'oüir contre elle,
Ne conclut point, Parent, qu'elle soit criminelle ;

C'eſt un point délicat, & de pareils forfaits,
Sans les bien avérer, ne s'imputent jamais.

SGANARELLE.

C'eſt-à-dire qu'il faut toucher au doigt la choſe.

LE PARENT.

Le trop de promtitude à l'erreur nous expoſe.
Qui ſçait comme en ſes mains ce portrait eſt venu,
Et ſi l'homme après tout lui peut être connu ?
Informez-vous-en donc ; &, ſi c'eſt ce qu'on penſe,
Nous ſerons les premiers à punir ſon offenſe.

SCENE VII.

SGANARELLE *ſeul.*

O N ne peut pas mieux dire ; en effet, il eſt bon
D'aller tout doucement. Peut-être ſans raiſon
Me ſuis-je en tête mis ces viſions cornuës,
Et les ſueurs au front m'en ſont trop tôt venuës.
Par ce portrait enfin dont je ſuis alarmé
Mon des-honneur n'eſt pas tout-à-fait confirmé.
Tâchons donc par nos ſoins, ...

SCENE VIII.

SGANARELLE, LA FEMME *de Sganarelle sur la porte de sa maison, reconduisant Lélie,* **LELIE.**

SGANARELLE *à part, les voyant.*

AH! que vois-je? Je meure,
Il n'est plus question de portrait à cette heure,
Voici ma foi la chose en propre original.

LA FEMME *de Sganarelle.*

C'est par trop vous hâter, Monsieur, & votre mal,
Si vous sortez si-tôt, pourra bien vous reprendre.

LELIE.

Non, non, je vous rends grace, autant qu'on puisse rendre,
Du secours obligeant que vous m'avez prêté.

SGANARELLE *à part.*

La masque encore après lui fait civilité.

[*La femme de Sganarelle rentre dans sa maison.*]

SCENE IX.

SGANARELLE, LELIE.

SGANARELLE *à part.*

IL m'apperçoit, voyons ce qu'il me pourra dire.

LELIE *à part.*

Ah! mon ame s'émeut, & cet objet m'inspire....

Mais je dois condamner cet injuſte tranſport,
Et n'imputer mes maux qu'aux rigueurs de mon ſort.
Envions ſeulement le bonheur de ſa flâme.

[*En s'approchant de Sganarelle.*]

O trop heureux d'avoir une ſi belle femme!

SCENE X.

SGANARELLE, CELIE *à ſa fenêtre voyant Lélie qui s'en va.*

SGANARELLE *ſeul.*

CE n'eſt point s'expliquer en termes ambigus.
Cet étrange propos me rend auſſi confus
Que s'il m'étoit venu des cornes à la tête.

[*Regardant le côté par où Lélie eſt ſorti.*]

Allez, ce procedé n'eſt point du tout honnête.

CELIE *à part en entrant.*

Quoi! Lélie a paru tout à l'heure à mes yeux!
Qui pourroit me cacher ſon retour en ces lieux?

SGANARELLE *ſans voir Célie.*

O trop heureux d'avoir une ſi belle femme!
Malheureux bien plûtôt, de l'avoir cette infame
Dont le coupable feu, trop bien verifié,
Sans reſpect ni demi nous a cocufié.
Mais je le laiſſe aller après un tel indice,
Et demeure les bras croiſés comme un jocriſſe?
Ah! je devois du moins lui jetter ſon chapeau,
Lui ruer quelque pierre, ou crotter ſon manteau;

Et fur lui hautement, pour contenter ma rage,
Faire, au larron d'honneur, crier le voifinage.

[Pendant le difcours de Sganarelle Célie s'approche peu à peu,
& attend pour lui parler que fon tranfport foit fini.]

CELIE *à Sganarelle.*

Celui qui maintenant devers vous eft venu,
Et qui vous a parlé, d'où vous eft-il connu?

SGANARELLE.

Hélas! ce n'eft pas moi qui le connois, Madame,
C'eft ma femme.

CELIE.

Quel trouble agite ainfi votre ame?

SGANARELLE.

Ne me condamnez point d'un deuil hors de faifon,
Et laiffez-moi pouffer des foupirs à foifon.

CELIE.

D'où vous peuvent venir ces douleurs non communes?

SGANARELLE.

Si je fuis affligé, ce n'eft pas pour des prunes,
Et je le donnerois à bien d'autres qu'à moi
De fe voir fans chagrin au point où je me voi.
Des maris malheureux vous voyez le modéle,
On dérobe l'honneur au pauvre Sganarelle;
Mais c'eft peu que l'honneur dans mon affliction,
L'on me dérobe encor la réputation.

CELIE.

Comment?

SGANARELLE.

Ce damoiſeau, parlant par révérence,
Me fait cocu, Madame, avec toute licence ;
Et j'ai ſçû par mes yeux avérer aujourd'hui
Le commerce ſecret de ma femme & de lui.

CELIE.

Celui qui maintenant . . . .

SGANARELLE.

Oui, oui, me deshonore,
Il adore ma femme, & ma femme l'adore.

CELIE.

Ah ! j'avois bien jugé que ce ſecret retour
Ne pouvoit me couvrir que quelque lâche tour ;
Et j'ai tremblé d'abord, en le voyant paroître,
Par un preſſentiment de ce qui devoit être.

SGANARELLE.

Vous prenez ma défenſe avec trop de bonté ;
Tout le monde n'a pas la même charité ;
Et pluſieurs, qui tantôt ont appris mon martyre,
Bien loin d'y prendre part, n'en ont rien fait que rire.

CELIE.

Eſt-il rien de plus noir que ta lâche action,
Et peut-on lui trouver une punition ?
Dois-tu ne te pas croire indigne de la vie
Après t'être ſouillé de cette perfidie ?
O Ciel ! eſt-il poſſible ?

SGA-

SGANARELLE.

Il eſt trop vray pour moi.

CELIE.

Ah! traître, ſcélérat, ame double & ſans foi.

SGANARELLE.

La bonne ame!

CELIE.

Non, non, l'enfer n'a point de gêne
Qui ne ſoit pour ton crime une trop douce peine.

SGANARELLE.

Que voilà bien parler!

CELIE.

Avoir ainſi traité
Et la même innocence, & la même bonté!

SGANARELLE *ſoupire haut.*

Haï!

CELIE.

Un cœur qui jamais n'a fait la moindre choſe
A mériter l'affront où ton mépris l'expoſe?

SGANARELLE.

Il eſt vray.

CELIE.

Qui bien loin.... Mais c'eſt trop, & ce cœur
Ne ſçauroit y ſonger ſans mourir de douleur.

SGANARELLE.

Ne vous fâchez point tant, ma très-chere Madame,
Mon mal vous touche trop, & vous me percez l'ame.

Tome I. Rr

CELIE.

Mais ne t'abuſe pas juſqu'à te figurer
Qu'à des plaintes ſans fruit j'en veuille demeurer :
Mon cœur, pour ſe venger, ſçait ce qu'il te faut faire,
Et j'y cours de ce pas, rien ne m'en peut diſtraire.

SCENE XI.

SGANARELLE ſeul.

QUe le Ciel la préſerve à jamais de danger !
Voyez quelle bonté de vouloir me venger !
En effet ſon courroux, qu'excite ma diſgrace,
M'enſeigne hautement ce qu'il faut que je faſſe,
Et l'on ne doit jamais ſouffrir ſans dire mot
De ſemblables affronts, à moins qu'être un vray ſot.
Courons donc le chercher ce pendard qui m'affronte ;
Montrons notre courage à venger notre honte.
Vous apprendrez, maroufle, à rire à nos dépens,
Et ſans aucun reſpect faire cocus les gens.

[*Il revient après avoir fait quelques pas.*]

Doucement, s'il vous plaît, cet homme a bien la mine
D'avoir le ſang bouillant, & l'ame un peu mutine ;
Il pourroit bien, mettant affront deſſus affront,
Charger de bois mon dos, comme il a fait mon front.
Je hais de tout mon cœur les eſprits colériques,
Et porte grand amour aux hommes pacifiques.
Je ne ſuis point battant de peur d'être battu,
Et l'humeur débonnaire eſt ma grande vertu.

Mais mon honneur me dit que d'une telle offenſe
Il faut abſolument que je prenne vengeance :
Ma foi laiſſons-le dire autant qu'il lui plaira,
Au diantre qui pourtant rien du tout en fera.
Quand j'aurai fait le brave, & qu'un fer pour ma peine
M'aura d'un vilain coup tranſpercé la bedaine,
Que par la ville ira le bruit de mon trépas,
Dites-moi, mon honneur, en ſerez-vous plus gras ?
La biére eſt un ſéjour par trop mélancolique,
Et trop mal ſain pour ceux qui craignent la colique :
Et, quant à moi, je trouve, ayant tout compaſſé,
Qu'il vaut mieux être encor cocu que trépaſſé.
Quel mal cela fait-il ? la jambe en devient-elle
Plus tortuë après tout, & la taille moins belle ?
Peſte ſoit qui premier trouva l'invention
De s'affliger l'eſprit de cette viſion,
Et d'attacher l'honneur de l'homme le plus ſage
Aux choſes que peut faire une femme volage.
Puiſqu'on tient, à bon droit, tout crime perſonnel,
Que fait là notre honneur pour être criminel ?
Des actions d'autrui l'on nous donne le blâme;
Si nos femmes ſans nous ont un commerce infame,
Il faut que tout le mal tombe ſur notre dos,
Elles font la ſottiſe, & nous ſommes les ſots :
C'eſt un vilain abus, & les gens de police
Nous devroient bien régler une telle injuſtice.
N'avons-nous pas aſſez des autres accidens
Qui nous viennent happer en dépit de nos dents ?

Les querelles, procès, faim, foif & maladie
Troublent-ils pas affez le repos de la vie,
Sans s'aller, de furcroît, avifer fottement
De fe faire un chagrin qui n'a nul fondement?
Moquons-nous de cela, méprifons les alarmes,
Et mettons fous nos piéds les foupirs & les larmes.
Si ma femme a failli, qu'elle pleure bien fort;
Mais pourquoi moi pleurer, puifque je n'ai point tort?
En tout cas ce qui peut m'ôter ma fâcherie,
C'eft que je ne fuis pas feul de ma confrairie.
Voir cajoler fa femme, & n'en témoigner rien,
Se pratique aujourd'hui par force gens de bien.
N'allons donc point chercher à faire une querelle,
Pour un affront qui n'eft que pure bagatelle.
L'on m'appellera fot de ne me venger pas;
Mais je le ferois fort de courir au trépas.

[*Mettant la main fur fa poitrine.*]

Je me fens là pourtant remuer une bile
Qui veut me confeiller quelque action virile:
Oui, le courroux me prend, c'eft trop être poltron,
Je veux réfolument me venger du larron;
Déja pour commencer, dans l'ardeur qui m'enflamme,
Je vais dire par tout qu'il couche avec ma femme.

Fin du fecond Acte.

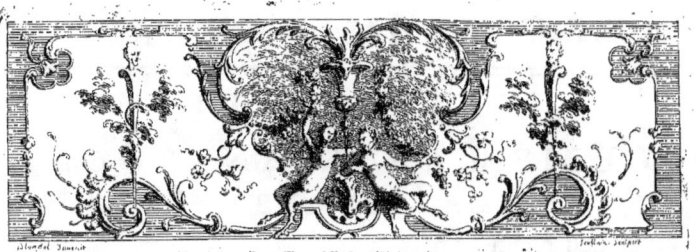

ACTE TROISIÉME.

SCENE PREMIERE.

GORGIBUS, CELIE, LA SUIVANTE
de Célie.

CELIE.

Uı je veux bien ſubir une ſi juſte loi,
Mon pere, diſpoſez de mes vœux & de moi;
Faites quand vous voudrez ſigner cet hyménée,
A ſuivre mon devoir je ſuis déterminée,
Je prétens gourmander mes propres ſentimens,
Et me ſoumettre en tout à vos commandemens.

GORGIBUS.

Ah! voilà qui me plaît de parler de la ſorte.
Parbleu, ſi grande joye à l'heure me tranſporte
Que mes jambes ſur l'heure en caprioleroient,
Si nous n'étions point vûs de gens qui s'en riroient.
Approche-toi de moi, vien-ça que je t'embraſſe.
Une telle action n'a pas mauvaiſe grace;
Un pere, quand il veut, peut ſa fille baiſer
Sans que l'on ait ſujet de s'en ſcandaliſer.
Va, le contentement de te voir ſi bien née,
Me fera rajeunir de dix fois une année.

SCENE II.

CELIE, LA SUIVANTE *de Célie.*

LA SUIVANTE.

CE changement m'étonne.

CELIE.

Et lorfque tu fçauras
Par quel motif j'agis, tu m'en eftimeras.

LA SUIVANTE.

Cela pourroit bien être.

CELIE.

Apprend donc que Lélie
A pû bleffer mon cœur par une perfidie,
Qu'il étoit en ces lieux fans ....

LA SUIVANTE.

Mais il vient à nous.

SCENE III.

LELIE, CELIE, LA SUIVANTE *de Célie.*

LELIE.

AVant que pour jamais je m'éloigne de vous,
Je veux vous reprocher au moins en cette place .....

CELIE.

Quoi! me parler encore ? avez-vous cette audace ?

LELIE.

Il eft vray qu'elle eft grande, & votre choix eft tel,
Qu'à vous rien reprocher je ferois criminel.

Vivez, vivez contente, & bravez ma memoire
Avec le digne époux qui vous comble de gloire.

CELIE.

Oui, traître, j'y veux vivre; & mon plus grand défir,
Ce feroit que ton cœur en eût du déplaifir.

LELIE.

Qui rend donc contre moi ce courroux légitime ?

CELIE.

Quoi tu fais le furpris & demandes ton crime ?

SCENE IV.

CELIE, LELIE, SGANARELLE
armé de pied en cap, LA SUIVANTE *de Célie.*

SGANARELLE.

Guerre, guerre mortelle à ce larron d'honneur
Qui fans miféricorde a fouillé notre honneur.

CELIE *à Lélie, lui montrant Sganarelle.*

Tourne, tourne les yeux, fans me faire répondre.

LELIE.

Ah! je vois ....

CELIE.

Cet objet fuffit pour te confondre.

LELIE.

Mais pour vous obliger bien plûtôt à rougir.

SGANARELLE *à part.*

Ma colére à préfent eft en état d'agir,
Deffus fes grands chevaux eft monté mon courage;
Et, fi je le rencontre, on verra du carnage.

Oui, j'ai juré fa mort, rien ne peut m'empêcher :
Où je le trouverai, je le veux dépêcher.

[Tirant fon épée à demi, il approche de Lélie.]

Au beau milieu du cœur, il faut que je lui donne.....

LELIE *fe retournant.*

A qui donc en veut-on ?

SGANARELLE.

Je n'en veux à perfonne.

LELIE.

Pourquoi ces armes-là ?

SGANARELLE.

C'eft un habillement.

Que j'ai pris pour la pluye. *[à part.]* Ah ! quel contentement
J'aurois à le tuer ! prenons-en le courage.

LELIE *fe retournant encore.*

Hai ?

SGANARELLE.

Je ne parle pas.

[à part, après s'être donné des foufflets pour s'exciter.]

Ah ! poltron, dont j'enrage,
Lâche, vray cœur de poule.

CELIE *à Lélie.*

Il t'en doit dire affez
Cet objet, dont tes yeux nous paroiffent bleffés.

LELIE.

Oui, je connois par-là que vous êtes coupable
De l'infidélité la plus inexcufable

Qui

Qui jamais d'un amant puiſſe outrager la foi.

SGANARELLE *à part.*

Que n'ai-je un peu de cœur !

CELIE.

             Ah ! ceſſe devant moi,
Traître, de ce diſcours l'inſolence cruelle.

SGANARELLE *à part.*

Sganarelle, tu vois qu'elle prend ta querelle,
Courage, mon enfant, ſois un peu vigoureux :
Là, hardi, tâche à faire un effort généreux
En le tuant, tandis qu'il tourne le derriére.

LELIE *faiſant deux ou trois pas ſans deſſein, fait retour-*
ner Sganarelle qui s'approchoit pour le tuer.

Puiſqu'un pareil diſcours émeut votre colére,
Je dois de votre cœur me montrer ſatisfait,
Et l'applaudir ici du beau choix qu'il a fait.

CELIE.

Oui, oui, mon choix eſt tel qu'on n'y peut rien reprendre.

LELIE.

Allez, vous faites bien de le vouloir défendre.

SGANARELLE.

Sans doute elle fait bien de défendre mes droits.
Cette action, Monſieur, n'eſt point ſelon les loix,
J'ai raiſon de m'en plaindre, & ſi je n'étois ſage,
On verroit arriver un étrange carnage:

LELIE.

D'où vous naît cette plainte ? & quel chagrin brutal....

SGANARELLE.

Suffit. Vous ſçavez bien où le bât me fait mal;
Tome I.   S ſ

Mais votre confcience & le foin de votre ame

Vous devroient mettre aux yeux que ma femme eft ma femme,

Et, vouloir à ma barbe en faire votre bien,

Que ce n'eft pas du tout agir en bon chrétien.

LELIE.

Un femblable foupçon eft bas & ridicule.

Allez, deffus ce point n'ayez aucun fcrupule,

Je fçais qu'elle eft à vous, & bien loin de brûler . . . .

CELIE.

Ah! qu'ici tu fçais bien, traître, diffimuler!

LELIE.

Quoi? me foupçonnez-vous d'avoir une penfée

De qui fon ame ait lieu de fe croire offenfée?

De cette lâcheté voulez-vous me noircir?

CELIE.

Parle, parle à lui-même, il pourra t'éclaircir.

SGANARELLE à Célie.

Vous me défendez mieux que je ne fçaurois faire,

Et du biais qu'il faut vous prenez cette affaire.

SCENE V.

CELIE, LELIE, SGANARELLE, LA FEMME de Sganarelle, LA SUIVANTE de Célie.

LA FEMME de Sganarelle.

JE ne fuis point d'humeur à vouloir contre vous

Faire éclater, Madame, un efprit trop jaloux;

Mais je ne fuis point duppe, & vois ce qui fe paffe :
Il eft de certains feux de fort mauvaife grace,
Et votre ame devroit prendre un meilleur emploi,
Que de féduire un cœur qui doit n'être qu'à moi.

CELIE.

La déclaration eft affez ingénuë.

SGANARELLE *à fa femme.*

L'on ne demande pas, carogne, ta venuë,
Tu la viens quereller lorfqu'elle me défend,
Et tu trembles de peur qu'on t'ôte ton galand.

CELIE.

Allez, ne croyez pas que l'on en ait envie.

[*Se tournant vers Lélie.*]

Tu vois fi c'eft menfonge, & j'en fuis fort ravie.

LELIE.

Que me veut-on conter ?

LA SUIVANTE.

Ma foi je ne fçai pas
Quand on verra finir ce galimatias ;
Depuis affez longtems je tâche à le comprendre,
Et fi, plus je l'écoute, & moins je puis l'entendre.
Je vois bien à la fin que je m'en dois mêler.

[*Elle fe met entre Lélie & fa maîtreffe.*]

Répondez-moi par ordre, & me laiffez parler.

[*à Lélie.*]

Vous, qu'eft-ce qu'à fon cœur peut reprocher le vôtre?

LELIE.

Que l'infidéle a pû me quitter pour un autre ;

S f ij

Que lorſque, ſur le bruit de ſon hymen fatal,
J'accours tout tranſporté d'un amour ſans égal,
Dont l'ardeur réſiſtoit à ſe croire oubliée,
Mon abord en ces lieux la trouve mariée.

LA SUIVANTE.

Mariée ! à qui donc ?

LELIE *montrant Sganarelle.*

A lui.

LA SUIVANTE.

Comment à lui ?

LELIE.

Oui dà.

LA SUIVANTE.

Qui vous l'a dit ?

LELIE.

C'eſt lui-même aujourd'hui.

LA SUIVANTE *à Sganarelle.*

Eſt-il vray ?

SGANARELLE.

Moi ? J'ai dit que c'étoit à ma femme
Que j'étois marié.

LELIE.

Dans un grand trouble d'ame,
Tantôt de mon portrait je vous ai vû ſaiſi.

SGANARELLE.

Il eſt vray, le voilà.

LELIE *à Sganarelle.*

Vous m'avez dit auſſi

Que celle aux mains de qui vous avez pris ce gage,
Etoit liée à vous des nœuds du mariage.

SGANARELLE [montrant fa femme.]

Sans doute ; & je l'avois de fes mains arraché,
Et n'euffe pas fans lui découvert fon péché.

LA FEMME de Sganarelle.

Que me viens-tu conter par ta plainte importune ?
Je l'avois fous mes piéds rencontré par fortune ;
Et même, quand après ton injufte courroux

[Montrant Lélie.]

J'ai fait dans fa foibleffe entrer monfieur chez nous,
Je n'ai pas reconnu les traits de fa peinture.

CELIE.

C'eft moi qui du portrait ai caufé l'avanture,
Et je l'ai laiffé cheoir, en cette pamoifon
[à Sganarelle.]
Qui m'a fait par vos foins remettre à la maifon.

LA SUIVANTE.

Vous le voyez, fans moi vous y feriez encore,
Et vous aviez befoin de mon peu d'ellébore.

SGANARELLE à part.

Prendrons-nous tout ceci pour de l'argent comptant ?
Mon front l'a, fur mon ame, eu bien chaude pourtant.

LA FEMME de Sganarelle.

Ma crainte toutefois n'eft pas trop diffipée,
Et, doux que foit le mal, je crains d'être trompée.

SGANARELLE à fa femme.

Hé ! mutuellement croyons-nous gens de bien,
Je rifque plus du mien que tu ne fais du tien,

Accepte fans façon le marché qu'on propofe.

LA FEMME *de Sganarelle.*

Soit ; mais gâre le bois, fi j'apprends quelque chofe.

CELIE *à Lélie, après avoir parlé bas enfemble.*

Ah Dieux ! s'il eft ainfi, qu'eft-ce donc que j'ai fait ?
Je dois de mon courroux appréhender l'effet.
Oui, vous croyant fans foi, j'ai pris pour ma vengeance
Le malheureux fecours de mon obéiffance.
Et depuis un moment mon cœur vient d'accepter
Un hymen que toujours j'eus lieu de rebuter ;
J'ai promis à mon pere, & ce qui me défole ....
Mais je le vois venir.

LELIE.

Il me tiendra parole.

SCENE VI.

GORGIBUS, CELIE, LELIE, SGANARELLE, LA FEMME *de Sganarelle,* LA SUIVANTE *de Célie.*

LELIE.

Monfieur, vous me voyez en ces lieux de retour
Brûlant des mêmes feux, & mon ardente amour
Verra, comme je crois, la promeffe accomplie
Qui me donna l'efpoir de l'hymen de Célie.

GORGIBUS.

Monfieur, que je revois en ces lieux de retour
Brûlant des mêmes feux, & dont l'ardente amour

Verra, que vous croyez, la promeſſe accomplie
Qui vous donne l'eſpoir de l'hymen de Célie,
Très-humble ſerviteur à votre ſeigneurie.

LELIE.

Quoi ! Monſieur, eſt-ce ainſi qu'on trahit mon eſpoir ?

GORGIBUS.

Oui, Monſieur, c'eſt ainſi que je fais mon devoir,
Ma fille en ſuit les loix.

CELIE.

Mon devoir m'intéreſſe,
Mon pere, à dégager vers lui votre promeſſe.

GORGIBUS.

Eſt-ce répondre en fille à mes commandemens ?
Tu te démens bien-tôt de tes bons ſentimens ;
Pour Valere tantôt.... Mais j'apperçois ſon pere,
Il vient aſſûrément pour conclure l'affaire.

SCENE DERNIERE.

VILLEBREQUIN, GORGIBUS, CELIE, LELIE, SGANARELLE, LA FEMME de Sganarelle, LA SUIVANTE de Célie.

GORGIBUS.

Qui vous amene ici, ſeigneur Villebrequin ?

VILLEBREQUIN.

Un ſecret important que j'ai ſçû ce matin,
Qui rompt abſolument ma parole donnée.
Mon fils, dont votre fille acceptoit l'hyménée,

Sous des liens cachés trompant les yeux de tous,
Vit depuis quatre mois avec Life en époux ;
Et comme des parens le bien & la naiffance
M'ôtent tout le pouvoir de caffer l'alliance,
Je vous viens ....

GORGIBUS.

Brifons-là. Si , fans votre congé,
Valére votre fils ailleurs s'eft engagé,
Je ne vous puis celer que ma fille Célie
Dès long-tems par moi-même eft promife à Lélie,
Et que , riche en vertus, fon retour aujourd'hui
M'empêche d'agréer un autre époux que lui.

VILLEBREQUIN.

Un tel choix me plaît fort.

LELIE.

Et cette jufte envie
D'un bonheur éternel va couronner ma vie.

GORGIBUS.

Allons choifir le jour pour fe donner la foi.

SGANARELLE *feul.*

A-t-on mieux crû jamais être cocu que moi !
Vous voyez qu'en ce fait la plus forte apparence
Peut jetter dans l'efprit une fauffe créance.
De cet exemple-ci reffouvenez-vous bien,
Et , quand vous verriez tout, ne croyez jamais rien.

FIN DU TOME PREMIER.

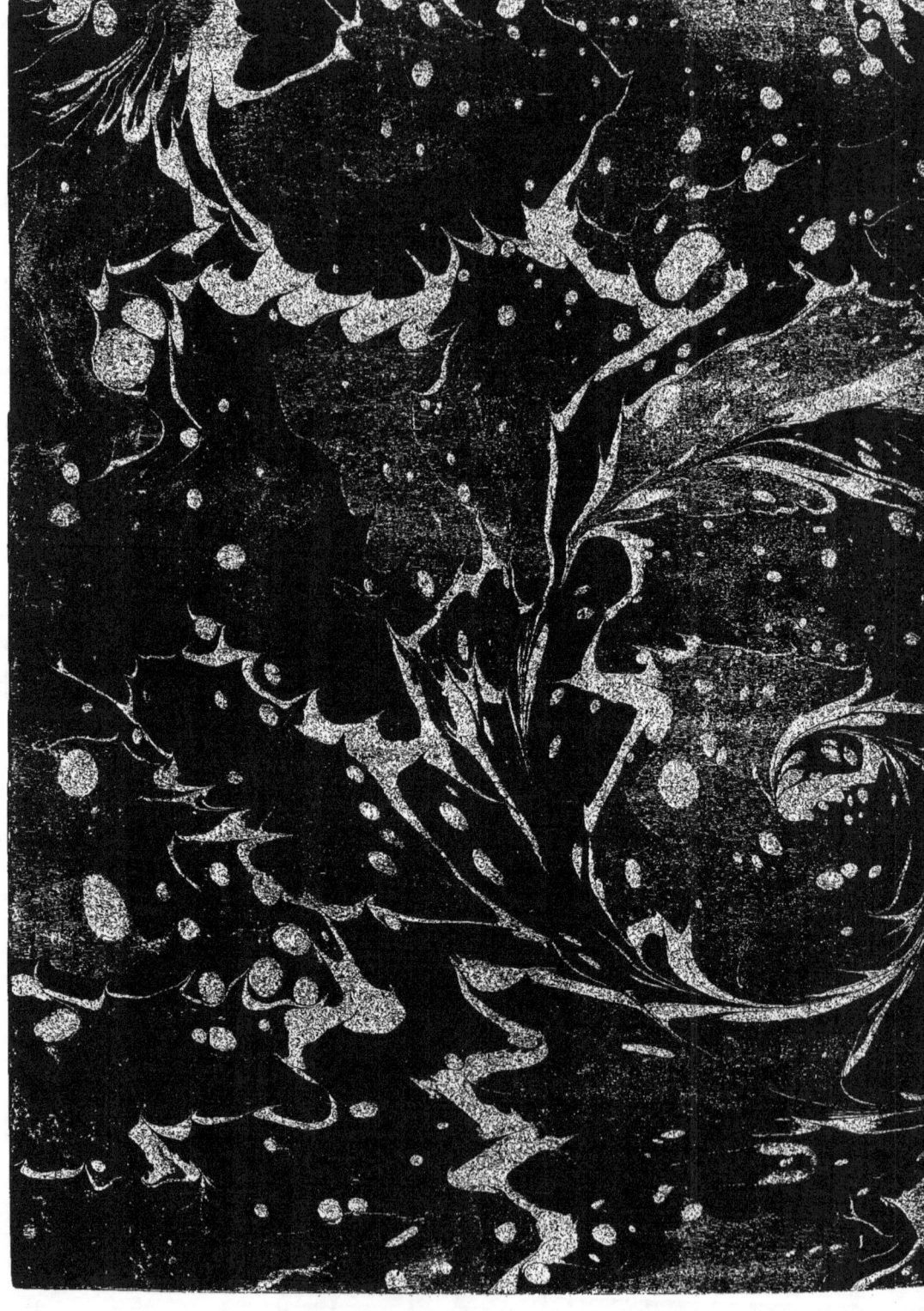

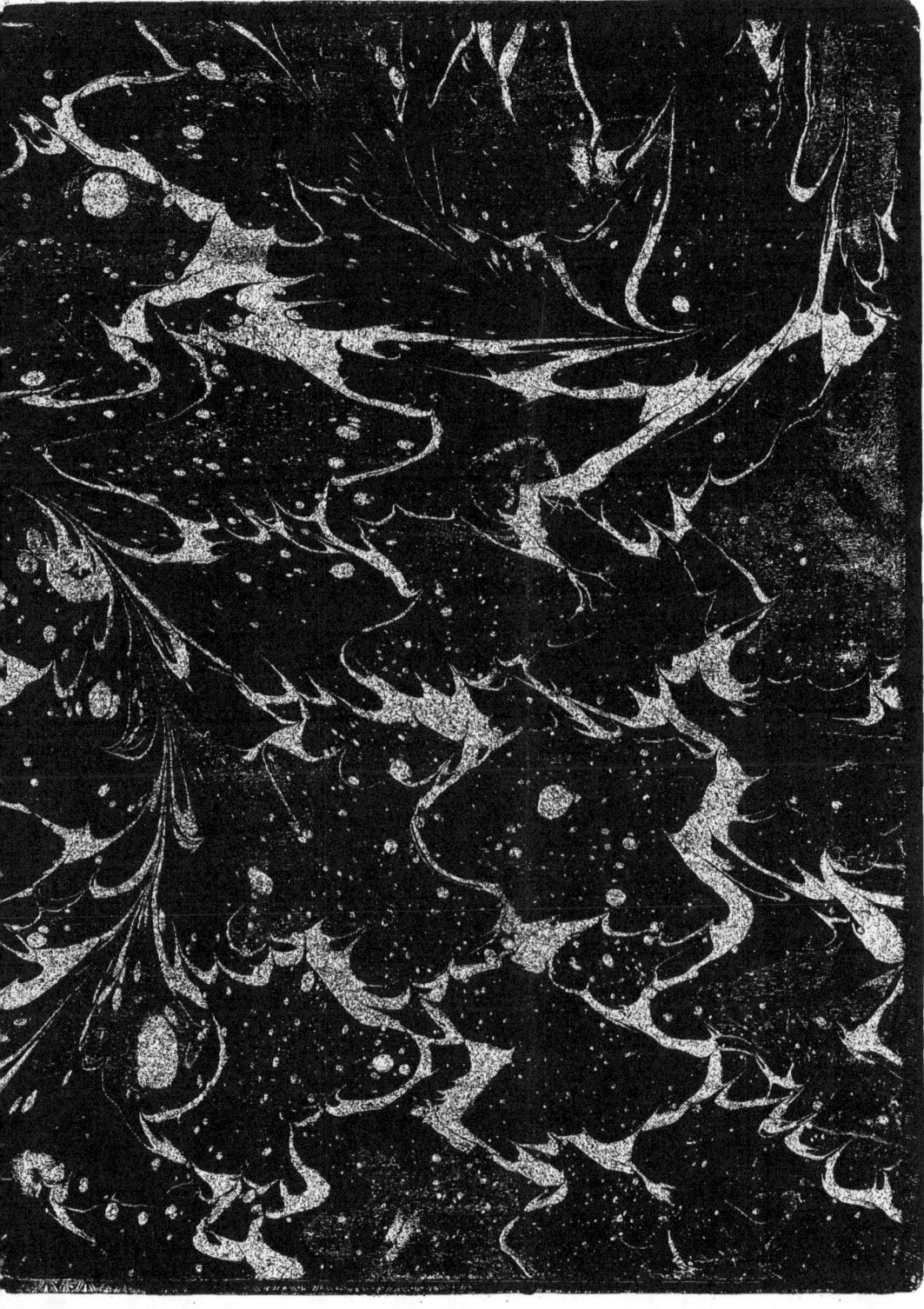

www.ingramcontent.com/pod-product-compliance
Lightning Source LLC
Chambersburg PA
CBHW050738030726
47505CB00002B/310